# 천군 天軍

# (2부) 천군 7(完)

무명 대체역사 전쟁소설

초판 1쇄 찍은 날 § 2004년 2월 12일
초판 1쇄 펴낸 날 § 2004년 2월 22일

지은이 § 무명
펴낸이 § 서경석

편집장 § 문혜영
편    집 § 장상수 · 김희정 · 김민정
마케팅 § 정필 · 강양원 · ㅇ˙선구 · 김규진 · 홍현경

펴낸곳 § 도서출판 청어람
등록번호 § 제1081-1-89호
등록일자 § 1999. 5. 31
어람번호 / 제3-00024호

주소 § 경기도 부천시 원미구 심곡1동 350-1 남승B/D 3F (우) 420-011
전화 § 032-656-4452  팩스 § 032-656-4453
http://www.chungeoram.com
E-mail § eoram99@chollian.net

값 8,000원

ISBN 89-5505-997-3 04810
ISBN 89-5505-705-9 (SET)

2부
역사의 수레바퀴

天軍

천군

7
완결

무명(無明) 대체역사 전쟁소설

청어람

# XI 신들의 전쟁―다윗과 골리앗

북대평양 북위 30도 부근 심해

"아직도 못 찾았나?"

"깨끗합니다."

8천 톤 급 대한제국 잠수함 04 시리즈 후기 잠수함인 0419번 함이 태평양 심해를 돌아다니며 뭔가를 찾고 있었다. 0419함 지휘실은 함장과 소리장의 목소리만 들릴 뿐, 모두들 입을 굳게 닫았다.

"2102함 위치는?"

"추정 위치 남서쪽 70킬로 지점입니다."

"완전히 사막에서 바늘 찾기군."

함장은 일본 사세보 항을 출항한 이래로 부상과 잠수를 거듭하며 목표물을 추적하고 있었다. 벌써 열흘이 지났지만 목표물의 그림자도 발견하지 못했다. 이번 작전에 투입되어 뿔뿔이 흩어진 총 15척의 자매함 또한 0419함과 마찬가지로 독표를 찾느라 북태평양을 휘젓고 다니고 있었다.

끼이익!

"함장님!"

소리장이 급히 함장을 불렀다. 단 한 번 들려온 소리에 불과했지만 소리장은 직감적으로 알아챘다.

"조타기 소리입니다. 추정 위치 북쪽 20킬로미터!"

"좋았어! 12시 방향으로 전속력 항진! 항진하면서 서서히 부상한다!"

해도를 집어든 항해사는 목표 추정 위치에 마크를 하고 0419함의 위치와 목표의 행동 반경을 그려냈다. 일정한 항로가 없는 목표였기에 추정 위치에 도달하는 동안 어디로 움직일지 몰랐다.

이후 30분 동안 15노트로 움직이던 489함이 서서히 속도를 줄이며 수면 위로 잠망경을 내밀었다.

"뭐야? 아무것도 없잖아?! 부상!"

적잖이 실망한 함장의 명령에 함이 천천히 수면 위로 모습을 드러냈다.

부상이 끝나자 부장이 서둘러 해치를 열고 밖으로 나갔다. 그 뒤를 따라 중기관총 총신과 거치대를 든 수병들이 달려나가 갑판에 설치된 포반에 올려놓았다. 이어 탄 박스가 운반되고 탄이 연결되었지만 목표물은 온데간데없었다.

"기관총 설치 완료!"

"함장님, 10시 방향에 목표물입니다!"

두 척의 범선이 10시 방향에서 일본부를 향해 움직이고 있는 것이 소리장의 귀에 잡혔다.

"좋았어!"

수평선 너머에 있는 범선을 발견한 함장이 어린아이처럼 좋아했다.

"갑판 철수! 추격한다!"

속도의 차이 때문인지 부상하여 추격한 뒤 20여 분 만에야 공격이 가능한 거리까지 접근할 수 있었다.

"1번, 2번 발사관 개방!"

잠망경으로 목표를 확인한 함장이 지체없이 공격 명령을 내렸다.

"발사!"

단 한 발만으로도 전열함을 가루로 만들어 버릴 수 있는 대구 중어뢰 2발이 목표를 향해 긴 항적을 그리며 다가갔다. 30노트로 움직이는 대구는 목표까지 불과 1분이면 도착할 수 있었다.

"030 방향으로 미속 접근, 3번 발사관 개방!"

만일을 위해 3번 발사관을 개방한 함장이 느긋하게 잠망경 속 광경을 바라보며 흐릿한 웃음을 지었다. 잠망경의 작은 구멍을 통해 보이는 범선은 이제야 어뢰를 발견했는지 방향을 이리저리 틀며 춤을 추고 있었다. 범선이 방향을 바꿀 때마다 소리장은 기분 나쁜 소리를 계속해서 들어야 했다.

"잠수, 최대각!"

갑작스런 최대각 잠수 명령이었지만 잠수키를 잡고 있던 막리 상사는 곧장 잠수키를 쭈욱 밀었다. 최대 잠수각 45도로 함수가 쏠리며 앞으로 기울자 미처 대비하지 못한 부장이 허우적거리다가 간신히 손잡이를 잡았다.

퐁퐁퐁!

"발악을 하는구만."

범선에서 함포를 쏘아대는지 이내 수면 위로 뭔가 떨어지는 소리가 들려왔다. 곧 이어 커다란 폭음과 함께 소리장의 환호성이 들려왔다.

"명중!"

"그래, 이 맛이야! 급속 부상한다."

잠시 후 수면 위로 잠수함이 튀어 오르고 수병들이 목표물을 구경하기 위해 갑판으로 몰려들었다. 중어뢰 대구에 직격당한 범선은 하얀 가루를 뒤집어쓴 채 모든 돛을 내리고 그 자리에 서 있었다.

2,000톤 급 범선에 0419함이 천천히 다가가자 대한제국 교육사령부 소속 온양함 선원들이 똥 씹은 표정으로 거수경례를 올렸다. 그에 기분 좋게 답례한 0419함 수병들이 환호성을 지르며 손을 흔들어댔다.

—사령부에서 이상한 명령만 내리지 않았어도 고래하고 놀고 있을 놈이 자랑이다.

"무슨 소리야! 이상한 명령이라니! 잡히니까 괜한 변명이야. 귀환하면 약속대로 동생하고 자리나 마련하라고!"

—얼어죽을! 미화가 너 같은 놈을 좋아하기나 한데? 김칫국부터 마시지 말고 사령부 통신이나 잘 수신해, 미친놈아!

단거리 통신기기를 이용한 온양함과 0419함 함장 간의 수다는 끝날

줄 모르고 계속되었다.

온양함을 비롯한 이번 훈련에 투입된 모든 잠수함과 수상함에게 훈련 중지와 이동 명령이 내려졌지만, 유독 0419함만이 그 통신을 접수하지 못하고 바다 속을 헤매고 다녔다. 0419함과 연결이 되지 않자, 훈련을 총괄하고 있던 2102함에서는 온양함에게 0419함을 찾으라는 명령을 내렸고, 온양함은 그 명령을 충실히 이행하느라 물속에 소리 발생기를 집어넣은 채 한참을 헤매고 돌아다니다가 갑자기 뒤에서 어뢰 공격을 받은 것이다.

"함장님? 작전지휘본부에서 통신입니다."

무슨 영문인지 알 길이 없었던 함장은 교육 본부장이 고래고래 지르는 소리를 묵묵히 듣고만 있었다.

한참이 지나 사태를 파악한 함장은 어색함을 감추기 위해 온양함 함장에게 소리쳤다.

"그래도 내가 이긴 건 변하지 않았어. 약속은 약속이라고. 미화에게 매일 이 오빠의 무사 귀환을 빌어달라고 전해나 줘라. 정화수 떠놓는 것 잊지 말라고 하고. 난 바빠서 이만 간다. 잠수!"

함장이 서둘러 잠수를 명하고 갑판을 내려가자, 오랜만에 만난 사람들이라 이야기라도 하고픈 마음에 잔뜩 몰려 나와 큰소리로 떠들어대던 잠수함의 수병들이 아쉬움을 뒤로하고 우르르 함 안으로 몰려들어갔다. 갑판에 있는 세 군데 출입구로 수병들이 빨려 들어가자 삽시간에 갑판이 텅 비었다.

"이동 명령이다. 자카르타로 전속 항진한다. 늦둥이라고 놀림받겠군. 부장, 최단 거리를 잡아!"

"네, 알겠습니다."

"동해함대와 041잠수함대 전체가 이동하다니. 그럼 우리 집은 누가 지키누?"

뒤늦게 명령을 접수한 0419함이 자카르타를 향해 항진하는 사이에도 자카르타에는 동해함대 소속 수상함과 잠수함들이 속속 모여들고 있었다. 인도양을 통한 유럽의 항로를 막기 위해 집결하고 있는 동해함대로 인해 자카르타는 개항 이러 최대의 호황을 맞이하고 있었다.


단기 3959년(1626) 초여름, 서울 천군부 원정군 위원회

천군부 내에서 실세 중의 실세로 손꼽히는 원정군 위원회 위원들이 하나 둘씩 천군부 본관 4층에 마련된 원정위원회 회의실로 모여들었다.

검은 천으로 가려진 벽면이 열리자 가로 20m, 세로 10m의 대형 평면 지구도가 모습을 드러냈다. 30㎝ 정사각형 2,278개로 구성된 대형 지도에는 아프리카와 인도, 동남아 일부와 쥬신 대륙 동부 해안을 제외한 부분이 파란색으로 칠해져 있었다.

검은색 점선으로 표시된 통신로는 서울을 기점으로 청진을 거쳐 베링해를 지나 쥬신 대륙 서안을 타고 내려가다가 파나마까지 연결되어 있었고, 다른 하나는 제주도와 일본을 거쳐 대만, 마닐라, 자카르타에서 호주로 이어졌다. 시베리아 철도를 타고 러시아부로 연결된 통신로는 천인성에서 이스탄불, 수에즈로 이어지고, 모스크바에 다다른 또 다른 통신로는 스몰렌스크를 거쳐 딘스크로 이어졌다. 지도상으로 보자

면 전 지구가 대한제국 영향권 안에 들어올 날이 멀지 않은 듯 보였다.

"의장님이십니다."

원정군 위원회 의장이 회의실에 들어서자 위원들이 가볍게 목례를 하며 의장을 맞이했다. 천군부 상부 조직인 위원회에서는 계급이나 상하 구분이 적용되지 않았다. 위원들이 위원으로 있는 한, 계급에 상관없이 동등한 지위와 발언권을 가질 수 있었다.

의장을 마지막으로 의원 전원이 참석한 회의실에는 특이하게도 의자가 보이지 않았다. 모든 의원들이 중앙에 있는 긴 타원형의 회의 탁자 둘레에 서 있고, 의장만이 홀로 대략 1m 50㎝ 크기의 오늘 회의 안건으로 보이는 문서들이 가지런히 놓인 발표대 앞에 섰다.

"제192차 회의를 시작하겠습니다. 다들 아시겠지만 작전 명 '신들의 전쟁'이 최종 승인되었습니다. 앞으로 천군부는 비상 체제에 돌입합니다. 이번 작전의 중추인 지상군 투입에 앞서 준비 상황을 최종 점검하도록 하겠습니다. 먼저 유럽 정세에 대한 개략적인 설명이 있겠습니다."

의장에 발언이 끝나자 천인단 외교부와 정보 부서, 그리고 천군부에서 자체적으로 운용하는 정보사령부 및 각 군의 정보 부서에서 올라오는 정보를 취합하는 원정군 위원회 정보위원이 발표대를 들고 지구도가 그려진 벽면으로 다가갔다. 정보위원이 지휘봉을 들어 올리자 회의실이 어두워지며 지구도에 불이 들어왔다.

"기억을 상기시키기 위해 재차 말씀드리겠습니다. 지중해 해전에서 참패한 이래 터키의 해군력이 급속도로 위축되어 서지중해에 대한 제해권을 완전히 상실한 것으로 보입니다. 타라한 황후가 지중해 함대의 지원을 요청하고 있지만 로리앙 사태를 이유로 정중히 거절하고 있습니다. 이로 인해 이베리아 반도에 있는 터키 원정군의 고전이 예상됩니다. 그리고 밀라노 공의회에서 결정된 연합군 조직이 급속도로 진행되고 있습니다. 영국의 찰스 1세와 프랑스의 루이 13세가 손잡고 이일을 주도하고 있는 것으로 보이며, 다른 세력을 끌어들이고 있는 것이 확인되고 있습니다. 왕 중의 왕이 유럽에서 나온다는 소문이 퍼지고 있는 것으로 추측하건대 연합 세력을 하나로 묶는 강력한 정치, 군사 조직이 만들어지고 있는 것으로 사료됩니다만 확인된 것은 아직 없습니다. 한 가지 좋은 소식은 스웨덴에서 우리의 제안을 수용하겠다는 외교 문서를 전달해 왔습니다. 하지만 폴란드에서는 아직 답변이 오지 않고 있습니다. 폴란드 건은 외교부 해외 공작실에서 모종의 작전을 수행 중이기에 그 결과를 본 연후에 처리를 결정내려야 할 것 같습니다."

정보위원이 보고를 마치고 지휘봉을 탁자에 올려놓자 다시금 회의실이 밝아졌다. 정보위원은 자리로 돌아가지 않은 채 다른 위원들의 질문을 기다렸다.

"파리에서 실종된 사람들에 대한 추가 정보는 없습니까?"

"외교부에 협조 공문을 보냈지만 아직까지 확인해 줄 수 없다는 답변뿐입니다."

"유럽의 최대 위기군요. 북에서는 우리가 치고 내려갈 테고, 남쪽에서는 터키와 싸우느라 여념이 없고, 프랑스는 내란으로 혼란스러우니 말입니다. 로리앙에서 특수여단 병력을 철수시킨 것이 못내 아쉽군요. 신항이 조금만 빨리 풀렸어도 철수시키지 않아도 되었을 텐데요."

의장은 아직도 로리앙에서 2101전단을 철수시킨 것을 못마땅해하고 있었다. 지중해를 이용한 보급로의 안전성을 의심하는 위원들로 인해 대책 중 가장 손쉬운 철수를 결정한 것이 두고두고 후회스러웠다.

질문이 없자 이번에는 이번 작전을 입안한 작전위원의 설명이 시작되었다.

"가용 함대를 총동원하는 대서양 봉쇄 작전을 시작으로 '신들의 전쟁'이 시작됩니다. 1군단 병력을 계속 남진시켜 오드리 강 하구에 있는 스체친까지 진격시키는 것을 제외하면 4군의 예상 진격로는 과거와 크게 달라진 것이 없습니다. 올해 안으로 폴란드를 접수하고 스웨덴과 폴란드를 아우르는 진격로에 40만의 병력을 집결시킵니다. 발틱해와 유틀란트 반도의 운하를 이용하는 보급로를 확보한 이후 유럽과 본격적인 전면전을 시작할 예정입니다. 때맞추어 그림자들이 모습을 드러내 민심을 흔들어놓게 됩니다. 상황이 무르익으면……."

모두들 알고 있는 내용이지만 최종 점검 단계이기에 간과한 부분이 있을 것을 우려해 처음부터 마지막까지 세세히 설명해 나갔다.

"지중해 쪽이 상대적으로 약하다는 느낌이 듭니다. 주변에 예비 병력을 대기시켜야 되지 않겠습니까?"

"지금 파견된 병력만으로도 터키의 신경이 날카롭습니다. 더 증원된다면 자칫 터키제국의 오해를 불러일으킬 수도 있기에 자중하고 있습니다. 또 키예프로 이동한 신속대응군의 작전 반경에 지중해가 들어가기 때문에 지중해 전력 증강을 상정하지 않았습니다."

"그런가요? 하지만 가능하면 예비 병력을 주변으로 미리 이동시켜놓는 것이 만일을 위해 좋지 않겠습니까?"

작전위원의 말에 수긍할 수 없다는 듯 한 위원이 계속 이견을 제시하고 나섰다.

"5군 병력과 전략기동군 일부 병력의 이동 배치를 검토해 보겠습니다."

수에즈에서 가장 가까운 기지는 말라카와 파나마밖에 없었다. 그곳도 모두 항해 거리 보름 이상이 걸리는 곳이라 얼마나 효과가 있을지는 의문이었다. 그저 내년에 예정된 기동 훈련을 조금 일찍 시작한다고 생각되는 정도였다.

"고아로 진출하는 것이 더 좋지 않겠습니까?"

"고아 항을 말입니까?"

"그건 완전히 새로운 작전이라……."

뜻밖의 제안에 작전위원이 말끝을 흐리며 의장을 쳐다보았다. 의장의 중재를 받아 최고위원회의 승인을 얻어야 할 사안이기 때문이었다.


북대서양


동파마나 기지를 출항한 대형 전투함 6척은 각기 2척씩 짝을 이뤄 카리브해를 지나 북대서양으로 북북진을 계속했다. 유럽으로 향하는 모든 배를 침몰시키라는 명령을 받고 있는 파나마 함대였지만 아직 단 한 척의 전과도 올리지 못한 채 북위 30도를 지나쳤다.

"이쪽이 원래 항로가 아니라 기대는 안 했지만 그래도 너무 조용하군."

6천 톤 급 2415함 함교에서 연신 사방을 둘러보던 정한성 대령이 입맛을 다셨다.

"4409함에 좀 더 거리를 벌리라고 하지!"

정한성의 명령이 접수되었는지 수평선을 넘나드는 4천 톤 급 4409함이 2415함과의 거리를 넓혀갔다.

레이더 사관들은 순번대로 돌아가며 24시간 주변을 감시했고, 함교와 선미에 배치된 견시병들은 수평선을 바라보며 대서양을 항해하는 배들이 나타나길 목놓아 기다렸다. 하지만 좀처럼 전과를 올릴 기회가 오지 않았다.

"부사령관님, 한 시간 후면 발틱 함대의 작전 지역으로 들어가게 됩니다."

"좀 더 올라가 보자. 최대 교차 범위까지."

북위 45도선을 경계로 그 위쪽은 발틱 함대가 파나마 함대와 똑같은 임무를 수행하고 있었기에 자칫 시비에 말려들 수 있었다. 그래서 경계선 위아래로 30㎞의 상호 자유롭게 넘나들 수 있는 완충 지대가 설정되어 있었다. 정한성은 설정된 완충 지대 끝까지는 가보고 싶었다.

하지만 무리를 하면서까지 3시간을 북북진하고도 목표를 찾지 못하자 정한성은 함의 선회를 지시했다.

"선회 090. 되돌아간다. 굴 앞에서 토끼들이 나올 때까지 기다려야지."

갑갑한 마음에 무작정 대양으로 나왔던 정한성은 별 소득이 없자 결국 동안에 건설된 식민지 항구인 뉴암스테르담과 버지니아 근처에서 출항하는 배를 추적할 생각을 굳혔다.

"부사령관님, 그곳은 농무가 종종 출몰하는 지역입니다. 수심도 걱정되고 말입니다. 좀 더 아래로 내려가심이……."

함장이 조심스럽게 의견을 내비쳤다.

"함장은 좀 쉬지 그러나? 야간에 나랑 교대해야지!"

괜한 말을 꺼냈다가 본전도 못 찾은 함장이 뿌루퉁해져서 함교를 내려갔다. 자신의 방으로 들어간 함장은 속에서 열불이 나 궁시렁거렸다.

"순양함이나 탈 것이지, 나하고 무슨 철천지원수가 졌다고. 에이~"

부사령관인 정한성 대령의 경력이나 성격으로 봐서 2415함을 탈 만한 상황이 아니었지만 계속 2415함을 타겠다고 우기고 있었다. 그건 아마도 북대서양 항로가 대부분 북위 40도에서 50도 사이에 형성되어 있었기에 다른 함에 승선했다면 작전 기간 내내 조각배조차 구경하기 힘들 것 같자 이러는 것 같았다.

"함장님! 함장님!"

눈을 감고 있던 함장은 부관이 깨우는 소리에 눈을 떴다.

"내가 그새 깜빡 졸았나? 무슨 일인가?"

"저녁 식사 시간입니다."

"그래? 벌써?"

"네, 부사령관님께서 찾으십니다."


이른 시간이어서 그런지 썰렁한 장교 식당에 부사령관이 혼자 덩그러니 자리에 앉아 있다가 함장을 보자 반겼다.

"마음이 상했나? 함교에 한번도 올라오지 않고 말이야."

"아닙니다. 책을 좀 읽었습니다."

부사령관을 대하기가 멋쩍어진 함장이 눈을 내리깔며 맞은편 자리에 앉았다.

"그래? 자, 먹지!"

정한성이 먼저 숟가락을 들어 소고기 미역국을 들었다. 깍둑썰기로 썰어낸 큼지막한 안심 고깃덩어리가 잔뜩 들어간 국이었다. 밥 한 공기를 국에 만 그는 김치를 얹어 삼키듯 눈 깜짝할 사이에 식사를 마쳤다.

"하루에 스무 가지 이상의 음식물을 섭취해야 필요 영양소를 골고루 섭취할 수 있다고 합니다."

겨우 반밖에 식사를 마치지 못한 함장이 이것저것 차려진 반찬에 젓가락을 가져가며 말했다.

또다시 함장의 잔소리가 시작되자 정한성이 자리에서 일어나려다 다시 앉았다. 아무리 부하라지만 식사 도중에 일어나는 것은 모양새가 좋지 않아서였다.

"그래? 천천히 많이 먹으라고."

함장의 식습관과는 다르게 정한성은 국에 밥 말아먹는 것을 좋아했다. 입맛이 없으면 냉수에 말아먹기도 했는데, 밥 빨리 먹기 선수인 양 숟가락을 들고 놓을 때까지 채 5분을 넘기지 않았다. 반면에 함장의 식사 시간은 30분이 기본이었다.

함장이 식사하는 동안 할 일이 없던 정한성이 옆에 있는 신문을 집어 들었다.

"장강 바닥 30센티미터 파내는데 성공. 15년 동안 고작 30센티군.

김대성 초원이 갈수록 넓어져 황사가 많이 줄어들 듯. 만주 고분에서 고대 가람 문자와 상형 문자가 나란히 출토. 고고학자와 언어학자의 비상한 관심을 끌다. 뭐야? 이번 작전에 대해서는 한마디도 없잖아?"

대한제국일보를 한 장씩 넘기던 정한성이 머리기사들만 대충 읽고는 신문을 접었다. 동떨어진 세상의 이야기들로 가득 찬 대한제국일보는 언제 보아도 재미가 없었다. 정한성 대령이 군 생활을 시작할 무렵에 발행된 신문 지면에서는 반절 이상이 천군의 활약상으로 도배되어 있었지만 지금에 와서는 큰 사건이 일어나지 않는 이상 지면에 오르지 못하고 있었다. 지면을 채울 다른 소식이 넘쳐나고 있기 때문이기도 하지만 어느 순간부터 천군부에서 신문사에 보도 자료를 보내지 않고 있는 것이 가장 큰 원인이었다.

삐익! 삐익! 삐익!

"뭔가?"

─레이더에 이상한 물체가 잡혔습니다.

"거리는?"

─북쪽 10킬로미터입니다. 점점 멀어지고 있습니다.

"그래? 이상 물체의 진로는?"

─북북동진하고 있습니다.

"알았다. 바로 올라가지."

함교와 연결된 수화기를 내려놓는 정한성을 함장이 바라보고 있었다. 그의 손에는 숟가락이 들려 있었다. 아직 밥그릇을 다 비우지 못한 것이다.

"함장은 다 먹고 천천히 올라와. 먼저 가네."

정한성이 서둘러 자리에서 일어나 식당 문을 열고 나가자 다급해진 함장이 밥그릇을 박박 긁어 한꺼번에 입에 몰아 넣었다. 그 덕분에 함장이 함교에 올라서는 동안에도 그의 입은 연신 오물거렸다.

그런 모습을 힐끔 쳐다보던 정한성이 이내 눈길을 바다로 돌렸다.

"항해등 소등. 전속 전진. 4409함은 미속으로 따라오라고 해!"

어느덧 주위는 짙은 어둠에 잠겨 있었다.


뉴암스테르담 항을 출발해 암스테르담 항으로 가고 있는 2,200톤급 무장 상선 게르에르 호가 순풍에 돛을 달고 북북동으로 항로를 잡았다.

잉글랜드 출신 이사애 홀 선장은 선창 가득 싣고 간 화물을 팔아 챙긴 이익의 반을 운임으로 받아 기분이 몹시 좋았다. 이민자들을 싣고 가면서 얻는 부수입도 짭짤해서 이번 귀항은 어느 때보다 이익이 많이 남을 것 같았다.

사실 암스테르담에 모여든 이민자들은 대부분 가난한 이들이어서 뉴암스테르담까지의 뱃삯을 지불할 능력이 없었다. 그래서 그들은 뉴암스테르담 부근 농장주들에게 10년 무임금 노동을 제공한다는 조건으로 배를 얻어탈 수 있었다. 그들의 뱃삯과 수수료는 농장주가 지불해 줄 것이니 손해날 건 없었다.

"열 명이나 죽어버려서 십 파운드만 날아갔네. 다음부터는 죽지 않을 만큼이라도 음식을 주던가 해야지. 흐흐흐."

누가 들어도 소름이 돋을 정도로 한밤에 흘리는 홀의 웃음소리는 기괴했다.

홀은 조금이라도 비용을 아끼기 위해 무임 승선자들에게 음식물 제공을 극도로 제한했고, 선창 청소 등과 같은 노동을 강제로 시키기도 했다. 그 와중에 열 명이 시름시름 앓다가 죽어버렸지만, 그는 시체를 바다에 던져 버리는 것으로 일을 마무리 지었다.

작은 나무 궤짝에 가득 찬 은화와 금화를 바라보며 황홀해하던 선장이 후닥닥 궤짝을 닫고 자물쇠를 채웠다. 그러고 나자 문을 두드리는 소리가 들렸다.

"선장님, 뒤쪽에서 뭔가 쫓아오고 있습니다."

"뭐가 쫓아온다는 거야? 잘못 본 것 아냐?"

"아닙니다. 꼭 생긴 것이 유령선 같습니다. 돛도 없는 것이 점점 가까이 다가옵니다. 소문으로만 듣던 대한제국 함선이 아닌가 싶습니다."

일등 항해사의 말에 의아함을 느낀 홀 선장이 선실을 나왔다. 일등 항해사가 가리키는 곳을 살펴보니 뭔가 있는 것 같았지만 형체가 흐릿했다. 배 같기도 하고 해무가 만들어낸 기이한 모양 같기도 했다. 이곳을 항해할 때면 가끔 나타나는 해무는 이상한 형상을 만들어 선원들을 놀라게 하곤 했었다.

"심술쟁이 포세이돈의 장난이라고. 이런 거 한두 번 겪나?"

"분명히 뭔가 따라왔었습니다. 아무렴 제가……."

"알았네. 난 그만 들어가겠네."

일등 항해사는 선수를 다시금 바라보았지만 짙은 농무에 사방이 뿌옇게 흐려져 한 치 앞도 보이지 않았다. 수십 번도 더 경험한 농무였지만 왠지 뭔가 불쑥 튀어나올 것 같아 등골이 오싹해지며 저절로 목에

건 십자가에 손이 올라갔다.


"젠장!"

정한성은 레이더 사관이 목표를 놓쳤다는 보고에 주먹을 내리쳤다. 거의 다 잡은 사냥감이 눈앞에서 사라져 버린 것이다.

"예상 항로를 산출해서 앞서 나간다. 4409함을 호출해!"

"통신이 되지 않습니다."

"뭐라고? 통신기도 먹통이야?"

"네, 그렇습니다."

"자랑이다. 일단 항로를 북동으로 유지하고 속도를 반으로 줄인다. 선미 항해등을 켜고 후미에서 따라오는 4409함을 계속 호출하도록."

육지와 가까워지는 것을 우려한 정한성은 함의 진행로를 동쪽으로 치우쳐 잡고 추격을 계속하기로 마음먹었다. 한 번 물면 쉽게 놓지 않는 성격답게 그는 이번 사냥감을 놓치고 싶지 않았다.

"45도를 넘을 수 있습니다. 이런 환경에서 자칫 발틱 함대와 조우하게 되면 오인 사격이……."

"거, 재수없는 소리 그만 하게. 농무는 생길 때처럼 사라지는 것도 순식간이야."

정한성은 농무가 순식간에 사라질 것이라 생각했다.

하지만 농무는 새벽이 되어도 걷히지 않았다. 밤을 꼬박 새운 수병들이 지쳐 갈 무렵 어쩔 수 없다는 듯 정한성이 다시 한 번 진로 변경을 명령했다.

"젠장! 꼭 저놈의 안개가 우리를 쫓아오는 것 같군. 3시 방향으로 전속 이탈한다."


## 남태평양 아프리카 남단 희망봉


자카르타를 출항한 2102 항공모함과 6척의 대형 순양함이 폭풍의 언덕이라 불리는 희망봉 부근에 정박한 채 인도양에서 대서양으로 넘어가려는 모든 선박들을 나포하거나 침몰시키는 무기한 작전에 돌입했다. 사방 100km를 커버하는 희망봉 봉쇄 작전에 투입된 수상함만 순양함 10척이 넘었고 추가로 항공모함 1척, 보급함 5척, 그리고 잠수함 10척이 투입되었다.


"이제 한고비 넘겼군."

고아 항을 출항하는 상선들에게 있어 인도양에 가끔씩 나타난다는 정체불명의 바다 괴물은 인도양을 죽음의 바다로 만들어왔다. 그 인도양의 끝 자락인 아프리카 남단에 진입해 들어간 카보 데 호르노스가 안도의 한숨을 내쉬고 있었다.

포르투갈 왕국 상선단을 이끌고 있는 호르노스는 휘하의 상선 20척에 인도의 향료와 물품을 가득 싣고 리스본으로 향하고 있었다. 1488년 디아스가 이곳을 처음 지나간 이래 줄곧 인도양을 오가는 상선들을 내려다보던 희망봉이 얼마 남지 않았다.

"신부님, 하나님에게 감사의 기도를 올려주십시오. 이번에도 무사히 인도양을 넘어왔습니다. 대한제국에게는 저주를, 포르투갈과 스페인에는 영광을!"

대형 상선에 타고 있는 예수회 소속 신부님이 호르노스에게 다가가 십자가를 들지 않은 다른 손을 들어 올렸다.

"성스러운 성령을 보내주시어 우리의 앞길을 열어주신 우리 주 하나님에게 감사드리기 위해 여기 모였습니다. 앞으로도 기나긴 항해가 남아 있습니다."

주저리주저리 신부가 하나님에게 영광을 돌리는 기도를 올리자 에스페란샤 호에 탄 모든 선원들이 무릎을 꿇고 하나님에게 감사의 기도를 드렸다.

기도가 끝나자, 호르노스는 갑판에 술통을 가져와 선원들에게 무사함을 감사하는 술잔을 들게 했다.

10여 년 전 대규모의 해전 이래 유럽의 인도양에 대한 제해권이 상실되고 대한제국의 잠수함 공격으로 인해 침몰하는 상선들이 늘어나자 유럽 상인들은 궁여지책으로 상선을 대규모로 하여 한꺼번에 움직였다. 그 이후로 대한제국의 공격이 뜸해지긴 했지만 여전히 위험은 도사리고 있었다. 그래서 유럽 상선들이 이곳 아프리카 최남단 아굴라스를 지날 때면 으레 하나님에게 감사와 무사 귀환을 기원하는 기도를 올리는 것이 상례화되어 있었다.


"대규모 상선단이 막 희망봉 남단을 지나치고 있다는 보고입니다."

2102전단을 지휘하고 있는 함대사령관 오중구 소장은 통신장교의 보고를 듣고는 고개를 끄덕였다. 목표물이 쳐놓은 그물 안으로 들어오고 있었다.

"슬슬 움직여 볼까? 모든 순양함들에게 포위를 지시하고 제비를 날릴 준비를 마쳐 놓게."

5만 톤 급 항공모함을 움직이는 두 개의 스크루가 동축에 실려오는 힘을 받아 물보라를 일으키며 세차게 돌아갔다. 물이 뒤로 밀려나면서 발생한 힘은 항공모함을 앞으로 힘차게 밀어냈다. 이내 좌우에서 간격을 벌리는 순양함과 함께 항공모함은 다가오는 호르노스 선단을 향해 전진했다.

5307함 함교 꼭대기에 달려 있는 안테나가 수평선을 넘으며 햇빛을 반사시켰다. 파도의 울렁임에 보였다 사라졌다 하던 것이 점점 작은 물체를 만들어내며 호르노스 선단으로 다가갔다.

"저게 뭐지?"

중앙 돛 위쪽에서 망원경으로 사방을 주시하던 파수꾼이 반사되는 빛과 점점 커지고 있는 이상한 물체를 바라보며 중얼거렸다.

"겨우 서너 잔 마셨는데 눈에 헛것이 보이나?"

그는 눈을 감으며 눈꺼풀에 꾹 힘을 주었다. 다시 눈을 떠 앞을 바라보았지만 망원경에 잡힌 신기루는 여전히 그곳에 있었다.

그러는 사이 5307함의 함교가 수평선을 넘어왔다. 곧 이어 함수와 갑판에 장착된 함포의 모양이 망원경에 잡혔다. 귀에 못이 박히도록 듣던 대한제국의 전함과 비슷한 모양이었다.

정신을 바짝 차린 파수꾼이 갑판과 연결된 줄을 잡아당기자 선장실에 걸려 있는 종이 요란하게 울어댔다. 파수꾼은 일 차 경고를 한 후 줄을 타고 갑판으로 내려와 술판을 벌이고 있는 선원들에게 고함을 질렀다.

"배가 나타났다! 배가 나타났다! 대한제국의 철선이다! 전투 준비! 전투 준비!"

파수꾼의 외침에 술에 취했던 선원들이 허둥대면서도 상갑판과 하갑판의 대포를 끌고 나왔고 각자의 무기를 챙겨 들어 점검을 시작했다. 몇몇 선원은 겁에 질린 채 잿빛 선체를 가진 5307함의 모습을 바라보고 있었다. 바다 갈매기 색깔을 하고 있는 5307함은 길쭉한 127㎜ 함포 3문을 전방으로 향한 채 물개처럼 파도를 헤치며 당당히 다가왔다.

"흩어져 도망쳐라!"

호르노스는 오래 생각할 겨를도 없이 선단에게 도주를 명령했다. 눈에 보이는 대한제국의 군함이 단 한 척뿐일지라도 맞서 싸우기보다는 도망치는 것이 상책이었다.


"적 전방, 함포 세 발씩 포격!"

5307함 함장인 이영수 중령은 상선단이 흩어지려 하자 진로를 방해함과 동시에 도망치려는 의지를 꺾기 위해 포격을 명령했다.

블라지보스톡에서 일 차로 건조된 순양함 10척 가운데 하나인 5307함은 80㎞를 수색할 수 있는 수색 레이더, 127㎜ 자동 함포 3문, 45㎜ 기관포 2문, 200㎜ 어뢰 발사관, 그리고 사거리 30㎞의 대함미사일 해룡을 장착하고 있었다. 순양함이란 말에 걸맞게 50일간의 작전 수행 능력을 가진 대한제국 대양 해군의 중추를 담당하고 있는 함정이었다.

꽈광— 꽈광— 꽈광—

연이어 터진 일제 포격이 아홉 개의 물기둥을 만들어냈다. 고폭탄이 터지면서 만들어진 물결로 인해 물기둥 주변의 범선들이 크게 출렁거렸다. 어느새 하늘에는 제비들이 떠다니며 호르노스 상선단을 감시하고 있었다.

"뒤쪽에도 철선이 나타났다!"
"전방에 또 다른 철선이 나타났다!"
계속해서 대한제국의 군함이 나타나고 하늘에는 생전 처음 보는 것들이 요란한 소리를 내며 먹이를 찾는 독수리처럼 머리 위를 맴돌자 호르노스의 당황이 극에 달했다.

펑펑펑! 꽈광!
5307함과 가장 가까운 거리에 있던 카라카스 호가 불벼락을 뒤집어썼다. 한껏 부풀어 있는 돛에 불이 옮겨 붙어 불길이 번져 갔다.

"불을 꺼라! 돛을 내려! 도망가긴 틀렸다. 접근해서 적과 맞서 싸워라!"
카라카스 호 함장은 이탈하는 것을 포기하고 해류에 배를 맡긴 채 5307함과 거리가 가까워지길 기다렸다. 하지만 대한제국군 함정은 1㎞ 이내로 접근하지 않고 있었다.

"발포! 발포!"
펑펑펑!
더 이상 기다릴 수 없었던 선장의 명령에 우현포 20문이 일제히 발포를 시작하자 카라카스 호는 일순간 연기에 휩싸여 모습을 감추었다. 사거리 3㎞를 자랑하는 함포는 1㎞ 측방에서 기동하는 5307함을 충분히 맞출 수 있을 것 같았지만 단 한 발도 5307함을 가격하지 못한 채 작은 물기둥만을 만들어냈다.

쿠쿠쿠쿵! 퍼퍼펑! 드드드드—

위험을 느낀 5307함에서 127㎜ 함포와 45㎜ 기관포를 가동해 일시에 불을 뿜어냈고 카라카스 호 측면을 연속적으로 때렸다. 노출된 카라카스 호의 측면이 너덜너덜해지고 순식간에 불기둥이 일면서 사방으로 불꽃이 튀기더니 바닷물이 거침없이 내부로 밀려들었다. 그렇게 몇 차례의 포격을 받은 카라카스 호는 급격히 기울다가 침몰하기 시작했다.

카라카스 호를 시작으로 호르노스가 이끌던 20척의 대상선단은 차례로 공격을 받아 침몰하거나 멈춰 섰다. 20분간의 일방적인 살육전 끝에 마침내 호르노스는 모든 것을 포기한 채 백색 깃발을 돛대에 높이 올렸다.


"항복하려는 모양입니다."

오중구 소장은 포격 연습이나 다름없는 해전을 감상하며 흐뭇한 표정을 짓고 있었다.

"혹시 모르니 적의 속임수에 대비해 종선을 먼저 내려 접근시키고 만일의 경우 즉각 대처할 수 있도록 방심하지 말라고 전하게."

아군 함정의 전력을 감안하면 식은 죽 먹기보다도 쉬운 임무를 수행하고 있었지만 그는 언제나 신중했다.

이후 호르노스의 상선단에서 붙잡힌 유럽인들과 노예들은 희망봉 근처 '희망'이라는 해안가에 버려지듯 내려졌다. 사회적 기반 시설이 전혀 없는 이곳에 남겨졌던 2,000여 명의 포로들은 자멸하지 않고 대한제국의 느슨한 감시 속에서 차츰 마을을 형성해 나갈 수 있었다.

단기 3959년 초여름, 민스크 부근 유럽 원정군 지휘부

폴란드를 빠르고 효과적으로 병합하라는 명령을 받은 4군 사령관 김상태 대장은 겨우내 묵혀두었던 기기들의 정비가 끝나는 시점을 기해 전군에 진격 명령을 하달했다.

발틱 함대의 지원을 받으며 기계화사단 4111사단이 리가 항을 출발하면서 시작된 폴란드 점령전은 포병대대의 엄호를 받으며 4군 1군단 기병사단이 빌뉴스로 이동을 시작하고, 민스크에 있는 5군단 병력을 주축으로 한 본대가 브레스트로 움직이면서 본격화되었다.

"버섯 요리도 먹음직했어. 안 그런가, 참모장?"

지휘 차량에 올라타던 김상태 대장이 겨우내 먹었던 버섯 요리를 생각하며 농담을 던졌다. 한동안 보급로가 폭설로 단절되면서 5군단 병력은 질리도록 버섯을 먹어야 했었다.

"버섯 전골은 먹을 만했습니다. 그래도 쌀이 동나기 전에 보급로가 뚫려서 다행이었습니다. 자칫 빵 쪼가리에 버섯 크림을 먹을 뻔했으니 아슬아슬했습니다."

"올해는 사정이 좀 좋아지겠지. 철도가 스몰렌스크까지 연결되면 한결 수월해질 거야."

5월인데도 아침이면 서리가 내리는 곳이라 대지는 항상 축축하게 젖

어 있어 교통이 여의치 않았다.

"한 달 내에 브레스트에 도착해야 하는데… 4군단을 움직이지 못하는 것이 아쉽군."

"우크라이나가 아직 안정되지 않았다고 판단한 모양입니다. 하지만 우크라이나 주민들은 폴란드 원정에 참가하고 싶은 모양인데 그들을 보내달라고 할까요?"

"당한 만큼 복수하고 싶은 모양이겠지. 나야 좋지만 천군부에서는 탐탁지 않게 생각하는 눈치야. 하지만 언젠가는 그들이 필요할 거야. 4군단이 임시 훈련소를 만든 것도 그 때문일 것이고."

지휘 차량이 부르릉거리며 겨울을 보낸 임시 막사를 떠나가자 4700 전차여단 소속 3대대가 원정군 사령부를 엄호하기 위해 사방으로 흩어졌다.

본대의 주력인 5군단 병력 4만 5천 명은 앞서 출발한 상태였다. 6군단과 2군단의 보병사단만이 후방을 엄호하며 기다리고 있는 상태였기에 원정군 지휘부가 이동을 시작하자 뒤에 남은 두 개의 보병 사단은 보급로와 통신로를 개척하며 본대를 뒤따라갔다.

폴란드 대부분의 병력이 바르샤바 부근에 집결되어 있었기에 며칠간은 그들을 막아설 만한 적이 없었다. 지나치는 길목에서 대한제국에 적의를 가지고 있는 지방 영주들이 성문을 굳게 닫아 걸고 농민들을 모아 결사 항전을 외쳐 댔지만, 그때는 한 개 연대 급이나 대대 급이 나서면 되었다. 5군단의 화력과 병력을 단 한 시간도 막아내는 곳이 없었으니 그 사이에 다른 부대들은 계속해서 바르샤바를 향해 진격할 수 있었다.

"4121사단에서 전문입니다. 빌뉴스가 항복했습니다. 그리고 천군부에서 전문이 도착했습니다."

원정군 본대가 딘스크를 떠난 지 하루 만에 승전보가 들어왔다.

"그래?"

시작부터 매끄럽게 일이 진행되는 건 좋은 일이겠지만 김상태 대장에게는 빌뉴스의 항복이 어째 이상했다. 항복하기에는 너무 이른 감이들었다.

"네, 소영주가 내민 조건을 외교부가 수락함으로써 무혈 입성하게되었답니다."

"식충인 줄 알았더니 외교부도 일을 하긴 하는구만."

외교부가 폴란드 북부에 대한 외교 활동을 활발히 하고 있다는 소식은 김상태 대장에게도 들려오고 있었다. 하지만 그런 활동으로 민스크다음으로 큰 도시가 저항없이 대한제국의 손아귀에 들어오리라고는 기대하지 않았었다.

"빌뉴스의 새로운 영주가 내건 조건이란 게 뭔지 궁금하군."

"영주로서의 지위 보장과 바르샤바 공격에 참가할 수 있게 해달라는요구를 했다고 합니다."

빌뉴스 영주를 비롯한 북부 지방 영주가 바르샤바에서 무참히 죽임을 당하고 새롭게 영주 회의가 구성되었다지만, 이전과는 정반대로 영주 회의는 지그문트의 대변자 모임으로 전락해 있었다. 특히 북부 영주들은 회의에 참석하기도 쉽지 않을 만큼 따돌림당하고 있었다.

승전보와 함께 날아든 천군부의 전문에는 외교부가 지금도 폴란드북부에서 활동하고 있으니 공격에 신중을 기하라는 명령이 쓰여져 있었다.

"어쩐지 재미없게 끝이 날 것 같군. 귀족들의 안위를 보장한다면 다 항복할 것 같은데 말이야. 그런데 점령지 전략이 바뀐 건가? 이런 일은 지금까지 없었는데?"

사령관이 고개를 가웃거리며 정보참모를 바라보자 그 역시 의외라는 표정이었다.

"저로서도 뜻밖입니다. 예전 같으면 귀족이란 귀족은 다 잡아들여서 시베리아나 쥬신 대륙으로 보내 버렸을 텐데 말입니다."

"그럼 바라노도 무혈 입성하겠군. 5군단에 미리 통지를 넣도록 하게. 그런데 모스크바에서 연락 온 것 없나?"

"정화 사령부로 모든 자료가 넘어갔다는 특수부의 보고를 마지막으로 더 이상 정보가 오지 않고 있습니다. 이런 일까지 정화 사령부에서 관심을 보이는 것이 이상합니다만, 일단 그쪽 보고서를 기다리고 있습니다. 정보 통제가 강력하게 이뤄지고 있어서 모스크바 쪽에서도 손을 놓고 있는 실정입니다."

"알겠네."

김상태는 입을 다물고는 눈을 감은 채 흔들리는 차량에 몸을 맡겼다.

지휘 차량은 시속 40㎞의 속도로 꾸준히 움직여 앞서간 5군단을 따라갔다.

5군단의 선봉을 맡고 있는 4521 기병사단 병력이 바라노 부근에 도착할 시간이 가까워지자 사령부 통신대대가 부산해지며 상황 보고를 받느라 시끌벅적해졌다.

"예상대로 입니다. 4521사단이 바라노를 지나치고 있습니다. 성문은 활짝 열려 있고 백기가 성곽에 내걸려 있다는 보고입니다."

"선두에게 진격 속도를 반으로 줄이라고 하게. 1군단 병력에게도. 바라노에서 잠시 머물다 간다."

후속 부대와의 연결이 끊어질 것을 우려한 사령관은 원정군의 속도 조절에 들어갔다. 기병사단은 하루에 100㎞를 이동할 수 있었던 반면 보병사단은 40㎞도 이동하기 힘들었다. 아울러 우측에서 기동하고 있는 1군단이 너무 뒤처지고 있었다.


폴란드 바라노 성


민스크에서 남동쪽으로 대략 100㎞ 떨어져 있는 바라노에 입성한 사령부는 엄중한 경호를 받으며 성내 깊숙이 들어갔다. 바라노 영주가 바르샤바에서 참살당한 후 새롭게 영주 직을 승계한 신임 영주는 김상태 대장을 비롯한 지휘부를 두려움과 호기심 속에 받아들였다.

"이분이 이번 원정군을 이끌고 있는 김상태 사령관님이십니다. 그리고 이분은 바라노 영주 직을 승계하신 시구르드 영주님이십니다."

외교부에서 나온 이영환은 통역을 겸하며 두 사람에게 서로를 소개시켰다. 상호간의 신뢰가 구축되지 않은 만찬 자리는 모든 것이 의심스럽고 껄끄러웠다. 특히 손님으로 초대된 원정군 일행은 작은 움직임도 놓치지 않고 세밀히 확인하였고 언행 또한 아꼈다.

"형님이신 시그문드 전 영주님의 일은 참으로 안타까운 일이었습니다. 그런 변을 당하지만 않았어도 저희와 오랫동안 번영을 누렸을 것을."

"지금도 그 일을 생각하면 울화가 치밀어 오릅니다. 조카인 볼그빌
드가 너무 어려 이곳을 비울 수 없음이 안타까울 따름입니다. 그건 그
렇고 사령관님께서는 앞으로의 일을 저에게 말씀해 주실 수 있겠습니
까? 듣기로는 오드리 강을 넘으실 거라던데요?"

"어디서 그런 소문을 들으셨는지 모르겠지만 절대로 아닙니다. 대한
제국이 이번에 출병한 것은 과거 우크라이나의 강제 침탈과 스몰렌스
크에서 저지른 만행에 대한 응당한 보답을 받기 위한 것입니다. 오드
리 강을 넘어 신성로마제국으로 들어갈 생각은 추호도 없습니다. 대한
제국은 평화를 사랑하는 민족입니다. 지그문트처럼 아무런 이유 없이
다른 나라를 공격하거나 사람을 죽이는 그런 야만인들이 아니지요. 제
군대가 오드리 강을 넘는 경우는 결코 없을 것입니다. 저쪽에서 공격
해 오지 않는 한 말입니다."

"이런이런 죄송합니다. 당연히 그러시겠죠. 제가 대한제국을 야만
인 취급한 것은 절대 아니니 오해를 푸셨으면 합니다."

시구르드 영주는 웃으며 말하려 했지만 얼굴 근육은 경직되어 있었
다. 호랑이를 안으로 들여 대접하는 자리에서 실언을 한다는 것이 얼
마나 위험한지를 깨달은 때문이었다.

분위기가 어색해지자 식탁 위에 차려진 음식에는 손도 대지 않던 김
상태가 건배를 제의했다.

"자, 모두들 딱 한 잔만 합시다. 잔을 드세요. 이영환 특사께서 좋은
말씀 한마디하시지요?"

"그럴까요?"

이영환은 모두의 잔에 술이 찬 것을 확인한 뒤 자신의 술잔을 가슴 높이로 들어 올렸다. 잔에 반쯤 담겨진 빨간 포도주가 동그란 잔물결을 일으켰다 한차례 주위를 스윽 둘러본 이영환이 폴란드어와 대한제국어로 기원을 담아 선창했다.

"제국의 영광, 바쟈 왕에게 축복을!"

"제국의 영광, 바쟈 왕에게 축복을!"

복창이 이어지고 난 뒤 모두 잔을 높이 들어 올렸다. 비서관과 참모장을 제외한 모든 사람들이 고개를 꺾어 한 입에 적포도주를 털어 넣고는 꿀꺽 삼켰다. 다른 사람들의 목젖이 움직이는 것을 확인하던 비서관이 잔을 기울이며 술잔을 비워 나갔다.

"좋습니다. 먼 길을 왔더니 피곤하군요. 우린 이만 물러갈까 합니다. 푸짐한 식사 대접에 감사드립니다."

"성내에서 주무시고 가지 않으시구요?"

"말씀은 감사합니다만 사양하겠습니다. 지휘관인 제가 사사로이 부대를 떠날 수는 없습니다. 그리고 실례가 되지 않는다면 내일 점심에 영주님을 초대하고 싶습니다. 어떠신지요?"

"영광입니다, 사령관님!"

"그럼 그때 뵙겠습니다. 노파심에서 말씀드립니다만, 비무장으로 오셔야 합니다."

만찬을 마친 사령관은 서둘러 바라노 영주의 성을 빠져나왔다. 앞에서는 기병대가 길을 열고 있었고 그 뒤를 호위병들이 질서정연하게 뒤따랐다.

땅거미가 내려앉은 들녘을 아름답게 수놓은 횃불 행렬이 보이지 않을 때까지 망루에 서 있던 시구르드는 조카의 손을 꼭 쥐며 안도의 한숨을 내쉬었다.

다음날 아침 일찍 자리를 털고 일어난 시구르드는 시종과 몇몇 부하들을 데리고 성을 빠져나왔다. 대한제국군 사령관의 식사 초대에 참석하기 위해 길을 재촉하던 그들은 대한제국 원정군 사령부 정문에 도착한 뒤 검문을 위해 멈춰 섰다.

"어서 오십시오, 영주님. 사령관님께서 기다리십니다. 말은 병사들에게 맡겨두시고 이쪽으로 오십시오."

영주 일행은 비서관의 안내를 받아 들판을 가로질러 안쪽에 자리 잡은 사령부 막사가 있는 곳으로 천천히 걸어갔다. 주변으로 이동식 삼각 천막들이 사령부 막사를 감싸고 있었고, 군데군데 급조된 참호 속에서 잡담을 나누던 사병들이 비서관을 향해 경례를 올렸다.

"이쪽입니다."

말로만 듣던 철마가 가지런히 세워져 있는 것을 넋놓고 바라보던 영주 일행은 비서관의 말에야 천마—10 전차에서 시선을 떼었다.

비서관이 막사에 다가가자 제국 소총을 양손에 들고 가슴에 수류탄을 달고 있는 경비병이 막사 문을 열어주었다.

"들어가시지요."

"네."

식사보다는 대한제국 군대에 관심이 많았던 그들은 식사를 하는 둥 마는 둥하면서 연신 고개를 돌려가며 눈에 보이는 것들에 대해 질문을 해댔다.

이영환이 그들의 질문 공세에 완전히 질려 녹초가 될 무렵, 바쟈를 실은 소형 여객선이 대한제국 발틱 함대 소형함 전대의 호위를 받으며 스톡홀름에 모습을 드러냈다. 스웨덴 여왕의 부군이 도착하는 스톡홀름 항구는 썰렁하기만 했다. 궁정 근위대 100기를 제외하고는 부근에 개미 한 마리도 얼씬거리지 않았다.

"내리시지요, 전하!"

썰렁한 부두만큼이나 찬바람이 불고 있는 바쟈의 마음을 아는지 모르는지 스웨덴의 재상으로 지목된 한상국이 카지미에슈 바쟈에게 다가갔다.

혈혈단신으로 스웨덴 왕국에, 그것도 자의가 아닌 타의로 마련된 자신의 결혼식에 참석해야만 하는 바쟈가 모든 것을 체념한 듯 부두로 연결된 나무판자에 첫 발을 내디뎠다.

뒤이어 대한제국 특수 요원 100명이 완전 무장을 한 채 상륙을 마치자, 마차에 오른 바쟈는 스웨덴 왕국 근위기병대의 엄호를 받으며 물 위에 떠 있는 작은 섬 도시 스톡홀름의 중앙 광장으로 향했다.

일행이 사방팔방으로 뻗어난 길의 시발점에 있는 세르겔 광장을 거쳐 왕궁으로 향하는 길로 들어서자 항구의 모습과는 다르게 왕궁으로 이어진 길 양 옆으로 인파들이 길게 늘어서 17세의 폴란드 왕인 바쟈를 향해 환호하며 손을 흔들어댔다. 그러나 마차에 오른 바쟈는 왕궁에 도착할 때까지 한 번도 밖으로 얼굴을 내밀지 않았다.

"그때 케플러 아저씨를 따라갔어야 했는데……."

후회는 아무리 빨라도 늦었다.

케플러가 모스크바를 떠난 직후 바쟈는 모스크바 정보국의 철저한 감시와 제약 때문에 탈출이 불가능했다. 이렇게 스톡홀름까지 끌려오는 사이에도 수없이 탈출을 생각하고 심지어 자살할까 하는 생각도 했었지만 결국 대한제국이 던진 달콤한 사탕을 곁들인 협박에 쇠코뚜레 꿴 송아지 마냥 얌전히 이곳까지 와야만 했다.

'어차피 폴란드는 사라진다. 왕가라도 유지하려면 내가 왕에 올라야 한다. 크리스티나도 마찬가지겠지? 아니, 어쩌면 더 좋은 기회인지도 몰라.'

아무리 그럴듯한 자위와 자기 합리화를 시도해도 허수아비인 자신의 위치가 변하지는 않았다.

'하나님, 왜 저를 이렇듯 고난의 길에 빠지게 하셨나이까?'

모스크바에 유학 간 뒤로는 교회와 담을 쌓고 지내던 바쟈가 급기야 하나님을 원망했다. 스스로 헤쳐 나갈 수 없는 어려움에 처하자 어쩔 수 없이 하나님을 찾았지만 돌아온 탕아를 반겨줄 하나님은 그에게서 등을 돌리고 있었다.


그라나다 말라가 항구


이합 에사 살라몬이 이끌고 온 2차 원정군 함대 40척은 말라가 항구에 병력과 물자를 모두 하역한 이후 그대로 발이 묶여 버렸다. 이제 터키제국의 유일한 함대가 되어버린 이들은 말라가 항구가 위협받게 되자 쉽사리 항구를 떠나 본국으로 움직일 수 없었다. 말라가 항에는 이들 외에도 증기 포함과 40척에 이르는 함대가 있었지만, 살라몬 함대가 빠져나가면 유럽 연합 함대를 막아낼 만한 전력이 되지 못해 결국 각개격파를 당할 거라는 건 누가 보아도 예측할 수 있는 일이었다.

하지만 살라몬의 생각은 달랐다.

"마냥 여기서 기다릴 수만은 없지 않습니까? 본국과의 연락이 단절되면 고립무원 상태에서 사방의 적과 맞서 싸워야 하는 힘든 상황이 계속될 수도 있습니다. 그전에 우리가 움직여야 합니다."

지금 유럽 함대는 대부분이 중부 지중해에 있었다. 이런 절호의 기회를 이용해 카디즈나 발렌시아를 공격하고 나아가 바르셀로나 리스본을 쑥대밭으로 만들어 버리면 지중해에서 활동하는 유럽 함대를 분산시킬 수 있었다.

"하지만 우리 함대는 만일을 대비해 이곳에 머물러야 합니다. 이곳이라면 적들도 섣불리 들어오지는 못할 것입니다. 본국에서 새로운 함대를 구성해 이곳으로 보낼 때까지 기다릴 수는 있지 않습니까? 그리고 함대가 자리를 비운 사이 적 함대의 공격이라도 받는다면 어떻게 하시겠습니까?"

우다이 행정관은 최악의 경우가 닥쳤을 때 원정군의 철수를 위해 함대가 움직이는 것을 극구 반대하고 나섰다.

"그건… 최소한 상륙을 저지할 수는 있지 않습니까? 며칠만 막고 있으면 저절로 물러나던가 저희가 되돌아와서 전멸시키면 됩니다. 시간은 결코 우리 편이 아니란 말씀입니다. 이미 함대는 출항 준비가 끝났습니다. 지금은 결단이 필요한 시기라고 생각합니다."

살라몬의 설득에도 불구하고 우다이는 선뜻 결정을 내리지 못했다.

대부분의 해군 장교들은 살라몬을 지지하고 나섰고, 육군 장교들은 우다이를 지지하고 있었다. 양자 택일의 갈림길에서 고민하던 우다이는 원정군 사령관과 협의한 이후에 결정하는 것이 좋을 것이라 생각했다.

"이 점은 우리끼리 결정할 사안이 아니라고 봅니다. 일단 사담 사령관의 의견을 받아보고 결정을 내리도록 하겠습니다. 살라몬 제독은 그때까지 수병들……."

땡땡땡땡—

우다이가 고심 끝에 내린 이야기를 끝마치기도 전에 비상 종소리가 사방에서 울렸다. 한동안 어리둥절해 있을 때 회의실에 들어온 낭패한 표정의 부관이 우다이에게 뭔가를 건넸다.

건네받은 쪽지를 눈으로 읽던 우다이가 자리에서 벌떡 일어나 소리쳤다.

"전투 준비를 하시오! 적들이 몰려오고 있다고 하오!"

"적이라니요? 어디서 말입니까?"

"바다를 가득 메운 적의 함선이 항구로 들어오고 있는 것이 목격되었답니다. 서두르시오."

살라몬을 비롯한 해군 장교들은 황급히 건물 밖에 대기 중이던 말에 올라타고 자신의 배로 향했다.

외항에 떠 있던 증기 포함의 굴뚝에서는 예전과 다른 시커먼 연기가 힘차게 올라왔다. 적 출현이 함대에 빠르게 전파되고 있었지만 기습을 허용한 터키 함대는 위기를 맞이하고 있었다.

"병력을 제1참호선에 투입하고 예비대에게 예비 탄약을 지급한 뒤 더 후방으로 이동시켜라!"

말라가 수비를 책임지고 있는 아부라일 자아파리는 멀리 지평선에 나타난 망루가 또렷이 보이는 망원경을 접으며 부하 장교들에게 명령을 내렸다. 그는 부두와 가장 근접한 제1참호선에 병력을 투입하게 했다. 터키 함대의 출항이 상대적으로 늦었기에 진영을 갖추고 들어오는 유럽 함대를 효과적으로 저지할 거라는 믿음이 서지 않아 취한 조치였다.

"부관, 후방에 있는 포대를 여기, 여기에 배치하도록. 그리고 남쪽 해안과 북쪽 해안에 한 개 중대 병력을 보내 적의 후방 상륙을 방어한다."

오래전에 계획된 방어 계획에 따라 자아파리 장군은 병력을 신속히 배치하기 시작했다. 2원정군 함대와 함께 온 병력과 총포탄 중 반절 이상이 1원정군에게 지원되었지만 말라가에는 4천 명의 수비군과 1천 명의 총병이 남아 대기 중이었다.

그라나다 최대의 항구 말라가는 그렇게 항구 앞바다에서 벌어질 해전을 숨죽이며 기다리고 있었다.


"재빠른 놈들입니다. 벌써 진영을 구축하고 나옵니다."

프랑크 라이카르트가 말라가에서 터키 함대가 증기 포함 3척을 앞세우고 일자진(一字陣)을 펼치며 나오는 것을 보고 중얼거렸다.

스페인의 빌바오 함대를 주축으로 영국과 네덜란드, 프랑스, 그리고 몇몇 한자 동맹 도시들에서 파견된 함대로 구축된 새로운 연합 함대의 총사령관인 클로크 백작의 얼굴에 조소가 떠올랐다. 이번에 구성된 총 130척의 함선 모두 1,500톤 이상의 대형 범선들로 구성되어 있었고 총

함포 수만 해도 5,000문이 넘었으니 터키 함대는 감히 상대가 될 수 없었다.

"공격 신호를 보내시오, 프랑크 라이카르트 부관!"

"네, 사령관님. 함포를 쏴라!"

펑펑펑!

기함인 리버풀 호에서 공격을 알리는 공포가 쏘아올려지자 연합 함대가 길게 늘어서며 일제히 함포를 발사하기 시작했다. 항구를 빠져나오기에 급급하던 터키 함대를 향해 수백 발의 함포가 덮쳐 갔다. 사거리에서 뒤지지 않는 터키 함대였지만 연합 함대의 초탄에 속수무책으로 당하기 시작했다. 앞서 나온 증기 포함 3척을 제외하고는 단 한 척도 함포에 포탄을 장전하지 못한 터키 함대는 대응 포격을 할 수가 없었다.

"포장들은 즉시 발포하라! 최고 속도로 적 함대를 뚫고 나아간다!"

터키제국에 단 3척밖에 없는 증기 포함 중 한 척인 넵루트 호 함장인 무스타파 케말이 고래고래 소리를 질렀다.

연합 함대는 초탄을 날리면서 발생한 연무에 숨어 재빨리 진영을 셋으로 나누고 다시 한 번 포격을 가했다. 연합 함대가 세 번째 포탄을 날렸을 때 터키 함대에서 대응 포탄이 날아갔지만 이미 기선을 제압당한 터키 함대로서는 전세를 뒤집기가 불가능해 보였다.

"적 철선을 사로잡아야 한다! 예비대를 투입시켜라! 배에 올라라!"

해전을 주시하던 클로크 백작은 터키 해군의 자랑인 철선이 연합군 함정이 구축한 저지선을 뚫고 나오려 하자 예비 함대를 투입했다. 20척으로 구성된 예비 함대는 맹렬한 기세로 증기 포함에 달려들어

진로를 방해하며 충돌을 유도했다.

"우현 전타!"

무스타파 케말은 앞에 불쑥 나타난 적함이 넵루트 호를 막아서자 급선회하며 충돌을 피하려 했다. 하지만 워낙 좁은 해역에 너무 많은 배들이 밀집해 있어 결국 넵루트 호 선수가 빌바오 함대 소속 마드리드 호 옆구리와 충돌하면서 죽음의 소리를 만들어냈다.

"올라타라!"

"와와와와!"

마드리드 호와 충돌하며 속력이 급속도로 줄어든 넵루트 호 주변으로 연합 함대 예비함들이 에워싸며 공격을 퍼부었다. 월등한 기동력과 화력을 가지고 있던 넵루트 호는 필사의 저항을 계속했지만 근접거리에서 쏘아대는 함포에 직격당한 선체와 갑판은 형편없이 찌그러졌다.

"기관실, 최고 출력을 내라!"

—더 이상은 무리입니다. 보일러가 터집니다!

"뭐가 무리야? 당장 출력을 더 높여! 보일러가 터지나 안 터지나 마찬가지야!"

케말은 기관실과 연결된 소리관을 향해 소리를 질러대며 주변을 둘러보았다. 불 끌 시간도 없을 만큼 급박한지 눈에 보이는 동료함들은 대부분 연기가 치솟고 있었다.

펑! 탕탕탕!

"거점을 확보하라! 일시에 돌격한다!"

넵루트 호 갑판에 올라온 스미스 대위는 부하들을 독려하며 라이플을 쏘아댔다. 좌현과 우현에 배를 붙인 예비 함대에서는 계속해서 병력을 넵루트 호로 투입하면서 갑판에서는 치열한 총격전이 벌어졌다. 사방에서 총탄이 날아들자 갑판은 급속도로 연합군에게 점령되어 갔다.

"필수 기관 요원을 제외한 모든 대원들은 갑판으로 나와 적과 싸워라! 죽기로 싸워라!"

갑판에서 함교로 들어오는 통로로 내몰린 부하들이 활과 총탄에 맞아 픽픽 쓰러지는 모습에 케말의 눈에서 불똥이 튀었다.

"기관장, 더 출력을 높이란 말이야! 내 말 안 들리나?!"

넵루트 호는 130%의 출력으로 앞을 막고 있는 범선을 밀어내며 조금씩 움직이고 있었다. 하지만 적함을 떨쳐 버리기에는 역부족이었는지 더 이상 속력이 나지 않았다. 케말 함장이 소리관을 귀에 대고 기관장의 소리를 들으려 애썼지만 반대쪽에서는 기관장의 고함 소리와 경고음이 뒤섞여 들려와 명확히 알아들을 수가 없었다.

"기관장! 속도를 더 내란 말이야!"

픽픽픽! 피융— 퍼픽! 꽈꽈과광!

보일러와 연결된 수십 개의 관을 고정하는 핀들이 요란한 소리를 내며 퉁겨 나가더니 끝내 압력을 이기지 못하고 보일러가 터져 나갔다. 뜨거운 증기가 기관실을 가득 메우며 밖으로 나갈 길을 찾아 허공을 헤맸다. 보일러실과 기관실을 헤집고 돌아다니던 덩어리로 뭉쳐진 수증기들이 이내 출구를 찾아내 연통과 통로를 향해 몰려 나갔다. 터져 나온 수증기와 열기를 감당하던 기관실이 서서히 팽팽하다가 힘의 한계치에 도달하자 굉음을 울리며 터져 나갔다.

엄청난 압력으로 솟구친 연통이 지상 수백 미터를 치솟았으며 딸려 올라온 불기둥들이 사방으로 흩어져 내렸다. 증기 포함의 연료로 사용되던 석탄과 목탄들이 시뻘건 불꽃을 만들어내며 주변에 몰려 있던 범선들에게 불벼락을 내렸다.

"꼭 쥐새끼 떼에게 습격당한 늙은 족제비 같군."

터키 함대가 통째로 불타면서 만들어낸 연기가 말라가 항을 가득 메웠다. 넵루트 호가 폭발하는 장면을 바라보던 대한제국 잠수함 0418함의 함장이 망원경을 내려놓았다. 터키 함대의 증기 포함이 건조된 지 20년이나 된 낡은 함선이라지만 범선을 상대하기에는 부족함이 없는 물건이었다. 그런 포함 3척을 가지고도 터키 함대는 전멸을 면치 못하고 있었다.

"불 구경은 이쯤하고 귀환한다. 귀환로는 부장이 지휘하도록."

"부장이 지휘권을 인수합니다."

함장이 지휘실을 나가자 금동기 상사는 머리에 쓰고 있던 모자를 집어 올리며 이철민 대위에게 다가갔다. 똥 씹은 표정의 이철민이 지갑에서 20원을 꺼내 모자 속에 내팽개치듯 던져 넣고는 고개를 홱 돌렸다.

"침로 080. 심도 80으로. 속도는 순항 속도."

"침로 080. 심도 80. 속도 10노트."

항해 장교가 복명 복창과 더불어 0418함이 말라가 항 외곽을 벗어나 크레타 기지 방향으로 선수를 돌렸다.

"멍청한 놈들! 일당백이라는 포함을 세 척이나 가지고도 나무 쪼가리 하나 상대 못하고 터져 나가다니… 저런 놈들에게는 백 척을 쥐도 소용없겠다."

이철민 대위는 20원을 빼앗긴 분풀이를 터키 해군에게 해대고 있었다.

"어쩔 수 없는 상황이었다. 우리라고 다를 바 없지. 항구에 정박해 있는 상황에서 기습을 당하고 포위 공격까지 당한다면 항공모함도 침몰될 수 있어. 기습에는 장사가 없다. 넋 놓고 있다가는 개미들에게 살점이 도려지는 아픔을 당할 수 있으니 항상 경계심을 늦추지 말도록. 오늘은 또 얼마나 많은 사람들이 죽어 나갔는지……."

"아무리 그래도 그렇지… 항모가 저런 조각배들에게 당하기야 하겠습니까?"

"또 모르지. 자카르타 해전에서 야마토 함대가 당한 일을 보면 충분히 있을 수 있는 일이야. 우리 같은 첨병이 적을 발견하지 못하면 말이지!"

이철민 대위는 부장이 무슨 말을 하고 있는지 잘 알고 있었지만 부장의 말이 현실화될 수 없다는 것을 굳게 믿고 있었다. 항모 주위에는 순양함만 4척이 호위하고 있고, 고성능 레이더가 주변 해상을 상시 감시했다. 바다 속에서는 잠수함들이 인근 해역을 돌아다니며 타국 함대의 이동을 감시하고 있고, 하늘에는 제비들이 날아다니며 경계 비행을 했다. 이 중 삼 중의 방어막을 뚫고 조각배들이 항모에 접근하더라도 그들이 쏘아대는 포탄으로 항모의 두터운 강판을 뚫을 수 있을지 의문이었다.

"아무리 그래도 그건 불가능할 것 같습니다. 저놈들이 철갑탄을 만들어내지 않는 한 가까이 오더라도 무용지물 아닙니까? 자살 공격을 해 오더라도 생채기 조금 남을까 말까 할 것 같습니다."

"아까 듣고도 모르나? 저들은 증기 포함을 잡기 위해 자살 공격도 마다하지 않았네."

"알겠습니다. 요점은 '경계를 잘하자' 이것 아닙니까?"

"그렇지. 알아들었으면 임무에 충실하도록. 그리고 가는 길에 봉곳을 들렀다 간다."

부장은 봉곳에 있는 유럽 연합 함대가 잘 있는지 살펴보고 싶었다.


## 만주 평야

송화강과 요하강이 가로지르는 광활한 만주 평야에는 대한제국이 직접 운영하는 대규모 농장들이 산재해 있다. 대명부 광동성 주변에 조성된 농장과 함께 국영 2대 농장 지대로 손꼽히는 만주 농장은 병역 대상자였으나 징집되지 못하는 사람들에 의해서 경작되었다. 벼 2모작이 가능한 화남 농장과는 비교할 수 없었지만 만주 농장 역시 연간 벼 생산량과 옥수수 생산량이 일본부 전체에서 생산하는 양과 비슷할 만큼 대규모를 자랑했다.

천붕들이 날아다니며 거름을 뿌리는 것으로 시작된 농사가 한 고비를 넘기며 조생종 벼들이 꽃을 피우기 시작하며 들판을 온통 하얗게 만들어놓았다.

맑게 갠 여름 하늘에 나타난 천붕이 장춘 방향으로 날아갔다.

"공군과 농사꾼의 경계가 사라지는 곳이 이곳 심양 공군 기지에 배속되는 것이라는 이야기를 숱하게 들어왔지만 정말 이럴 줄은 몰랐습니다."

"쓸데없는 소리 그만 하고 위치나 확인해. 이것도 훈련의 연속이야."

심양에서 이륙한 천붕이 복합 비료가 희석된 물 비료를 가득 싣고 송화강 상류로 이동하고 있었다.

부조종사인 윤형식 중위는 심양 공군 기지에 배속된 이후 단 한 차례도 군사 비행을 한 기억이 없었다. 오늘도 그는 아침 일찍 일어나 폭탄 창에 비료를 가득 싣고 심양 비행장을 이륙해 장춘 부근에 있는 옥수수 농장 상공에 도착해 목표 지점을 확인하고 있었다.

"다 왔습니다. 지상에서 신호가 올라옵니다."

농장 군데군데에 널려 있는 마을에서 신호탄이 올라왔다. 1㎞를 흥건히 적셔줄 비료를 가득 실은 폭탄 창이 열리더니 긴 대롱 10개가 기체 밖으로 빠져나왔다.

"윤 중위 열어!"

선임 조종사의 명령에 윤 중위가 부조종사 왼편에 있는 빨간 단추 10개를 차례로 눌렀다. 이어 오른쪽에 있는 녹색 단추를 누르자 대롱에서 비료가 쏟아져 내렸다. 완만한 포물선을 그리는 천붕에서 뿌려진 비료들이 넓게 흩어지며 어린 옥수수들을 살찌웠다. 몇십 분 만에 비료 살포를 마친 천붕이 고도를 올리며 하얀 뭉게구름 너머로 사라져 갔다.

옹기종기 집들이 모여 있는 마을에서는 비료 살포가 끝나자 하나 둘씩 밖으로 나와 농장으로 향했다. 아무리 정밀하게 비료를 뿌려대도 꼭 빠뜨린 부분이 있기 마련이어서 그런 곳을 찾아 농민들이 손수 비료를 뿌려야 했다.

"다음 농장은 어딘지 한번 볼까?"

윤 중위가 하루에 3번을 기본으로 짜여진 비행표에서 장춘 130이라 표시된 칸에 동그라미를 그리고는 뒤로 한 장 넘겼다. 다음 달까지 빡빡하게 짜여진 비행표는 그를 짜증나게 만들었다.

"이번 달은 비료, 다음 달은 농약, 그리고 다 다음 달은……."

중얼거리는 윤 중위를 빙그레 웃으며 바라보던 이용만 소령이 통신 주파수를 만지작거리다가 주파수를 고정했다. 이내 지지직거리는 잡음이 섞인 관제사의 목소리가 들려왔다.

윤 중위는 비행표를 바닥에 내려놓고 서둘러 송수신기를 머리에 썼다.

─천붕 050호는 고도 삼천 미터를 유지하고 032 방향으로 접근하라!

"알겠다. 천붕 050. 고도 삼천, 032."

─모든 천붕에게 알린다. 자신에게 주어진 고도와 속도, 방향을 유지하라. 주변에 동료기가 몰려 있으니 항로를 이탈하지 마라!

"무슨 일이지? 여태 이런 적이 없었는데."

오늘 같은 일은 이만용 소령이 이곳에서 근무한 지난 3년 동안 한 번도 겪어보지 못한 특이한 상황이었다. 멀리 비행장 활주로가 눈에 들어왔지만 관제사는 계속해서 선회하라는 명령만 내리고 있었다. 처음 보는 신형 천붕들이 연신 착륙하며 활주로를 차지하고 있어서 이 소령의 기체에는 쉽게 착륙 명령이 내려오지 않고 있었다.

"우와, 신형 천붕입니다! 매끈하게 생겼네요. 나도 저런 걸 타야 되는데, 얼마나 좋을까. 비행기 타는 맛이 새록새록 나겠다. 내 차례는 언제나 오려나?"

주기장에 천붕 050을 집어넣고 조종실에서 내린 윤 중위는 사령부 건물까지 가는 동안 연신 고개를 돌려대며 중얼거렸다. 자꾸 발걸음이 흐트러지자 이 소령은 윤 중위와 보폭 맞추는 것을 포기하고는 주먹을 들어 올렸다.

탁!

신형 천붕에서 내린 조종사들을 부러운 눈으로 바라보던 윤 중위의 머리를 이 소령이 친절히 쥐어박아 주었다.


"충성! 소령 이만용 외 1명, 임무를 완수하고 복귀했기에 보고드립니다."

"충성! 수고했네. 쉬었다가 11시에 조종사 회의실로 모이게."

연대장은 보고를 받는 둥 마는 둥 하고는 서둘러 손을 저었다. 그만 나가보라는 연대장의 손짓에 이 소령이 몸을 돌리다 말고 질문했다.

"무슨 일 있습니까?"

"회의실에서 다 들을 이야기야. 공군성에서 이동 명령이 내려졌네. 심양 기지 전체가 옮겨갈 모양이더군. 한시적이긴 하지만."

"어디로 말입니까?"

"모스크바. 그만 나가봐!"

"충성!"

연대장실을 나온 이 소령의 안색이 좋지 않았다. 모스크바로 전출된 다는 소식에 신이 나서 떠들어대는 윤 중위의 목소리가 하나도 들리지 않았다. 천붕 050 같은 구형 기체까지 이전 명령이 내려졌다는 것이 선뜻 이해되지 않았다. 다만 신형 천붕이 이동한다는 사실에서 유추하자면 모스크바에서 폭격 임무를 맡을 공산이 컸다. 농작물을 키우던 자신이 이제는 일면식도 없는 사람들 머리 위에 폭탄을 쏟아 부어야만 했다. 공부에 떨어뜨렸던 폭탄보다 더 잔인한 폭탄을 자신이 손수 떨어뜨려야 할지도 몰랐다.

"전역 신청을 해야겠어."

이만용은 속삭이듯 작은 목소리로 중얼거리며 자신의 사물함 앞 거울에 비친 자신의 모습을 바라보았다. 우울한 표정의 좌우가 뒤집힌 이만용이 자신을 빤히 바라보고 있었다.

### 단기 3959년 여름, 발틱해 단치히 항

카르파티아에서 발원하여 1,068km를 쉼없이 달려와 발틱 해로 흘러드는 비스와 강. 평평한 나라에 흐르는 모든 물을 하나로 모으는 강이기에 그 하구에는 거대한 삼각주가 만들어져 있고, 내륙으로 3km를 거슬러 올라가면 발틱 최대의 무역항인 단치히가 자리 잡고 있었다.

12세기 이래 한자 동맹의 비호 아래 발전을 거듭하던 단치히는 대한제국 러시아부와의 무역이 활성화되면서 더욱 번창했다. 폴란드를 거쳐 단치히로 운송된 수많은 물품들이 단치히 항에서 배에 실려 영국이나 프랑스로 운송되었기에 단치히는 발틱 해에서 가장 왕성한 활동을 보이는 항구가 될 수 있었다.

그러던 단치히 항구가 대한제국이 폴란드를 침공하면서 급격히 침체되기 시작했다.

　"전쟁이 빨리 끝나야지. 이렇게 계속되다가는 신대륙으로 이민을 가야 할지도 모르겠어."

　단치히에서 하역 인부로 일하고 있는 오스카는 일거리가 갑자기 줄어들자 입에 풀칠하는 것이 걱정스러워졌다. 바로 옆에서는 전쟁을 하고 있다지만 그에게는 지금 당장 닥친 내일 끼니 걱정이 더 큰 시름으로 다가왔다.

　"지금 그런 거 걱정할 때가 아냐!"

　"그럼 뭘 걱정해야 되나? 이렇게 일거리가 줄어들면 결국은 새끼들 먹이기도 힘들어질 텐데. 먹고 사는 것보다 더 큰 문제가 있나?"

　"이곳으로 대한제국 군대가 몰려오고 있다는 거야. 단치히를 공격할지도 모른다고!"

　"에이, 설마 하니… 이번 전쟁은 폴란드가 러시아 땅을 차지하고서 내놓지 않아 일어난 건데 아무 상관 없는 이곳을 공격하겠나? 이곳은 자유 도시이긴 하지만 엄연히 신성로마제국의 비호를 받고 있는 곳이라고. 한자 동맹이 유명무실해졌다고는 하지만 그렇다고 무시할 수는 없을걸? 아직 한자 동맹 맹주님도 건재하고 말이야. 이빨 빠진 호랑이라지만 호랑이는 호랑이잖아. 스웨덴 왕국이 대한제국과 밀접한 관계를 맺고 있고 뤼베크 영주님이 스웨덴과 친하긴 하지만 단치히가 공격당하는 것을 보고만 있진 않겠지. 지난날 대한제국 때문에 당한 수모도 있고……."

　오스카가 하역 일을 하면서 주워들은 이야기를 주섬주섬 이야기하며 동료 얀에게 동의를 구했지만, 얀은 딴생각을 하는지 대꾸가 없었다.

"얀? 그렇지?"

"응? 뭐가? 신대륙으로 이민 가는 거?"

오스카가 어깨를 툭 치자 얀이 되물었다.

오스카는 이야기를 다시 하려다가 그만두었다. 자기가 이야기해 놓고도 다시 하려니 머리 속이 복잡해졌다. 더구나 무슨 말을 했는지 정확히 기억나지도 않았다. 여기저기서 주워들은 이야기들을 다시 재조합하기에는 오스카의 머리가 따라주지 못했다.

"그냥 해본 소리지, 이민은 무슨. 죽으나 사나 이곳에서 살아야지. 전쟁이 끝나면 다시 배들이 들어오고 그러면 한결 살기가 나아지겠지."

얀은 주변을 둘러보며 조심스레 속마음을 오스카에게 보였다.

"난 차라리 대한제국이 이곳을 점령하면 좋겠다는 생각이야. 대한제국에서는 최소한 먹을 거리 걱정은 하지 않는다고 하더라고. 일전에 러시아에서 온 상인을 만났던 적이 있었는데 대한제국이 다스리는 나라는 천국이라더군."

"다 똑같지 무슨 얼어죽을 천국은. 대한제국도 귀족이 있을 거 아닌가? 귀족 놈들은 그저 놀고 먹다가 심심하면 우리 같은 놈들 두들겨 패는 걸 낙으로 삼는 놈들인데 대한제국 귀족이라고 다르겠어? 다 지어낸 이야기라고. 신부님이 그러시는데 모스크바에는 길게 늘어진 괴물이 있다더군. 동그랗게 생긴 다리를 수십 개나 가지고 있고 한 번에 수백 명씩 사람들을 잡아먹고는 먼 동쪽 나라로 간다는데 잡아먹힌 사람들이 찍소리 못하고 제 발로 걸어서 뱃속으로 걸어간다니, 생각만 해도 소름이 끼친다네. 그런 괴물을 군인들이 밤낮으로 지키고 숭배한다니 정말 무시무시해."

오스카는 몸서리를 치며 두 손으로 얼굴을 가렸다.

"아무렴 그러기야."

땡! 땡! 땡!

"벌써 저녁이 다 되었나?"

아침, 저녁으로 울리던 종소리가 벌써 울리고 있었다.

"오늘도 들어오는 배가 없나 보네. 그만 일어나세나."

넘실대는 파도 너머로 돛단배가 나타나길 기다리던 오스카와 얀은 종소리가 울려 퍼지자 자리에서 일어났다. 일손을 놓은 지 한 달이 다 되어가는 형편이라 이대로 집에 가려니 발걸음이 차마 떨어지지 않았다.

땡땡땡—

"오늘 종소리가 좀 이상하군. 종치기가 힘이 넘쳐 나나 보네."

은은하게 울려 퍼지던 종소리는 이내 숨 가쁜 소리를 전달하고 있었다. 평소와는 다르게 울리는 종소리에 오스카가 교회 종탑이 있는 곳을 쳐다보았다. 건물 벽에 가려 보이지는 않았지만 고개가 언덕 쪽으로 저절로 돌아갔다.

"이건… 비상종 소리야! 뛰어!"

얀이 소리치며 달려가자 오스카도 종소리의 의미를 뒤늦게 알아채고는 달려가기 시작했다. 하지만 먹은 것이 부실한 오스카는 다리에 힘이 실리지 않아서인지 갈수록 뒤쳐졌다.

얀이 도시 중앙에 자리 잡은 광장에 도착했을 때는 이미 많은 사람들이 몰려 나와 있었다.

"자유 시민들은 들으십시오! 대한제국 함대가 이곳으로 들어오고 있다는 보고입니다. 모두들 무기를 들고 지정된 곳으로 신속히 모이시기 바랍니다. 위대한 단치히의 단결된 힘을 보여주어 저들이 경거망동하지 못하도록 해야 합니다. 더불어 노동자들에게도 알린다. 그대들의 삶의 터전을 누구에게 맡길 참인가? 자신의 가족들은 스스로 지켜야 하지 않겠는가? 서둘러라!"

단치히 수비대장이 광장에 모인 자유시민권자들과 그 아래 계급인 노동자들에게 소리치며 다가오는 위험에 맞서 싸우길 호소하고 있었다. 설마 하며 사태를 주시하던 시민권자들이 수비대장과 논쟁을 벌이는 동안 노동자들은 자신의 집으로 달려갔다.

"헉헉! 큰일이야, 큰일!"

오스카가 헐레벌떡 뛰어와서는 얀 옆에서 거친 숨을 내쉬었다.

"부두에 나올 건가?"

"그래야지. 일단 가족부터 피신시키고."

"아무래도 그래야겠지?"

오스카의 물음에 얀은 건성으로 대답했다. 하지만 물어본 오스카나 얀 모두 부두에 나갈 생각은 전혀 없었다. 자신이 배신자라고 낙인찍힐 것을 우려한 얀은 자신의 친구에게도 거짓말을 하고 있었고 오스카도 그러했다.

중앙 광장을 빠져나와 단치히 시 외곽 끝 자락에 있는 집에 들어간 얀은 부인과 아이들을 불러 모았다.

"전쟁이 났어. 대한제국 함대가 쳐들어온다는 소식이야. 우린 이곳을 떠나야 하니 짐을 싸도록 해. 시간이 없어!"

세간이라고 해야 이불 옷가지와 몇 개의 수저, 냄비가 전부였기에 얀의 부인은 빠르게 챙겨 작은 보따리들을 만들어냈다. 꽁꽁 묶은 보따리 서너 개가 만들어질 무렵, 귀에 낯익은 소리와 낯선 소리가 교차하며 들려왔다.

펑! 펑! 펑!

꽈광! 꽈꽈광!

수비군에서 대포를 쏘는지, 아니면 공격을 당하고 있는지 알 수 없었지만 이미 교전이 시작되었음을 알리는 포성은 단치히를 삽시간에 아수라장으로 만들었다.

대한제국 발틱 함대에서 발사된 포탄들이 단치히 시내 곳곳에 떨어지며 시커먼 연기와 빨간 화염을 만들어냈다. 붉은 혀를 낼름거리며 주변을 태워 버리는 화염을 사람들은 용케 피하며 사방으로 흩어졌다.

"그만 가자! 서둘러!"

"이것만 챙기고요."

얀의 부인이 마지막으로 보리빵 몇 개를 보따리에 쑤셔 넣고는 갓난아이를 들쳐 맸다. 얀은 사내 아이를 가슴에 안고서 뒤를 돌아보았다. 썰렁하던 집 안이 어지럽혀지자 더욱 을씨년스러웠다.

'오스카 그 친구는 잘 빠져나갔으려나?'

친구 걱정도 잠시, 다른 걱정이 찾아들었다.

'강을 건널 수나 있을까?'

비스와 강을 건널 것을 생각하던 얀은 이내 포기하고 다른 방향으로 마음을 굳혔다. 강을 건넌다면 갈 곳이라고는 그디니아 아니면 슈체친 뿐인데 그곳에 가더라도 살아갈 별 뾰족한 수가 없었다. 그럴 바에는 차리리 대한제국이 점령한 곳으로 가고 싶었다.

'그 괴물에 대한 소문이 사실은 아니겠지?'

짧은 시간 동안 여러 가지를 생각한 안은 부인을 바라보았다. 바짝 마른 데다 핏기라곤 없는 얼굴이었지만 그에게는 너무도 사랑스러운 부인이었다.

"난 북쪽으로 갈 생각이야. 괜찮겠지?"

"네."

"그럼 가자. 무조건 앞만 보고 가는 거야."

안은 창문을 열고서는 주위를 살폈다. 도망치는 중에 수비대나 기병 대라도 만난다면 큰 낭패를 당할 수 있었다. 잠시 후 한 떼의 기병들과 사람들이 우르르 광장을 향해 달려가더니 이내 거리는 한산해졌다. 아직까지 자신의 행동을 결정하지 못한 사람들은 문을 걸어 잠근 채 밖으로 나오지 않고 있었다.


"14시 해안포 발견. 거리 일천!"

"14시, 일천!"

발틱 안쪽에 있는 신항 조선소에서 만들어진 1천 톤 급 초계함 6503함의 갑판은 어수선했다. 계속해서 새로운 포격 제원이 포술장에게 전달되었고 그에 맞춰 포탄이 발사되었다. 6503함 갑판에 장착된 75㎜ 함포 3문이 순차적으로 사격을 계속하고 있었지만 갈 길은 멀었다.

해안가에 배치된 해안포를 차근차근 파괴시키며 비스와 강을 거슬러 올라가고 있는 6503함 전면에는 100톤 급 소형 함이 중기관포를 양안으로 집중시키며 이동하고 있었다.

"기함 주포를 좀 더 뒤로 밀어달라고 요청해 주십시오."

포술장이 화력 지원 요청을 하느라 잠시 갑판으로 나와 함교와 연결된 수화기를 들고 있는 사이, 14시 방향에서 날아온 포탄이 6503함 근처에 떨어지며 물보라를 일으켜 갑판으로 강물을 밀어 올렸다.

펑! 철썩! 쑤어오—

"이런 개새끼들!"

바닷물이 섞인 짭짤한 물에 흠뻑 젖어버린 포술장이 소리를 버럭 질러댔다. 조금만 정확했어도 포술장은 부상을 면치 못할 뻔했다. 가슴 속 두려움을 고함 소리로 질러 버리자 조금은 마음이 안정되었다.

피우웅—

포술장은 고개를 들어 하늘을 살폈다. 발틱 함대 기함인 2418함에서 발사된 127㎜ 함포탄이 하늘을 가르며 단치히 시내로 날아가는 것이 눈에 들어왔다. 죽음의 화약을 가득 품고 거대한 포물선을 그리며 날아가는 포탄은 언제 보아도 포술장의 마음을 설레게 했다.

'저런 포탄을 날려보면 소원이 없겠다.'

잠깐 동안 상념에 잠겼던 포술장은 앞서 나간 소형함에서 새로운 제원이 들어오자 즉시 함포각을 산출하여 발포 명령을 내렸다. 거의 기계적으로 이루어지는 함포 사격에 저항하던 해안포는 차례차례 침묵했고 6503함은 느리지만 꾸준히 강을 거슬러 올라갔다.

어느덧 단치히 시내가 한눈에 들어오자 포술장은 안도의 한숨을 내쉬었다. 3㎞를 거슬러 가는 사이 위험한 지근탄이 여럿 있었지만 단한 발도 맞지 않은 채 단치히를 공격할 수 있는 거리에 도착했다는 사실이 못내 자랑스러웠다.

─함장이다. 접안 시설을 제외한 모든 구조물을 파괴하라!

"네, 함장님!"

함교에서 새로운 명령을 하달받은 포술장이 각 포반장과 연결된 수화기를 집어 들고 소리쳤다. 중기관포와 6503함의 부포가 쉴 새 없이 포격을 해대고 있어서 귀가 따가울 지경이었다.

"포반장은 들어라! 지금부터 할당 구역을 정해준다. 포반장 재량껏 사거리 내 모든 목표물을 파괴하도록. 이상!"

포탄에 직격당한 목조 건물들이 화염에 휩싸이며 불타올랐다. 하지만 단치히는 석조 건물이 대다수였다. 과거 발틱 함대의 공격에도 크게 망가지지 않았던 이유였다. 하지만 해안포를 잠재우고 더 이상 거리낄 것이 없어진 6503함의 함포 공격에는 차례차례 무너지고 있었다.


"해병대를 보내 쿠두를 장악하도록!"

안사엽 대령은 후미에 처져 있던 해병대의 투입을 명령했다. 선발대 병력 300명이 탑승한 고무 보트 50대가 일제히 소리를 내며 6503함을 앞질러 갔다. 해병대 병력이 나타나자 소형함들이 고무 보트 전대 양옆으로 길게 늘어서 엄호 사격을 시작했다.

두드드드드─

해병대를 이끌고 있는 안종순 중령은 고무 보트가 부둣가로 접근하자 몸을 더욱 낮췄다. 소형함의 기관포가 부두 안쪽을 과도하게 휩

쓸고 있었지만 적을 소탕했을 거라고 과신해서는 곤란했다. 지독한 포
화를 피해 단 한 방을 노리고 있는 놈이 있을지도 몰랐다.

"몸을 밀착시켜라. 총구는 전방. 움직이는 것은 무조건 사격하라!"

만사 붙여 튼튼이라는 믿음을 온몸으로 실천하는 안종순 중령이 모
자를 눌러썼다. 보트 속도가 급격히 줄어들고 부두가 가까워지면서 보
트 위에서 두 눈만 반짝이던 해병 대원들이 긴장하기 시작했다.

부두 밑으로 다가간 대원들이 부두를 올려다봤다. 굵은 나무와 판자
로 만들어진 부두는 수면에서 대략 1.5m 가량 되었다.

"올라가!"

출렁이는 보트 위의 대원들이 저마다 쇠꼬챙이가 달려 있는 밧줄을
던졌다. 순식간에 부두에 올라간 한 대원이 범선을 묶어놓는 나무 기
둥에 그물 사다리를 걸었다. 대략 3m 간격으로 박혀 있는 기둥을 연결
하고 그물 사다리를 걸치자 대기하고 있던 대원들이 신속히 부두 위로
올라갔다.

"신속하게 안전 지대를 확보한다! 돌격 앞으로!"

대한제국 교범에 의거 핵심 안전 지대 반경 3㎞를 확보하기 위해 일
차 상륙군 300명이 사방으로 흩어져 부두를 장악하기 시작했다. 무방
비 상태의 부두를 장악한 1차 상륙군은 2차 상륙군을 기다리며 서둘러
지휘소를 만들어갔다. 주변에 널린 쓰레기로 사방에 대충 담을 둘러치
고 통신 장비와 조악하게 만들어진 탁자 위에 단치히 주변 지도가 놓
여지자 간단한 야전 지휘소가 만들어졌다.

"지휘소에서 통제하겠다. 3중대는 현 지점에서 삼백 미터 더 진격하
여 교두보를 확보하고 보고하라!"

안종순 중령은 1차로 상륙한 3중대 병력이 사방으로 흩어지는 사이 본부 중대 병력을 동원해 부두를 정리하기 시작했다. 대대 병력이 속속 부두로 들어와 단치히 시내로 스며들어 갔다.

"대대장님, 공병대가 출발했습니다."

"그래, 예정보다 빠르군."

안종순 중령은 시계를 쳐다보았다. 오후 5시를 향해 초침과 분침이 작은 원을 그리며 돌아가고 있었다. 시계 침만큼이나 모든 것이 순조롭게 이루어지고 있었다. 공병대가 도착해 부두 시설을 점검하고 보완 수리를 마치면 6503함이 접안을 시도할 것이고 유류와 탄약 보급함이 소형함들의 엄호를 받으며 거슬러 오게 되어 있었다.

"2중대 수색대, 적과 조우. 다수의 기병과 보병 혼합 부대가 부두로 달려오고 있습니다."

"함포 지원 요청. 좌표 일이공, 팔구공."

안종순 중령은 교전이 벌어지고 있는 좌표를 지도에서 찾아내고 가장 가까운 부대의 위치를 찾았다. 마침 2중대 수색대와 근거리에서 이동 중인 소대 하나가 눈에 들어왔다. 함포 공격이 시작되기까지는 대략 2분 정도가 필요했다.

"3중대 3소대에게 수색대 후퇴를 엄호하게 하고, 각 부대의 전진을 멈추게 해. 수색대가 조우한 적을 포위 섬멸하도록. 그리고 저기, 저 건물 옥상에 기관총 거치하고 야간 전투에 대비하도록. 강 반대 편으로도 병력을 배치하고."

안종순 중령은 수색대가 조우했다는 적에 대해서는 별 걱정을 하지 않고 있었다. 그는 오히려 오늘 밤을 무사히 보내는 것에 더 많은 신경을 쓰고 있었다. 수색대가 후퇴하면서 사격을 하는지 간헐적으로 총성이 들려왔다.

"오늘 밤만 넘기면 한시름 놓는 건가?"

그가 받은 명령은 단순했지만 중요했다. 단치히 항구를 접수하고 내려오고 있는 기계화사단을 위한 유류 보급 기지를 건설하여 방어하기만 하면 되었다. 리가를 출발한 기계화사단은 늦어도 이틀 안에 이곳에 도착할 수 있었다. 원정군에서 가장 많은 기름을 소모하고 있는 기계화사단을 위해 4군에 배속된 해병여단 전체가 항구 점령전에 투입되고 있었다.

피우웅—

기함과 6503함에서 발사된 포탄들이 연이어 하늘을 가르며 귀성과 함께 건물 너머로 사라졌다.


"헉헉헉!"

오스카는 가족들을 피신시키던 와중에 경비대에 걸리는 바람에 어쩔 수 없이 창을 들고 떠밀리듯 광장을 가로지르고 있었다. 기병대는 이미 앞서 나아갔고 그 뒤를 오스카 같은 반강제 지원병들이 허겁지겁 따랐지만 말의 속도를 따라잡을 수는 없었다. 그 가운데에서도 오스카는 허기진 배 때문인지 유난히 발걸음이 무거워 대열 최후미에서 헐떡거리며 간신히 본대를 따라갔다.

오스카는 뒤에서 감시하는 수비대만 아니라면 금방이라도 도망치고 싶은 마음이 굴뚝같았다. 하지만 잘못하다가 수비대에게 잡혀 죽임을 당할 것 같다는 두려움이 더 컸다.

펑펑!

꽈광!

"피하라! 포탄이 떨어진다!"

광장에서 부두로 뻗은 길 위로 눈 먼 포탄들이 날아와 터졌다. 곧 포탄에 맞은 주변 건물의 돌 파편들이 지원병들을 휩쓸어갔다. 기병대의 꽁무니를 잡기 위해 안간힘을 다하던 지원병들이 혼비백산하여 비명을 질러댔고 거리는 삽시간에 부상병들의 절규와 시체들로 가득 메워졌다.

"계속 움직여라! 겁먹지 마라!'

알프레도가 간신히 말을 진정하고 지원병들을 향해 소리쳤지만, 도시 빈민층이 태반인 지원병들은 움직이려 하지 않았다. 바닥에 털썩 주저앉은 그들의 얼굴에는 죽음의 공포가 짙게 드리워져 있었다.

탕탕탕! 타타타탕!

몇 분이 흘러도 꼼짝 않던 지원병들은 새롭게 울리는 총포 소리에 얼굴이 하얗게 질렸다.

"후퇴하라! 후퇴하라!"

앞서 나아갔던 수비대장이 황급히 달려오는 것이 보였다. 그 뒤를 수십 기의 기병이 따라왔다.

알프레도는 다가오는 수비대장에게 어찌 된 일인지 물어보려 했지만 수비대장은 말을 멈추지도 않은 채 곧장 그의 곁을 지나치며 지시했다.

"알프레도, 당장 병력을 수습하여 후퇴하라!"

탕! 타타탕!

골목을 돌아 나오던 대한제국군이 이쪽을 발견하고 사격을 가해왔다. 대한제국군은 상호 엄호를 받으며 빠르게 접근해 오고 있었다.

"후퇴! 모두들 성으로 후퇴! 도망가는 자는 가만두지 않겠다! 후퇴하라!"

적이 침공했다는 종소리가 울려 퍼진 후 줄곧 달리느라 힘겨워하던 지원병들이었지만 이번에는 살기 위해서 죽을힘을 다해 도망치기 시작했다.

가장 뒤처져 있던 오스카는 가쁜 숨을 고르느라 정신이 하나도 없어 무슨 일이 벌어지고 있는지도 모를 정도였다. 그가 정신을 차렸을 때는 이미 동료들은 사라지고 부상자들만 남아 있었다. 낙오된 오스카는 어떻게든 살 방도를 찾아야 했다. 따뜻한 수프 한 접시 마음대로 먹이지 못할지언정 그에게는 돌아오기만을 간절히 바라는 가족들이 있었다.

한참을 꼼짝 않고 숨어 있던 오스카는 사람들의 말소리가 가까워지자 등골이 오싹해졌다. 그는 마음속으로 신에게 간절한 기도를 올렸다. 기도가 통했는지 이내 생소한 말소리가 멀어져 갔다. 그렇게 대한제국군이 뒤로 물러난 후에도 오스카는 전혀 움직이지 않았다.

'모두들 갔겠지? 그럴 거야. 아니야! 어디서 내가 나오기를 기다릴지도 몰라.'

마음속에서 일어나는 갈등으로 고민하던 오스카는 뒤늦게 팔다리에서 느껴지는 통증에 신경이 갔다. 얼마나 긴장했는지 총알이 스치고 지나간 팔다리의 통증을 느끼지 못하고 있었는데 긴장이 풀리면서 점점 고통이 심해져 왔다. 다행히 피가 나오는 게 심각한 부상이 아닌 모양이었다. 실눈을 뜨고 주변을 두리번거리던 오스카는 마침내 자리에서 일어나 달리기 시작했다. 뒤에서 뭔가 쫓아오는 것 같은 생각에 뒤를 돌아보고 싶은 생각이 불길처럼 일었지만 무작정 앞으로 내달렸다. 그렇게 달리기를 한참, 눈앞에 자신의 집이 보이자 얼굴에 생기가 감돌았다.


## 단기 3959년 여름, 발틱해 단치히 항 북쪽 100km 지점

4군 1군단 예하 기계화사단인 4111사단 모든 병력이 장갑차와 트럭을 이용해 이동하고 있었다. 기동로가 확보되면 하루에 200km도 전진할 수 있는 기동성을 가지고 있는 4111 기계화사단은 2개의 장갑차여단, 포병연대, 보병연대를 주축으로 통신대대, 공병대대, 수색대대, 수송대대를 예하부대로 두고 있었다. 또 기계화사단답게 천마―1로 무장한 1여단과 천마―3으로 무장한 2여단, 천포를 주축으로 한 포병연대, 그리고 각종 중장비를 가지고 있어 하루에 소모하는 기름의 양이 엄청났다.

"새로운 둥지를 마련했다는 전문입니다. 주변 정리가 미흡하니 진입 시 유의하라는 첨언이 있습니다."

"그런 놈들 신경 쓸 것 있겠나? 두더지들이야 밟고 지나가면 되는 거지. 외곽을 맡고 있는 부대에게 불필요한 인명 피해를 줄이라고 하게. 싸움을 걸어오는 놈들이야 인정사정 볼 필요없지만 웬만하면 접근만 막으라고 말이야."

"네, 알겠습니다."

천포를 개량해 만든 지휘차량 천마—2에는 큼지막한 글씨로 4111이라는 번호가 쓰여 있었다. 바로 옆에는 통신대대가 운용하는 통신차량이 지휘차량과 나란히 기동하고 있었고, 그 후미에 보병연대가 탑승한 수송차가 줄지어 달려왔다. 부대 전체 이동 속도는 시속 20㎞를 넘지 않았지만 꾸준히 이동하고 있었기에 단치히까지는 5시간이면 도착할 수 있을 것 같았다.

"저기 움직이는 것들은 뭐야?"

망원경으로 사방을 둘러보던 사단장의 시선이 들판을 지나가는 사람의 형체에 머물렀다. 등에는 짐인지 아이인지 모를 것을 짊어지고 있는 그들의 움직이는 모습이 무척 힘겨워 보였다.

"피난민으로 추측됩니다. 붙잡아서 조사할까요?"

"그래, 수색대대에게 명령을 내리게. 단순한 피난민이면 먹을 것이나 던져 주고 오라고 하고."

사단장의 명령을 접수한 장갑차 한 대가 대열을 이탈하여 목표물을 추격하기 시작했다. 속도를 높여 목표물과의 거리를 급격히 좁히니 금세 따라잡을 수 있었다.

장갑차 후문이 열리고 분대 병력이 우르르 내려와 겁을 잔뜩 먹고 있는 목표물을 둘러쌌다. 장갑차장 박춘수 하사는 기관총을 돌려 그들을 겨눈 채 통역병을 통해 대화를 나눈 뒤 수색대대 본부와 통신을 시도했다.

"단순한 피난민으로 보여집니다. 어린아이 둘에 부모로 보이는 성인

남녀 둘, 도합 네 명입니다."

―어디서 온 사람들인가?

"단치히에서 도망쳐 온 사람들이랍니다."

―단치히? 언제?

"이틀 전이랍니다."

―이틀? 이틀 만에 100킬로미터를 달려왔단 거야?

"그래서 그런지 행색이 말이 아닙니다. 어떻게 할지 알려주십시오."

군인도 아닌 일반인이 하루에 50㎞를 이동한다는 것이 불가능한 일은 아니지만 어쩐지 미덥지 않을 것이다. 대대장은 그들을 좀 더 심문할지 말지를 고민하는지 잠시 말이 없다가 곧 지시를 내렸다.

―물과 먹을 것을 건네주고 귀환하게.

박춘수 하사는 대대장의 명령에 자신의 과장된 굳은 얼굴을 폈다. 자칫 이들을 체포하라는 명령을 내린다면 그로서는 난감하지 않을 수 없었다.

"야, 초 병장! 물통하고 먹을 것 좀 걷어서 줘라. 그리고 내 모포하고 신발 가져와. 아니, 신발은 그냥 둬."

행색은 초라해도 허우대는 커서 자신의 신발이 맞지 않을 것 같아 말을 바꿨다. 초 병장이 비상 식량으로 지급된 말린 가래떡과 부식인 건빵, 그리고 눈깔사탕 몇 봉지를 모포에 돌돌 말아 박 하사에게 건넸다.

박 하사는 모포 꾸러미를 피난민에게 던지고는 이동 명령을 내렸다.

"그만 가자! 이러다 낙오병 되겠다."

얀과 그의 부인은 요란한 소리를 내며 멀어져 가는 녹색 괴물덩어리
가 시야에서 완전히 사라질 때까지 눈을 떼지 못했다.

"으아앙!"

숨막힐 듯한 긴장감이 한순간 무너지자 놀란 토끼 눈을 하고 있던
사내 아이가 뒤늦은 울음을 터뜨렸다. 얀은 안고 있던 아이를 바닥에
내려놓고는 모포를 끌어당겼다.

"저들은 이런 걸 먹는 건가?"

투명한 비닐 주머니 속에 얇게 썰린 가래떡이 가득 들어 있었다. 생
전 처음 보는 물건을 만지작거리던 얀은 미끌미끌한 감촉이 내키진 않
았지만 입에 대고 한 입 가득 베어 물었다. 포장 비닐과 속의 하얀 가
래떡을 같이 우적우적 씹어대던 얀은 가래떡과는 느낌이 사뭇 다른 비
닐을 뱉어내고는 가래떡만을 씹어댔다. 딱딱하게 굳은 가래떡이 서너
조각으로 부서지며 침과 섞이자 말랑말랑해졌다. 한참을 씹던 얀은 가
래떡을 목구멍으로 넘겼다.

"그런대로 먹을 만한데? 이거 먹어보라구!"

얀이 봉지째 그대로 내밀자 얀의 아내는 두어 개를 집어 입에 넣었
다. 단치히를 탈출한 이후로 보리빵 한 개밖에 먹지 못했던 얀의 가족
은 모처럼 곡기가 배 속에 들어가자 살 것 같았다. 대한제국군이 준 떡
봉지는 3개가 더 있었다. 그거면 하루는 충분히 버틸 수 있었고, 아껴
먹으면 이틀이나 사흘도 가능했다.

"이제 천천히 가도 되겠어. 그냥 가자구."

대한제국 군대가 지나갔으니 앞으로의 행로에는 별 어려움이 없을
듯 보였다.

## 대한제국 서울 단군 건물

경복궁 왼편 창경궁 뒤쪽에는 대한제국 최고의 의결 기관인 단군이 자리 잡고 있었다. 단군은 천군부와 천인단, 그리고 황실을 감찰하는 부서와 국책 사업을 조정하는 부서만을 가진 규모로 보면 작은 조직이었다. 인원 또한 천인단과 천군부에서 파견된 인원을 제외하면 단군에 배속된 직원은 50명을 넘지 않았다. 하지만 그 영향력과 잠재력만큼은 누구도 무시할 수 없었다.

"오랜만에 뵙습니다. 평안하셨습니까."

"네, 안녕하셨습니까."

백홍한과 윤치호는 정문에서 만나 가볍게 인사를 나누었다. 둘 다 4분기마다 한 번씩 열리는 정례 회의에 참석하기 위해 점심을 마치고 바로 이곳으로 달려왔다. 정례 회의는 단군인 신기철과 천군부 최고위원회 의장 윤치호, 그리고 천인단 단장 백홍한, 이렇게 3인만 참석하는 회의로 대한제국의 중장기 계획을 논의하고 조절하기 위해 열렸다.

단군 건물 3층에 있는 회의실 각각의 자리에는 자신의 비서실과 직통으로 연결된 전화기가 놓여 있었다. 비서실에 모인 비서진들은 언제 어떤 자료를 요청할지 몰랐기에 초긴장 상태였다.

이번 회의는 신기철 천군부 장관이 단군 직에 오르면서 천군부의 명령권을 물려받은 최고위원회 의장 윤치호가 정례 보고를 위해 자리에서 일어나면서부터 본격적으로 시작되었다.

"작전 명 '신들의 전쟁'은 현재까지 차질없이 진행되고 있습니다. 대서양 봉쇄 작전이 광범위하게 펼쳐지고 있으며 조만간 유럽은 대양 항해를 포기해야 할 것입니다. 바르샤바에서 한차례 격돌이 불가피하지만 바르샤바 함락은 큰 무리 없이 이뤄질 것으로 보입니다. 아울러 공군의 이동 배치도 마무리 단계입니다. 한 가지 걱정스러운 것은 터키 함대가 궤멸되는 등 예상외로 고전하고 있다는 것입니다. 그로 인해 로리앙에 가해지는 압박이 더욱 심해질 것으로 예상됩니다."

"상황이 그렇다면 터키를 도와줘야 하는 것 아닙니까?"

천군부가 추진하고 있는 작전의 개괄적인 보고가 끝나자 곧장 백홍한이 터키를 도와줄 것을 건의하고 나섰다. 터키제국이 그라나다를 공격한 이래 줄기차게 협조 요청을 받고 있는 천인단으로서는 천군부가 뒷짐만 지고 있는 것이 내심 못마땅했다.

"자칫 너무 많은 피해를 보게 되면 그 화살이 우리에게 올 수 있습니다. 도와달라고 하는데 도와주지 않으면 괜히 미워지는 게 사람의 마음 아닙니까? 더구나 그라나다 원정군이 전멸이라도 당한다면 이스탄블의 힘이 많이 약화됩니다. 그렇게 되면 속국들이 터키제국에서 이탈할 가능성이 높습니다."

윤치호 또한 동조하고 나섰다.

"그런 일이 발생한다면 어디가 먼저 움직일 것 같습니까?"

신기철이 묻자 윤치호가 대답했다.

"가장 먼저 그리스에서 움직임이 일어날 것으로 예측됩니다. 이미 이란은 영국의 조언을 받아 군제를 개편한 지 오래입니다. 그렇게 되면 당연히 흑해 주변국들도 움직임을 보일 것으로 보입니다. 그러므로 대한제국이 터키를 장악할 준비가 될 때까지 전쟁은 지속되어야 합니다."

"이미 증기 포함 다섯 척을 지원했고 총포탄을 지금도 지원하고 있는데 그것도 모자라 대한제국 젊은이들의 피를 요구한단 말입니까? 남의 전쟁에 피 흘릴 이유를 제시한다면 고려해 보겠지만 현재로서는 어렵습니다. 그리고 지금은 폴란드 전선에 집중할 때입니다. 제가 생각하기에 터키는 당장 무너질 만큼 허약하지 않습니다. 설령 원정군이 전멸하더라도 말입니다. 안 그렇습니까, 천인단 단장님?"

신기철은 터키 원조를 생각하고 있지 않았다. 대한제국이 직접적인 파병을 감행하면 중동과 유럽의 힘의 균형이 깨질 우려가 있는 데다 자칫 이베리아 반도가 터키제국의 손에 넘어가 닭 쫓던 개 신세가 될 수도 있었다. 터키는 지금 대한제국에게는 계륵과도 같은 존재로 다가와 있었다.

"그렇긴 합니다. 그리고 그라나다 책임자가 터키 재상의 두 아들임을 감안한다면 그곳에는 타라한 황후의 복안이 숨겨져 있는 것이 아닌가 하는 의심이 들긴 합니다. 하지만 조약을 근거로 저쪽에서는 저희에게 파병을 계속 요청하고 있고, 과거의 전례도 있어서 거절하기가 곤란한 상황입니다. 무엇보다도 터키 황실이 더 이상 우리를 믿지 못하게 된다면 터키와 유럽이 가까워질 가능성도 있습니다."

"그 조약이라는 것은 상호 방위 조약이지 않습니까? 그리고 이슬람과 기독교가 손을 잡는다는 것은 기름과 물이 섞이는 것보다 어렵습니다. 괜한 기우이십니다."

백홍한과 윤치호의 설득에도 불구하고 신기철은 뜻을 굽히지 않았다. 이제 6개월 남짓 천인단 단장 직을 수행하고 있던 백홍한은 더 이상 주장하지 못하고 말문을 닫아야 했다. 사실 그 자신도 자신의 예측이 최악의 가정임을 잘 알고 있었다. 하지만 천인단의 입장에서 터키를 버리기에는 아쉬움이 많이 남았다.

"이번 8호 봉화 사업의 실패 원인은 파악되었습니까?"

신기철은 천인단의 현안 보고가 끝나자 가장 궁금했던 부분을 짚고 넘어갔다. 천군부에서 가장 손꼽아 기다리는 것이라면 통신위성과 제트 비행기의 실용화라 할 수 있었다. 추진체 개발이 한창이던 시절부터 추진된 인공위성 발사 사업인 봉화 사업은 실패에 실패를 거듭한 끝에 겨우 성공 단계에 접어들고 있었다.

"추진체 분출 제어기의 이상으로 탑재된 과산화수소 분출 계통에 약간의 문제점이 발생되었습니다. 새롭게 만들어지고 있는 위성에서는 결함 부분을 수정했으니 다음번에는 성공할 수 있을 것으로 기대하셔도 좋습니다."

"그래요? 이번에는……."

신기철이 무척 아쉽다는 표정을 지어 보이며 말끝을 흐렸다. 통신과 교통망을 얼마나 빠르게 확충하느냐에 따라 지구를 단일권으로 묶을 수 있는 시기가 결정된다고 해도 과언이 아니었다. 점령지가 점점 확대되면서 유선을 통한 통신은 한계에 부딪친 지 오래였고, 점령과 통치, 그리고 문화 침투를 위해서는 방송 만한 것이 없었다.

폴란드 바르샤바

대한제국군의 진군과 함께 북부 폴란드가 대한제국군에게 항복했다는 소식이 연일 바르샤바에 전달되었다. 그때마다 지그문트는 북부 폴란드인을 매국노라며 분을 삭이지 못해 길길이 날뛰었지만 브레스트마저 대한제국에게 넘어갔다는 소식을 들은 이후로는 오히려 마음이 차분해졌다.

"어디만큼 왔소이까?"

"100마일까지 접근해 있습니다."

스체르바츠키 재상 역시 담담하게 지그문트에게 대답했다.

"부아디수아프는?"

"우치를 지나 빈으로 향하고 있다는 마지막 전갈이 왔습니다."

"100마일이라면 먼 거리는 아니군. 우리도 이제 그만 나가봐야겠소. 장군들과 연대장들은 다 모였다던가요?"

"그렇습니다, 폐하."


전체적으로 초기 바로크식과 고딕식이 가미되고 로코코식이 첨가된 독특한 양식의 건축물인 폴란드 왕실의 주궁인 로얄 성을 왕실 마차가 빠져나갔다. 남북으로 길게 웅장한 대리석 건물들이 마주 보며 나란히 줄지어 있는 왕실대로는 지그문트의 여름 별장인 라지엔키 궁으로 이어졌다. 그 대로 위를 왕이 탄 마차가 근위병의 호위를 받으며 지나갔다.

라지엔키 궁의 광장에 도열한 각급 지휘관들이 라지엔키 궁으로 들어서는 마차를 맞이하며 눈빛으로 마차를 따라갔다. 광장 왼쪽으로는 성대한 만찬이 마련되어 있었다.

"보라! 여기 모여 있는 귀관들의 늠름한 모습을! 폴란드의 자존심이며 자긍심인 그대들에게 하나님과 성모 마리아님의 가호가 깃들 것임을 믿어 의심치 않는다. 명예로운 삶을 살다간 우리를, 우리의 자손들은 자랑스러워할 것이며, 그대들이 흘린 피 한 방울 한 방울은 우리의 땅, 우리의 형제 자매, 우리의 자식들을 살찌우는 밑거름이 되리라! 폴란드를 배신한 저 악마의 탈을 쓴 북부 영주들에게 가혹한 신의 심판이 내릴지니 나를 따르고, 폴란드를 따르고, 거룩하신 하나님과 성모 마리아님에 의지하는 우리들 앞에는 오직 승리뿐이다. 모두들 축배를 들라. 나의 피와 살이요, 그대들 옆에 있는 동료의 피와 살이라. 이는 그대들 부모 형제 자매의 피와 살이니, 단숨에 마시고 나가 싸우라! 죽음을 두려워 마라. 내가 죽지 않으면 누가 죽겠는가? 내가 죽어 폴란드가 산다면, 난 골백번이라도 기꺼이 죽으리니. 오늘 우리가 한 날 한 시에 만나 축배를 들고 만찬을 들 수 있음을 감사하라. 그대들 앞에 차려진 성찬은 성모 마리아께서 주신 것이니 그대들 머리 위에 성령이 임하시리라!"

지그문트의 격정에 찬 말 한마디 한마디가 도열해 있는 장교들의 피를 들끓게 하는 동안에도, 대한제국군은 3개 방향에서 시시각각 바르샤바를 옥죄어오고 있었다. 대한제국과의 결전을 위해 10만에 가까운 폴란드군이 바르샤바에 몰려들었다. 여기에는 남부 영주를 비롯한 대부분의 정예 기사단이 참가하고 있었다.

이윽고 지그문트가 죽음으로써 폴란드를 지킨다는 맹세를 하고 술잔을 높이 들어 올리자 지휘관들이 술잔을 들었다. 보드카가 가득 담겨진 술잔이 비워지자 카르미에 대주교는 지그문트를 시작으로 지휘관 들에게 일일이 축복을 내려주었다.


"출발!"

대열 선두에 선 지그문트가 마침내 명령을 내리자 10만 정예 병력이 꼬리에 꼬리를 물고 바르샤바를 떠나기 시작했다. 길거리에 나온 시민 들은 손을 흔들며 전장으로 떠나는 병사들에게 환호성을 질러댔다. 남 편을 전장에 내보내는 한 여인이 가슴을 풀어헤쳐 탐스러운 유방을 흔 들어대자 옆에 있던 여인은 눈물을 훔치고는 치마를 들어 올렸다. 치 부가 훤히 보이도록 치마를 올렸지만 누구도 그녀들을 나무라지 않았 다.

'나는 당신 것이니 죽지 말고 승리해서 돌아와요.'

대한제국군이 바르샤바에 들어오면 아내나 딸들은 대한제국 군대의 노리개가 될 수 있다는 무언의 암시와 꼭 살아서 돌아오라는 여인의 간절한 소망이 그렇게 온몸으로 표현되고 있었다.

바르샤바를 떠나 꼬박 하루를 행군한 폴란드군은 비스와 강 지류를 방패막으로 삼아 긴 진지를 구축하기 시작했다. 그렇게 대한제국군을 맞이할 만반의 채비를 갖춘 폴란드군이었지만 막상 적이 나타나자 전 선에 긴장감이 퍼져 갔다. 비스와 강은 강폭이 불과 30m 조금 넘는 작 은 하천으로 대한제국군의 진격을 멈추게 만들기에는 충분했다. 아니, 하천 남쪽에 진을 친 지그문트는 충분하다고 생각하고 있었다.

"척후로 보이는 대한제국군 기병대가 나타났습니다."

깃발을 높이 쳐든 대한제국군 정찰대대 병력이 하천 언덕에 나타났다. 500여 기가 넘는 기병대가 하천을 따라 이동하자 폴란드 기병대가 나란히 내달렸다. 4군 5군단 기병사단인 4521사단에 배속된 정찰대대 뒤로 자그마치 5만 명의 대군이 몰려오고 있었다. 후방 보급로를 책임지고 있는 6군단 병력을 합치면 10만이 넘는 대군이 이곳으로 향했고, 폴란드군은 그들과 싸워야만 했다.

"라도슬와프 백작에게서는 소식이 있었나?"

"아직 없습니다. 연락병을 보냈으니 금일간 소식을 가지고 올 것으로 예상됩니다."

라도슬와프 백작은 빌뉴스에서 출발한 4121 기병사단과 빌뉴스 영주가 이끄는 반군을 막기 위해 비아위스톡에서 진을 치고 있었다. 지그문트가 바르샤바를 떠나기 전 대한제국군과 교전한다는 소식을 전한 이후로 지금까지 후속 소식이 오지 않고 있었다.


단기 3959년 폴란드 바르샤바 동북쪽 80km 지점 대한제국 원정군 사령부.


민스크를 출발한 이래 원정군 지휘부는 모처럼 활기를 띠기 시작했다. 기병대대가 비스와 강 지류를 건너던 중 폴란드군의 공격을 받고 후퇴했다는 보고와 5군단 진군로에 대규모 적 진지가 발견되었다는 정찰 보고가 계속해서 지휘차량으로 흘러들었다.

"봉황을 전방으로 보내 광범위한 정찰을 시도하고, 특히 하천 상류 상황을 상세히 파악해서 보고하도록 하게. 5군단은 도하 작전 및 적 방어선 돌파를 위한 작전에 만전을 기하고 포병여단을 넓게 산개시키도록. 주변 적당한 곳에다 지휘소를 마련할 수 있도록 하게."

사령관의 명령이 예하부대에 전파됨과 동시에 지휘차량이 속도를 줄이다가 멈춰 섰다. 공병대원들은 불과 한 시간이 넘지 않아 주변을 정리하고 원정군 야전 지휘소 설치를 끝냈다. 그리고 주변에 보조 천막과 참호를 만들기 시작했다.

"적의 규모는 얼마나 되나?"

지휘소가 만들어지는 광경을 묵묵히 지켜보던 사령관이 지휘차량을 나서며 물었다.

"대략 팔만에서 십만입니다. 그중 기병은 삼만 정도로 추정하고 있습니다."

작전참모가 대답하며 사령관을 따라나섰다. 통신 장비들이 지휘소로 옮겨지고 차량들이 이동을 시작하자 흙먼지가 일었다. 멀리 동남쪽 하늘에 떠 있는 봉황이 점점 다가오는 것을 바라보던 사령관이 소매 옷깃에 묻은 풀잎 하나를 떼어냈다. 궤도 차량에 짓이겨진 이파리 하나가 바람에 날려왔던 것이다.

"많군. 단단히 벼르고 있겠는데? 하천 상류 쪽의 정찰은 끝났나?"

"네, 그렇습니다. 상류 10킬로미터 이내에는 조용합니다. 하천 흐름도 정상입니다."

"그래, 다행이군. 기병사단과 6군단 보병사단을 교체 투입하게. 6131사단을 5군단에 배속시키고 5121사단을 상류로 이동시켜 자체 도하 작전을 펼치도록. 5121사단의 우회 기동 시간을 산출해서 5군단장에게 알려줘."

대충 지휘소가 마련되자 사령관이 지휘 천막으로 들어갔다. 안으로 들어서자 하천을 경계로 대치 중인 병력도가 그려진 전장 지도가 먼저 눈에 들어왔다. 대한제국군은 길게 종으로 늘어선 모양을 하고 있는 반면, 폴란드군은 하천을 따라 횡으로 넓게 퍼져 있었다. 그 길이가 족히 5㎞는 되었다. 시간이 지남에 따라 대한제국군을 의미하는 파란색 깃발이 옆으로 점점 퍼져 나갔다. 하지만 전 부대가 공격 명령을 수행하기까지는 시간이 더 필요할 듯 보였다.

"야간 전투는 되도록 피하고 싶었는데… 이번만큼은 어쩔 수 없군. 괜히 포병 세력을 분산시킨 건 아닌지 몰라. 역공을 당하면 막아내기 쉽지 않을 텐데……."

대한제국군이 가진 최고의 장점은 월등한 화력이었다. 하지만 현 아군의 실질적인 주공인 기병사단을 보조하고 가해질 압박을 줄일 대책이 필요했다. 그래서 생각해 낸 방법이 바로 전 전선에 대한 포격을 위한 포병 전력의 분산이었다. 그렇게 되면 적은 대한제국의 주공을 파악하기 힘들 테고, 폴란드군은 쉽사리 병력을 집중하지 못한 채 한순간에 기병사단의 공격을 허용하게 될 것이다. 이 작전은 대한제국군의 선공과 자신감에 기초되어 있었다.

하지만 김상태 사령관은 만에 하나이긴 하지만 적이 먼저 선공을 걸어올 것이 걱정되었다.

"적은 지금쯤이면 겁에 질려서 목구멍으로 죽도 제대로 넘기지 못하고 있을 것이 뻔합니다. 그런 놈들이 먼저 공격할 생각이나 하겠습니까? 설사 그렇다 하더라도 기계화사단이 출동하면 문제없습니다."

작전참모는 자신이 세운 작전에 추호의 의문도 없었다. 완벽에 가깝다고 자신있게 말하고 싶을 지경이었다.

"천포의 사거리가 너무 짧아. 이젠 단일합체탄이 아니라 장약과 탄두가 분리된 포 운용이 필요한 때가 온 것 같아. 겨우 5킬로미터의 사거리로 확실히 제압할 수 있는 적이 아니야."

"그래도 아직까지는 세계 최고의 자주포 아닙니까? 누가 감히 천포를 상대할 수 있겠습니까?"

"그렇긴 하지. 아무튼 고수석 군단장에게 전해. 때가 되면 과감히 후퇴해도 좋다고!"

사령관 또한 천포가 강력한 무기라는 점은 인정했다. 하지만 충분하지는 않았다. 이미 이쪽의 무기 체계가 어느 정도 적들에게 알려진 이상 그에 대응할 만한 전술이 마련되어 있을지도 몰랐다. 왠지 불안한 사령관은 원정군의 실질적인 주력을 지휘하고 있는 고수석 5군단장에게 임의 후퇴 명령까지 위임하고 있었다.

"알겠습니다."

얼렁뚱땅 시간은 오후 5시를 넘기고 있었다. 저녁 나절이면 어김없이 찾아오는 피곤함과 몽롱함이 주변 공기 속에 섞여 떠다녔다. 생소한 지역에서 행군에 행군을 거듭한 원정군의 피로도는 좀처럼 가시지 않고 있었다.


두두두두두―

김한석 소장이 이끄는 4521 기병사단 병력이 지휘부 오른쪽 2km 지점을 지나 본대 후위로 옮겨갔다. 하천을 넘나들며 적 후방과 측방을 공격하기 위해 소규모 교전을 펼치며 움직이던 4521사단은 짧은 휴식을 취한 후, 다시 동쪽으로 이동해 갔다.

기병대는 예정 도하 지점이 가까워지자 이동 속도를 늦췄다.

"조용히, 조심스럽게 도하한다. 개별 간격 5미터 소대 간격 50미터를 유지하고 사주 경계를 철저히 하도록!"

상류 하천은 수심이 깊은 몇몇 지점을 제외하고는 말을 타고 건너기에 무리가 없었다. 선두를 맡은 3대대 1중대를 시작으로 사단 병력 8천여 기가 천천히 하천을 넘었다. 폴란드군 중군과는 15㎞ 이상, 좌측과는 13㎞ 이상 떨어진 곳에서 도하를 시작한 4521사단이 무사히 도하를 마친 뒤 사방으로 흩어졌다.

"연대장들은 집합!"

아무런 방해 없이 사단 전체가 하천을 넘은 뒤, 김한석 소장이 연대장들을 한자리로 불러모았다. 야간 작전에 들어가기에 앞서 각 단위 부대에 전달 사항을 알려주고자 했다. 야간에 어떤 돌발 상황이 발생할지 몰랐기에 여유가 있을 때 모든 것을 처리하고 싶었다.

"야간 전투에서는 무엇보다도 위치 보고가 생명이다. 모든 지휘관들은 위치를 변경할 때와 10분마다 정기적으로 위치를 지휘실에 보고하도록. 우리는 적진 깊숙이 들어가기에 자칫 아군으로부터 오인 사격을 받을 수도 있다. 이동 중에는 아군의 포격을 받지 않도록 각별히 주의하라. 특히 돌격 개시 전, 꼭 자신의 위치를 확인하기 바란다. 그리고 가능하면 자신의 작전 지역을 벗어나지 마라. 알겠나? 앞으로 세 시간 후 재집결하여 이동할 테니 그동안 휴식을 취한다. 휴식 중에도 돌발 상황에 대처할 준비를 하도록!"

"네, 사단장님!"

각급 연대장들은 김한석 소장이 건네주는 작전지시서를 받아 들고 각자의 연대로 움직였다. 돌아간 연대장들은 예하 대대장들에게 전달 사항을 지시하고 전 병력에게 휴식을 명령했다. 말이나 병사들이나 하루 종일 돌아다녔기에 휴식이 필요했다.

### 폴란드 중군 지휘소

해가 지면서 폴란드군 진영에서도 횃불이 하나 둘씩 피어올랐다. 낮에 있었던 대한제국 기병대의 도하 시도를 모두 막아낸 지그문트는 밤이 되면서 적의 움직임이 둔화되자 적잖이 안심을 하고 있었다.

"적 기병대가 후방으로 빠진 듯합니다. 기병대를 투입해서 야습을 해보심이 어떻겠습니까?"

"야습이라?"

기병군단을 이끌고 있는 크지노벡 아첵의 말에 지그문트가 지그시 입술을 깨물었다. 낮에는 하늘에 떠 있는 봉황 때문에 내놓고 움직일 수 없었지만 밤에는 적의 이목을 속이기가 쉬웠다. 지그문트 역시 야습을 생각했지만 다른 지휘관들의 의견을 들어보고 싶었다.

"이동이 쉽지만은 않습니다. 오늘이 첫날 밤이기에 적의 대대적인 공격에도 대비해야 합니다."

"하지만 적은 먼 거리를 달려왔습니다. 오늘 밤은 아무래도 휴식을 취하지 않겠습니까? 여러모로 우리에게 유리합니다. 어둠이라는 든든한 후원자도 있고 말입니다. 모든 것이 우리에게는 최적입니다."

"저도 크지노벡 아첵님의 의견에 찬성입니다. 적에게 여력이 있었다면 벌써 공격하고도 남았을 거라 사료됩니다. 공격하는 게 좋습니다. 정찰 보고에 의하면, 대한제국군은 지금 휴식에 들어갔습니다. 일부 병력을 제외하고는 모두 천막 안에서 잠을 자는 것으로 보입니다."

보병군단장인 클로스 토마시 역시 기병군단장의 의견에 찬동하고 나섰다.

지그문트는 결정을 망설였다. 그의 머리 속에는 아직도 민스크의 악몽이 지워지지 않고 있었다. 대한제국군의 화력과 공격력을 몸소 절감했던 그로서는 자칫 사자 머리에 머리를 밀어넣는 우를 범할 수도 있었기에 조심스러웠다.

"대한제국군과 맞붙는다면 우리 군대는 산산조각 납니다. 천연의 방어벽을 버리고 공격으로 나선다는 건 우리의 기본 전략과 어긋납니다. 적에게 혼란을 주기 위한 소수 병력을 동원한 야습이라면 모르겠지만 대규모 공격은 무리입니다. 더군다나 대한제국군이 가지고 있는 철마를 부술 만한 무기가 마땅치 않은 마당에 야습은 자살 행위입니다. 야간 전투가 우리에게 생소한 방식이라는 것을 제외하고도 말입니다."

포병연대장인 제프와쿠프 미칼칸이 홀로 반대 의사를 표시하고 나서자 다른 지휘관들이 그를 못마땅한 얼굴로 쳐다보았다.

특히 크지노벡은 하늘이 주신 기회를 놓치고 싶지 않았다.

"인정합니다. 하지만 낮보다는 밤이 오히려 우리에게 유리합니다. 화력 차이가 극명한 지금, 시야가 제대로 확보되지 않는 밤이야말로 적의 이점을 무력화시킬 수 있는 절호의 기회입니다. 적들에게 시간을 주면 그만큼 우리가 불리하다는 것을 잘 아시지 않습니까? 시간이 갈

수록 적은 강해지고 우리는 약해집니다. 일단 기회다 싶으면 공격해야……."

"경들의 의견 잘 들었소."

지그문트는 결정을 내렸다는 듯 크지노벡의 말을 중간에서 잘랐다.

"전군에게 공격 준비 명령을 내려놓도록 하시오. 우선 야음을 틈타 기병대를 투입시킨 후, 상황을 보면서 보병 투입을 시도하겠소. 그리고 포대는 은밀히 전방으로 이동 배치하시오. 모두 준비를 철저히 해 주시오. 아참, 적 기병대의 위치는 파악되었소?"

"아직입니다. 후방으로 멀리 빼돌렸거나 어디에 숨어 있을 것으로 보입니다."

도보 정찰은 거리상 한계를 드러내고 있었다. 기병 정찰을 감행하면 좋겠지만 그걸 눈뜨고 볼 대한제국군이 아니었다. 하천을 따라 수 마일까지 행해지고 있는 기병 정찰과는 다르게 전방 정찰은 불과 몇백 야드가 고작이었다.

"적 기병대가 크게 우회해서 우리 후방에 나타난다면 난처해지겠습니다. 우리가 기습 공격을 생각하고 있다면 적들도 그럴 수 있습니다."

지도를 살피던 재상이 중얼거리자 모두들 뒤통수를 얻어맞은 듯 멍해졌다. 적을 공격하는 것에만 신경을 썼던 크지노벡이 이마에 주름살을 만들어냈고 깜짝 놀란 지그문트가 자리에서 벌떡 일어났다.

"빌어먹을! 전혀 생각지도 못했군."

"정찰 거리를 두 배로 늘이고 적 내습에 대비할 수 있는 상비군을 중군에 대기시키시오. 포대도 따로 차출해서 배속시키고. 기동성이 뛰어

난 포대로. 서두르시오! 오늘 회의는 이것으로 마치겠소. 제장들! 우리
는 죽기 위해서 이곳에 왔다는 것을 결코 잊어서는 안 됩니다."

재상의 말대로 대한제국도 기습을 노리고 있다면 시간이 문제였다.
누가 먼저 적의 이목을 속이고 병력을 집중시켜 공격하느냐, 그것이 이
번 전투의 향배를 가늠할 중대 변수가 될 가능성이 높았다.

회의가 끝나 텅 빈 막사에 홀로 남은 지그문트는 두 아들의 얼굴을
떠올렸다. 그가 알기로 큰아들은 빈에서, 작은아들은 스톡홀름에서 외
로운 타향살이를 하고 있었다.

"성모 마리아의 가호가 있기를. 성모 마리아님, 형제 간의 싸움이 일
어나지 않게 해주십시오."

폴란드 재상 스체르바츠키는 지그문트가 머물고 있는 막사에 다시
들어가려다 멈춰 섰다. 지그문트의 기도 소리가 간간이 들려오고 있었
다. 기도가 끝나길 기다리는 동안 재상은 밤하늘을 올려다보았다. 자
신과는 상관없는 구경꾼처럼 수십만 개의 별들이 반짝이며 대평원을
굽어보고 있었다. 곧 있으면 시작될 전투를 즐기는 관객들은 반짝이며
환호성을 지를 준비를 하고 있는 듯 보였다.

"휴우!"

쓸데없는 상념에서 깨어나 길게 한숨을 내쉰 재상이 허리를 굽혔다.
지그문트가 소리없이 막사를 나와 재상 옆에서 하늘을 바라보고 있었
다.

"걱정됩니까?"

"무슨 말씀이신지요?"

재상은 지그문트의 물음에 되물어보는 것으로 대답했다. 지금 전장에 나온 사람치고 걱정에 빠지지 않을 사람은 없을 것이다.

"아닙니다. 별들을 바라보고 있자니 과연 내가 잘하고 있는 것인가 하는 생각이 문득 듭니다. 내 결정에 수십만의 병사들이 죽어나갈 수 있습니다. 살릴 수 있는 목숨을 달입니다."

지그문트 폴란드 왕의 이야기를 들으며 재상이 몸둘 바를 몰라 머리를 조아렸지만 한편으로 이상하기 짝이 없었다. 그가 알기로 지그문트는 자상한 사람이 아니었다. 오히려 폭군에 가까운 왕으로 지금껏 영주와 휘하의 병사들을 제외한 백성들을 착취해 온 형편이었다.

"모두 폐하와 폴란드를 위해 목숨을 버릴 각오가 되어 있는 충성스러운 부하들입니다. 폐하께서 그렇게 말씀하심은 곧 저들의 명예를 더럽히는 것입니다."

"그런가요?"

지그문트는 입술을 굳게 다물고는 사방을 둘러보았다. 10만 명의 병사들이 주변에 주둔하고 있건만 사방은 고요하기만 했다. 적막한 평지를 밝히는 모닥불들과 횃불들만이 타닥거리며 거칠게 타오르고 있었다.

―마구간이 조랑말에게. 조랑달, 조랑말, 나와라!

통신기에서 4521사단을 호출하는 다급한 목소리가 계속해서 들려왔다. 통신대 대대장의 목소리가 고막을 파고들자 의자에 앉은 그대로 선잠을 자고 있던 통신장교의 고개가 퍼뜩였다. 반쯤 코에 걸려 있던 수신기를 고쳐 쓴 장명한 대위가 정신을 차리고 수신 단추를 길게 눌렀다.

"여기는 조랑말! 마구간 말하라!"

—너 이 새끼, 뭐 하고 있었어! 내가 얼마나 호출했는지 알아?

호출이 울리자마자 응답했다고 생각했지만 그것이 아닌 모양이었다. 저쪽에서 고함치는 통신대대장의 목소리에는 다급함과 함께 안도감이 혼합되어 있었다.

장명한은 자신이 얼마나 졸았는지 알 수 없었다.

—지금 시간 부로 1급 경계령! 조랑말 이동 준비 명령! 10분 후 재교신, 이상!

평소 같았으면 통신대 대대장은 장명한 대위의 근무 태만에 대해 한바탕했을 테지만 그것보다 더 급한 용무가 있는지 상황 전파만 하고는 바로 통신을 끊었다.

"1급 경계령! 조랑말 이동 준비! 10분 후 재교신, 이상!"

장명한은 서둘러 예하 연대 통신대에 군단 사령부에서 내려온 이동 명령과 상황을 전파한 뒤 사단장에게 전령을 보냈다. 적진 앞에서 숙영하고 있었기에 4521사단 병력 대부분이 얕은 잠을 자고 있어 상황 전파는 순식간에 이루어졌다.

당장 할 일을 마친 장 대위는 자연스럽게 시계를 바라보았다. 아직도 작전 시간이 되려면 한참이나 시간이 남아 있었다.

"무슨 일이야?"

지휘소로 들어온 김한석 사단장 역시 시계를 바라보았다. 시침과 분침이 자정을 넘어가고 있었다. 부대 이동 시간까지 한 시간이나 남아 있었고 총공격은 새벽 3시에 감행하도록 되어 있었다.

"군단 사령부에서 1급 경계령과 함께 조랑말 이동 준비 명령이 하달되었습니다!"

"벌써? 무슨 일이 벌어진 건가?"

사단장은 본대에 예상치 못한 일이 발생한 것을 직감했다. 그렇지 않고서야 이미 짜여진 작계를 변동시킬 이유가 없었다. 기다리는 김한석 소장은 1분 1초에 조바심이 났다. 재교신까지 7분이 남아 있었지만 그 시간이 이렇게 길게 느껴지기는 처음이었다.

"각 연대장들 보고하라!"

―1연대, 대대 통신장비 철수 중!

―2연대, 병력 준비 중!

각 연대장들이 사단 본부에 이동 준비 상황을 전달하기 시작했다. 명령 전파 초기 단계여서 그런지 대부분의 연대들은 준비 상황이 미비했다. 명령 접수 후 10분 안에 이동할 수 있는 기동성을 보유하고 있는 기병사단임에도 불구하고 야간이라는 점과 돌발 상황이라는 점이 합쳐져 시간이 두 배 이상 소요될 듯싶었다.

―지지익― 조랑말 나와라… 자아악―

길고 초조한 시간이 지나고 잡음 섞인 무전이 들어왔다. 잔뜩 달아올라 있던 김한석 소장이 장명한에게 통신기를 덥썩 받아 들고는 군단 사령부의 통신을 받았다.

"난 김한석이야. 무슨 일이야?"

―충성! 본대가 적 기병대의 공격을 받고 있습니다. 현재 교전 중이며 적의 전면적인 공격인지를 파악 중에 있습니다. 군단장님께서 통신을 원하십니다. 잠시만 기다려 주십시오.

김한석 사단장은 깜짝 놀라고 갈았다. 무슨 일이 생긴 줄은 알았지만 적의 공격이 진행되고 있는 줄은 몰랐다. 제한적 기습이든 전면 공격이든 선수를 빼앗긴 것이 분명했다.

—준비는 다 되었나?

5군단장 고수석 중장이 거두절기하고 물어왔다.

"아직입니다만 십 분 후에는 이동할 수 있습니다."

—그래. 일단 그대로 대기하고 다음 명령을 기다리도록. 이쪽 상황은 그리 나쁜 편이 아니니 걱정하지 말고. 알겠나?

"네, 사령관님. 그런데 정확히 어떻게 되어가고 있는 겁니까?"

군단장은 별일 아니라지만 김한석에게는 모든 것이 궁금했다. 본대와 동떨어져 전투를 해야 하는 그의 입장에서는 가급적 많은 정보가 필요했다. 특히 지금처럼 돌발 사태가 발생했을 경우에는 더했다.

—사단 규모의 적 기병대가 하천을 넘어와 공격을 시도했네. 동쪽으로 넘어온 것으로 생각되네. 아마도 자네 사단 바로 앞으로 넘어왔을 거야. 그래서 말인데, 자네 진격로에도 적이 있을 가능성이 높아. 공격해 오는 적은 4511사단이 막고 있으니 곧 진압될 거네. 우리가 우려하는 건 적 보병이야. 도하를 시도한다면 자네가 움직일 시간이 없어지네. 그래서 미리 준비시키려는 거야. 알겠지? 이만 끊네.

"알겠습니다."

군단장과 통신을 마친 김한석 소장은 지휘소에 몰려든 연대장들과 참모들을 바라보았다. 모두들 궁금해 미치겠다는 표정이었지만 질문하는 사람은 없었다.

"본대에서 전투가 진행 중이다. 적 기병대가 우리 앞을 통과해 하천을 도하한 모양이다. 우리가 잠든 사이 말이야. 그래서 지금 본대 좌측을 공격당하고 있다. 기습에 이은 전면적 공격인지 확인된 바는 없지만 그럴 가능성이 농후하다. 확인된 병력만 기병사단 급이라면, 폴란드 지휘관이 아무리 무식하더라도 기병대 일만을 버리는 사석으로 쓰지는 않겠지. 아무튼 우리 사단은 신속히 이동 준비를 마치고 다음 명령을 기다린다. 적이 이쪽으로 올지도 모르니 경계 병력을 두 배로 늘리고 단대 간 위치를 벗어나지 않도록 각별히 주의하라. 이상!"

"달이 뜰 때까지 대기하는 겁니까?"

"일단 그렇다. 하지만 모든 가능성을 배제할 수 없으니 야간 이동을 염두에 두도록. 야간 이동 시에는 선조치 후보고하기 바란다."

연대장들이 지휘소를 빠져나가자 기다렸다는 듯 사단 본부중대 병력들이 우르르 몰려와 지휘소를 해체하기 시작했다. 주요 장비인 통신기를 지휘차량에 옮기는 것을 끝으로 지휘소 해체가 마무리되자 쉴 곳을 잃어버린 사단장이 임시 의자에 앉아 밤하늘을 올려다보았다. 보름이 한참 지난 밤하늘은 별들만 총총거렸다. 그에게 있어 오늘 밤처럼 길게 느껴지는 밤도 드물었다.

"언제 조명탄 준비되는 건가?"

4511사단장인 김진철 소장은 계속해서 군단 포병여단을 호출했지만 들려오는 것은 기다리라는 말뿐이었다.

적 기습을 감지한 지 불과 10분 만에 1여단이 포위 공격을 받고 있었다. 적은 기동성을 십분 발휘하여 1여단 병력이 천마에 탑승하기도 전에 공격해 왔다. 외곽 경비를 맡고 있는 보병사단 경비중대는 전멸한 것 같았다.

"사단장님, 2여단의 출동 준비가 완료되었습니다."

"그래? 3여단은 방어선을 구축했나?"

"네, 천마를 진지 삼아 남북으로 총 이천 미터에 이르는 방어선을 구축했습니다."

"그나마 다행이군. 2여단장 호출해!"

김진철 소장은 자신이 맡고 있는 구역으로 적이 기습해 들어왔다는 소리에 처음에는 코웃음을 쳤다. 기계화사단과 기병대 간의 싸움이라면 이미 승패가 결정된 거나 다름없었다.

하지만 막상 뚜껑을 열고 보니 그리 만만치 않았다. 초동 경계 보고가 늦어지는 바람에 1여단은 제대로 대응할 시간을 얻지 못하고 있었다. 병사들이 막사를 뛰쳐나와 천마에 탑승하는 도중에 기병대의 공격을 받은 데다, 천마 탑승 후에도 시야가 제대로 확보되지 않아 전투력도 급격히 떨어졌다.

"조명탄 기다릴 시간 없다. 바로 공격에 들어간다. 2여단 출동!"

야간 오인 사격을 우려해 조명탄 지원을 받으려던 김진철 소장은 더 이상 기다릴 수 없었다. 약간의 손해를 감수하더라도 일단 영내에 들어온 적을 몰아내는 것이 우선이었다.

사단장의 명령이 2여단에 전달되자 원정군 좌측을 담당하던 4511사단 2여단 천마―4 수백 대가 일제히 운전등을 켠 채 진지를 빠져나가 평원을 질풍처럼 달려갔다.

"시속 20킬로미터를 유지하여 1여단 주둔지까지 이동한다. 아군과

적군을 잘 가려 공격하라. 차간 간격을 충분히 넓혀 상호 충돌을 방지하도록. 이상!"

천마—4에 탑승한 2여단 병력은 총안구를 열고 사격 준비를 서둘렀다. 앞뒤로 달리는 동료 차량에서 나오는 차량등의 불빛에 의지한 시계는 겨우 20m를 넘지 못하고 있었다.

덜커덩거리는 차체에 몸을 맡긴 채 장전을 하던 막리지 상병은 갑자기 총안구로 그림자가 휙 지나가자 깜짝 놀라 엉덩방아를 찧었다.

"사격! 적이다!"

드드드드—

단차장의 외침과 함께 천마—4에 거치된 기관총이 불을 뿜는 소리가 들려왔다. 진지를 나온 지 5분 만에 적 기병대와 조우한 2여단 천마들이 차간 간격을 더욱 넓혔다.

"3대대는 반전하라! 여단을 통과한 적 기병대를 따라잡는다."

1여단을 통과한 폴란드의 기병대가 빠른 속도로 어둠 속에서 뛰쳐나와 2여단 진영을 통과하기 시작했다. 천마 정면을 향해 달려온 적을 제외한 대부분의 기병대가 2여단이 미처 대응하기도 전에 통과해 버리는 어이없는 일이 벌어지자 2여단장은 급히 3대대로 하여금 적 후미를 뒤쫓게 했다.

드드드— 탕! 타당!

불완전한 시야 속에서 사격이 이루어지고 있었지만 표적이 제대로 맞았는지 확인할 길이 없었다. 3대대 병력은 그저 무작정 앞을 향해 이동하며 어둠 속으로 총알을 날려대고 있었다.

3여단 2대대 3중대장인 문봉민 대위는 잔뜩 긴장한 채 전방을 응시했다. 모든 차량이 앞부분에 달린 전조등을 켜고 있었지만 그것만으로는 부족했다. 전조등 불빛이 미치는 곳 너머에서 무슨 일이 벌어지는지 도무지 알 수 없었다. 2여단을 지나친 폴란드 기병대가 자신들을 향해 달려오고 있고 그 뒤를 2여단 3대대 천마가 쫓아오고 있다고는 꿈에도 생각하지 못하고 있었다.

"중대장님, 대대 무선입니다."

문봉민 대위는 다급히 무전기를 잡아 들었다.

"충성! 대위 문봉민입니다! 네, 알겠습니다."

짧게 통신을 마친 문봉민 대위는 곧 중대 회선을 열어 각 소대장들에게 명령을 하달했다.

"전 중대원 무차별 사격 준비!"

그리고는 자신의 제국소총을 들어 올렸다. 중대장이 된 이후로 제국소총을 쏘아본 기억이 없었다. 앞서갔던 2여단이 전투에 들어갔는지 전방이 시끄러웠다. 얼마 지나지 않아 전방에서 불빛들이 어지럽게 흔들리며 총성이 들리더니 말발굽 소리가 이어졌다.

"사격!"

곧 이어 여단장이 직접 여단 전체에 사격 명령을 내리자 본부중대를 시작으로 여단 전체가 어둠을 향해 사격을 시작했다. 무작정 앞을 향해 발사된 총알이 3여단 앞으로 쇄도해 오던 폴란드 기병대를 덮쳐 갔다. 지향 사격이 불가능했기에 시도된 무식한 작전이었지만 지금 상황에서는 가장 효과적인 방법이기도 했다.

타타당— 타당— 드드드—

천마—4 기관총 사수는 좌우로 15도 이내에서 무작정 기관총을 쏘아댔다. 순식간에 200발이 들어 있는 탄상자 1개를 비워낸 그는 바삐 총렬 교환과 탄띠 연결 등 재사격을 위한 조치를 마치고는 다시 사격에 들어갔다. 그가 중대장에게 받은 명령은 단순 무식했다. 사격 중지 명령이 있기 전까지 계속해서 쏘아대면 되었다. 탄피가 줄줄이 바닥으로 떨어지고 10발마다 끼워져 있는 예광탄이 어둠을 가르며 앞으로 날아갔다.

평! 평! 평!

전투 개시 후 30분이나 지나서야 조명탄이 하늘에서 떨어지기 시작했다. 조명탄이 늦게 지원된 데에는 그만한 이유가 있었다. 5군단 포병여단에 소속된 천포들이 고폭탄을 빼내고 조명탄을 집어넣는 데 시간이 걸리기도 했지만, 측면 기습을 염두에 두지 않은 배치로 인해 4511사단을 지원할 거리에 있는 천포의 수가 많지 않기 때문이었다. 4550포병여단은 새벽에 있을 공격을 위해 동서로 길게 늘어져 있었고 포신에는 모두 고폭탄이 장전되어 있었다.

"사격 중지! 지향 사격! 지향 사격!"

조명탄이 터지면서 시야가 확보되자 각 중대장들은 무차별 사격을 통제해 나갔다. 그렇게 얼마간 조명탄의 지원 아래 개시된 지향 사격은 달려온 적 기병대를 꼼짝 못하게 만들었다. 3여단 전방 100여 미터 지점에는 말과 인육이 만들어낸 긴 피의 띠가 형성되어 있었다. 널브러진 고기덩어리가 평원을 가득 메우고 피비린내가 화약 냄새와 섞여 묘한 냄새를 만들어냈다.

히히잉!

다다다다—

미처 숨이 끊어지지 않은 말이 처량한 울음을 터뜨리며 일어나려 하자, 겁에 질린 어떤 병사가 자동 사격을 해댔다. 그로 인해 잔뜩 긴장해 있던 3여단 병력의 방아쇠가 일제히 당겨지며 사격이 재개되자 인간과 말의 시체들이 들썩거렸다.

"사격 중지! 사격 중지!"

각급 분대장과 소대장들이 병력을 통제하고 나서야 겨우 사격이 멈췄지만 팽팽한 긴장감은 그대로 유지되었다. 적 기병대는 1여단과 2여단을 통과하면서 일정 부분 타격을 입은 상태에서 3여단의 집중 사격에 거의 괴멸된 것 같았다. 그 뒤 한동안 평원에는 침묵이 감돌았다.

"4521사단이 다음 명령을 기다리고 있습니다."

고수석 중장은 기병사단을 움직일 것인지 말 것이지 고민하고 있었다. 공격 지원을 맡은 4511사단이 적 야습으로 인해 발이 묶여 버린 지금, 보병만으로 하천을 넘기에는 위험 부담이 컸다. 그렇다고 기껏 움직인 기병대를 뒤로 물리자니 그간 공들인 것이 너무 아까웠다. 아침이 밝아오면 4521사단의 정체는 금방 탄로나게 되어 있었고 그러면 작전은 처음부터 다시 세워야 했다.

"군단장님?"

작전참모가 최종 명령을 기다리며 군단장을 불렀다.

"야습에 참가한 적진에 보병이 있는 것 같은가?"

"아닙니다. 모두 기병입니다. 보병이 움직이기에는 너무 먼 거리입니다."

"그래? 하지만 만약에 말이야, 적 잔존 기병이 우리 후미에서 아직도 때를 기다리고 있다면."

작전참모는 선뜻 대답을 하지 못하고 머뭇거렸다. 소수의 병력이라도 사령부 영내에 들어오게 되면 5군단으로서는 골치 아플 것이 뻔했다. 4511사단을 우회하거나 보병사단이 빠진 자리를 파고들면 예상외의 크나큰 피해를 볼 수 있었다.

"그럼 4521사단에게 후퇴 명령을 내릴까요?"

"오늘 밤 달은 언제 뜨나?"

"새벽 세 시 무렵입니다. 아직도 한 시간 반이나 남았습니다."

하현달을 넘어선 달은 새벽녘에 잠깐 동쪽 하늘에 보였다 여명과 함께 사라진다. 그전에는 칠흑같은 어둠 때문에 대병력을 움직이는 것은 위험천만이었다. 적진에서 야간 행군 중 매복에라도 걸린다면 어떤 일이 벌어질지는 자명했다.

"이동시켜. 도보 정찰을 해서라도 안전을 확보하며 이동하라고 해. 공격은 기병사단이 공격 대기선에 도착한 후 실시한다. 4511사단, 3여단을 제외한 병력을 예정대로 이동시켜."

"알겠습니다."

작전참모가 작계에 변동이 없음을 전파하기 시작할 무렵, 군단 사령부에 낯설은 포성이 연이어 들려왔다. 곧 이어 5군단 사령부 직할 통신대대의 통신망이 사방에서 울어대며 적 보병의 대대적인 공격이 시작되었음을 알려왔다.

꽈과광— 꽈광!

"여기는 울타리 셋. 대규모 포격이다. 산탄이다. 보병들이 지원 바란다."

다급했는지 경계에 투입된 중대장들의 보고가 횡설수설하고 있었
다.

고수석 중장은 사령부로 전해지는 통신을 들으며 어이없어했다. 조
금 전에는 기습을 허용하고 이제는 선공까지 빼앗기고 만 것이다. 지
휘실에 모인 참모들도 어안이 벙벙하기는 마찬가지였다.


"전 포대 발포!"

"재장전!"

폴란드 포병대를 이끌고 있는 미칼만 연대장은 대한제국군 진영을
향해 계속해서 포탄을 날려댔다. 미칼만 포병연대가 보유한 야포는 신
성로마제국에서 수입한 것으로 포각 조절이 불가능한 원시적인 야포지
만 포도탄이란 산탄을 발사할 수 있었다.

콰콰쾅!

"앞으로 100미터 이동!"

총 120문의 야포를 운용하는 디칼만은 서둘러 포대 위치를 이동시
키려 했다. 보병들이 전진함에 따라 포대도 따라 이동해야 하는 것이
지만 그것보다는 대포병 포격이 더 두려웠다. 유럽의 어느 포병이나
다 그렇지만 그 역시 대한제국군의 포병은 두려운 존재였다.

미칼만의 명령이 떨어지기가 두섭게 포대원들이 포를 끌었다. 야포
는 세 사람이면 충분히 움직일 수 있을 만큼 가벼워 말 한 필이면 어디
든지 끌고 갈 수 있었다. 단거리 이동이 주로 이루어지는 전투 시에는
말보다는 사람의 힘을 이용하는 것이 더 효과적이었기에 포대원들이

포에 달라붙어 포를 밀고 나갔다.

다행스럽게도 대한제국군에서는 아직 포탄을 날리지 않고 있었다.


"으악! 위생병! 위생병!"

공격 준비를 서두르던 대한제국군 진영으로 일시에 200여 발의 포탄이 날아들었다. 대한제국군이 보유한 산탄보다는 위력적이지 않았지만 동시다발적으로 중앙에 집중된 포격은 대한제국군의 참호를 무참히 유린하고 있었다. 그 뒤를 따라 폴란드 기보병 혼성부대 수만이 하천을 넘기 시작했다.

하천 바로 옆에 주둔하고 있던 4531 보병사단 병력의 눈에 비친 폴란드군은 악마 같았다. 별빛을 타고 넘어오는 폴란드 병사들의 옷이 너울거렸다.

"사격! 계속 쏴라! 물러나지 마라!"

탕탕탕! 드드드드—

하천을 가득 메우며 앞을 향해 달리는 폴란드 병사들을 향해 4531 사단 병력이 쉴 새 없이 사격을 해댔다. 수없이 많은 사람들이 쓰러졌는데도 불구하고 꾸역꾸역 밀려드는 사람의 물결이 하천을 넘고 있었다. 시야가 극도로 제한되었기에 코앞에 와서야 적의 모습이 보이는 경우가 많아 병사들을 더욱 힘들게 하고 있었다.

펑펑펑!

타타탕!

하천을 건너오던 폴란드군들이 사격을 시작했는지 이질적인 총성이 공간을 가득 메웠다.

2연대 3대대 2중대 3소대 전방에 수천 명의 병력이 몰려들자 중대 선임하사 이완용은 덜컥 겁이 났다. 중대와 연결된 유선망은 어찌 된 일인지 불통이었고 무선 통신망은 아무리 호출해도 응답이 없었다. 적 포격 때 직격탄을 맞은 소대는 이미 반수 이상의 사상자가 발생한 상황이었다.

"소대장님, 이선으로 후퇴해야 합니다. 이러다가 전멸합니다."

"안 돼. 아직 후퇴 명령이 없었다. 한 축이 뚫리면 다른 쪽도 뚫린다. 제자리를 지켜라!"

선임하사가 후퇴해야 한다고 나섰지만 소대장은 들은 척도 하지 않았다. 너덜너덜한 누더기 옷을 입고 있는 폴란드군은 눈앞까지 다가와 있었다.

"소대원들은 위치를 지켜라! 아직 후퇴 명령이 없었다!"

소대장이 고래고래 소리쳤지만 이완용은 참호선을 올라가고 있었다.

"이완용 중사! 자리를 지켜라!"

소대장이 다시 한 번 소리쳤지만 이완용은 되돌아오지 않았다.

"쌍!"

제2선으로 달려가는 이완용을 바라보던 이민영 소대장의 입에서 쌍소리가 튀어나왔다. 곧장 허리에 찬 권총을 빼어 든 이민영이 이완용을 겨냥하다 내려놓았다. 이완용을 따라가려던 1분대원들이 엉거주춤 일어섰지만 이민영과 눈이 마주치자 그 자리에 주저앉았다.

"내가 살아남는다면 저 개새끼를 죽여 버리겠어!"

이를 갈아붙이던 이민영이 소대원들에게 명령을 내렸다.

"수류탄 투척! 통신병 상급부대 계속 호출해! 죽더라도 이쪽이 뚫렸다는 것을 알려야 한다!"

이십여 명의 소대원들이 일제히 수류탄을 던지고 고개를 숙이는 사이 통신병이 중대와 대대를 호출했지만 응답이 없었다.

"2중대! 2중대! 진내 포격이다! 후퇴하라! 즉시 후퇴하라!"

3대대장은 무전기를 들고 2중대를 목이 터져라 외쳤지만 대답이 없었다. 참호 1선에서는 빠르게 후퇴가 이루어지고 있었지만 유독 2중대 병력만 유무선이 단절되어 있었다. 전령을 보내긴 했지만 시간이 빠듯했다. 포병여단에서는 지금 당장이라도 포격을 시작하겠다고 아우성이었다.

대대장은 시계를 바라보다가 고개를 떨구었다. 포병여단이 마지막이라고 알려온 2시를 막 넘어서고 있었다. 1초의 오차도 없이 포탄들이 3대대장 머리 위를 지나쳐 갔다. 곧 이어 포성이 들리더니 이내 포탄이 작렬하는 굉음이 들려왔다.

꽈과광! 꽈광!

"연대 적 돌격에 대비하라. 적들이 제1선을 넘었다."

연대장의 목소리가 무전기 속에서 앵앵거렸다. 전령이 제때에 도착했다 해도 중대 병력 전부가 빠져나올 시간이 없을 듯 보였다. 그전까지 살아 있었다 치더라도 이번에 실시된 진내 포격에 살아남았을 리 만무했다.

"시팔! 지뢰라도 깔아놓는 건데……."

대대장은 공격할 때 진격에 방해가 된다는 이유로 지뢰 지대를 설정해 놓지 않은 것이 후회스러웠다. 야전에서 방어를 위해 부대 외곽에 설치해야 될 기본적인 방어 수단조차 만들어놓지 않았던 3대대는 대원들의 피로 값비싼 수업료를 치르고 있었다.


폴란드군 사령부

야습에 나선 기병대와 대한제국 간의 교전이 벌어진 것을 지켜보던 지그문트는 흩어져 있던 보병 5만을 중앙으로 모아 공격해 들어갔다. 초기 포병대의 활약으로 하천을 수월하게 넘은 폴란드 보병군단 선봉 부대는 대한제국이 설정한 제1선을 간단히 뭉개고 있었다.

"1, 2연대 장전. 3, 4연대 공격. 공격하라!"

몸소 마상에서 전투를 지휘하는 클로스 토마시가 군도를 빼 들고 외쳐 댔다.

그때 대한제국 진영에서 날아온 포탄이 하천 위로 쏟아졌다. 수없이 많은 부하들이 쓰러졌지만 어둠이 모든 것을 뒤덮고 있었다.

전방의 불빛을 향해 일제 사격을 가한 폴란드 보병들은 오로지 앞만 보고 달려갔다. 점점 동쪽 하늘이 밝아오고 있었지만 그런 것에 신경 쓸 여력이 없었다.

피웅― 픽!

"이크!"

대한제국군이 무작정 쐬대는 총알이 머리 위로 날아가자 파베우는 무의식적으로 고개를 숙였다. 시베크 파베우 2연대장은 크라크푸 부근 지방 영주로 이번 전쟁에 참여하고 있었다. 소규모 지방 영주인 그는 항상 중앙 정치에서 소외되었지만 이번에는 달랐다. 북부가 대한제국에 넘어가고 역량있는 남부 영주들이 피살당하자 그에게도 기회가 찾아왔다. 그리고 아직까지는 모든 것이 순조로웠다.

"연대장님, 장전 완료했습니다."

"그래, 연대 돌격! 3연대를 뒤따라간다! 서둘러라! 적들이 눈치 채기 전에 더 깊숙이 들어가야 한다!"

전 전선에서 감행된 폴란드군의 공격은 주공인 중앙을 제외하고는 제자리에서 사격만을 해대고 있었다.

재장전에 걸리는 시간을 만회하기 위해 지그문트는 새로운 전법을 선보였다. 그에 따라 연대 단위로 계획된 중앙 공격군은 돌격연대와 장전연대로 나누고, 공격연대가 대대별 일제 사격과 돌격을 감행하는 사이 뒤에 처진 연대가 장전을 하고 앞으로 이동해 가는 방식이었다.

10m 이동 동안 대대 일제 사격이 끊이지 않고 계속되자 폴란드군 진격로에 위치한 대한제국군은 참호에서 고개를 들기도 어려웠다. 시야가 확보되었다면 좌우측에서 제압 사격이 행해졌을 테지만 대한제국군 장교들은 자신의 전방을 방어하는 데 급급해서 좌우를 둘러볼 틈이 없었다.

"봉크 장군, 기병대를 투입시키시오!"

지그문트는 다행히 자신의 전법이 먹혀들자 승기를 잡았다는 생각이 들었다. 그래서 완벽하게 밀어붙이기 위해 적 기병대를 상대하려고 예비로 남겨둔 최후의 병력인 2만의 기병대를 투입시키기로 했다.

"네, 총사령관님!"

크지노벡 아첵 기병군단장을 대신하여 봉크 아첵이 짧게 대답한 후 부관들과 더불어 본영을 떠났다. 기병대의 총돌격을 알리는 나팔 소리와 함께 기병 2만이 일시에 지축을 박차고 앞으로 내달렸다.

"아슴 나간 크지노벡 아첵 백작은 어찌 되었을까?"

지그문트는 기병대가 전멸당하지 않았을까 걱정스러웠지만 확인할 방법이 없었다. 아직 적 철마가 나타나지 않은 것을 보면 아첵 백작이 임무를 충실히 수행하고 있는 것 같았다. 어쩌면 대한제국의 기병대까지 쓸어버렸는지도 몰랐다. 총공격이 시작되었는데도 대한제국에서는 아직까지도 기병대를 투입하지 않고 있었다.


대한제국 5군단 사령부

고수석 5군단장은 시시각각 들려오는 전황에 고심에 고심을 거듭했다. 적은 광범위한 지역에서 공격해 오고 있었다. 중앙을 제외하고는 전선이 그대로 유지되고 있었지만 문제는 중앙으로 보낼 예비 병력이 없다는 데 있었다. 4531사단이 막고 있는 중앙 전선은 구멍이 숭숭 뚫려갔고 2선을 지키기에도 위태로웠다.

"기갑여단은 아직 정리되지 않았나?"

"지금 2여단이 이동 중입니다. 측면에서 참호 1선을 차단할 계획입니다."

"젠장! 원정군 사령부에서는 아무 연락 없나?"

"힘들 것 같으면 후퇴하라는 전문이 내려와 있습니다."

김상태 대장은 가급적 피해를 줄일 수 있는 방향으로 전투를 진행시키고자 했다. 그래서 후퇴를 대수롭지 않게 생각했고, 병력 손실이 예상되면 언제라도 후퇴해도 좋다는 명령을 장군들에게 내려놓고 있었다. 하지만 고수석 5군단장은 후퇴는 곧 패배라는 생각을 가지고 있었다.

"후퇴는 절대 없다! 후퇴라니⋯ 조금만 막으면 돼. 곧 달이 뜬다. 4521사단의 현 위치는?"

"공격대기선에 거의 접근했습니다. 공지선 밖에서 대기 중입니다."

"그래?"

뜻밖이었다. 아무래도 김한석 소장이 무리한 행군을 한 것 같았다.

"바로 공격에 들어간다. 각 연대에 반격 명령을 내리도록. 10분 후 정각 2시 30분에 총공격에 들어간다."

"군단장님?"

작전참모가 놀란 눈으로 군단장을 쳐다보았다. 중앙을 방어하기에도 벅찬 마당에 총공격이라니, 어불성설이었다. 하지만 고수석 중장의 의지는 단호했다.

"적은 아무래도 중앙에 병력을 집중시킨 것 같다. 그러지 않고서야 중앙이 이렇게 허무하게 무너질 순 없어. 이렇게 많은 병력이 중앙으로 몰려들었다는 것은 중앙 이외에는 적이 없다는 거나 마찬가지야. 우리가 잠들어 있는 사이에 적은 병력을 집중시킨 게 틀림없어. 양익은 방어 병력이 거의 없다는 얘기다. 중앙이 뚫리더라도 6군단이나 4231사단이 메우면 된다. 알겠나? 그리고 부관!"

"네, 군단장님!"

"내 철모하고 소총 가져와."

5군단 지휘부가 적에게 포위당하는 일이 있더라도 공격을 감행하겠다는 고수석 중장의 의지가 각 예하부대로 전달되기 시작했다. 그리고 정확히 10분 후 5㎞까지 확장된 전선에 골고루 배치된 천포여단이 미리 지정된 좌표로 고폭탄을 날리기 시작했다.

"적 기병대가 중앙을 돌파하고 있습니다."

"기병대가?"

고수석은 기병대 출현 보고에 벌떡 일어났지만 이내 담담한 표정으로 돌아갔다.

"3여단을 불러서 지휘부 주변에 철의 장막을 친다. 1여단 잔여 병력은 즉시 이동해 3여단을 지원하도록."

4531사단 전방에 나타난 기병대는 제2방어선을 뛰어넘어 안으로 안으로 깊숙이 들어가고 있었다. 5군단 지휘부를 위협할 만큼 저돌적으로 돌격을 개시한 폴란드 기병대는 4511사단과 3여단이 정면을 막아서고 나서야 저지당해 사방으로 흩어졌지만 2만의 기병대가 휩쓸고 간 지역은 아비규환으로 변해 있었다.


4521 기병사단 지휘부

"사단장님, 돌격 시간입니다."

"알고 있어. 군단 사령부에 돌격 시간을 통보하도록!"

김한석 소장은 붉게 달아오르고 있는 북서쪽 하늘을 바라보았다. 포성과 총성이 어우러진 소리들이 5군단 본대가 치열한 전투를 치르고 있음을 알려주었다. 그럼에도 버틸 만한 모양인지 군단 사령부에서는 공격 명령을 내려놓고 있었다.

"각 지휘관들은 지정 위치를 다시 한 번 확인하라! 사단 거총! 돌격!"

방금 떠오른 반달보다 조금 작은 달이 달빛을 대지로 뿌리는 가운데 김한석 소장이 마침내 사단 전체 통신망에 돌격 명령을 내렸다. 앞서 달려나간 김한석 사단장이 탄 말의 안장에 장식된 색동이 달빛에 반짝거리고, 사단기가 바람에 펄럭거리며 앞으로 달려나갔다.

드드드드—

제국소총을 꺼내 든 8천 명의 기병대가 폴란드 진영 우측을 파고들기 시작했다. 5분 만에 3㎞를 내달린 4521사단 병력을 막을 폴란드 병력은 없는 듯 보였다. 3531사단이 힘겹게 중앙을 방어하는 사이 3532사단이 하천을 도하하여 공격해 들어갔다. 폴란드 진영 좌측을 공격하던 3532사단은 3531사단이 하천에서 3㎞까지 후퇴하는 것에도 아랑곳 않고 진격을 계속했다.

"적의 대규모 반격입니다. 좌측과 우측에서 대한제국군이 공격해 옵니다."

"우측이라니? 무슨 소리야?"

지그문트는 우측에서 공격이 시작되었다는 말이 이해되지 않았다. 정찰 정보에 의하면 대한제국군 좌측은 철마 부대로 크지노벡 아책과 교전 중이어야 했다.

"사라진 기병대 같습니다. 동쪽으로 크게 우회해서 온 것으로 추측 됩니다. 후방 포병대가 공격받고 있습니다."

"상비군을 투입해! 포대는 뭐 하고 있었나?"

대한제국군 기병대의 기동 전술을 방어하기 위해 준비된 상비군은 이미 좌측을 방어하기 위해 지원되고 있었다. 그들은 도하하고 있는 대한제국 보병들을 상대하느라 바빴고 본영에 남은 병력이라고는 기껏 해야 근위대 1천 기가 전부였다.

펑펑펑!

중군에 배치된 20문의 야포가 그제야 불을 뿜었지만 4521 기병사단 대부분의 병력은 이미 최소 사거리 안으로 들어와 있었다.

타타타탕!

"으악! 살려줘!"

펑! 꽈과과광!

사방에서 비명 소리와 말발굽 소리, 총소리가 뒤섞였다.

지그문트는 지금 벌어지고 있는 상황을 이해하려 애를 썼다. 분명히 전황은 유리하게 전개되었고 조만간 승리를 거머쥘 것이라 믿어 의심 치 않았다. 하지만 지금 폴란드군이 처한 상황은 오히려 역전되고 있 었다.

'적은 분명히 온 힘을 다해 중앙을 막아야 했다. 그런데도 중앙을 비워둔 채 공격에 나섰다. 함정에 빠진 것인가? 내가 모르는 또 다른 병력이 있는 것인가, 아니면 중앙은 텅 빈 것인가? 후방을 내어주고 적 중앙을 격파하는 것이 무슨 의미가 있을까?

이런저런 생각으로 머리를 굴리던 지그문트는 이내 생각을 고쳐 먹었다.

'그렇다. 내가 살려고 온 것이 아니지 않은가? 어차피 상대가 되지 않는 싸움이었어.'

"근위대장!"

"네, 폐하!"

"길게 말할 시간이 없다. 그대는 근위대 기사단을 이끌고 재상을 호위하여 전장을 빠져나가라. 이번 전투에 승리할지 패배할지 모르겠으나 훗날 폴란드를 위해 그대들의 지식을 내 아들에게 전수해 주길 바란다. 이건 내 마지막 명령이다. 성실히 수행하도록! 알겠나?"

"존명!"

"폐하?"

갑작스러운 명령에 재상이 눈을 크게 뜨고 지그문트를 바라보았지만 지그문트는 벌써 말 위에 올라타고 있었다.

"모두 들어라! 우린 살기 위해 온 것이 아니다! 죽는 것을 두려워 마라! 돌격 앞으로!"

지그문트는 더 이상 미련이 없다는 듯 평원을 넘어 하천으로 달려갔다. 그 뒤를 근위대 900여 기가 그림자처럼 따랐다.

남겨진 재상 스체르바츠키는 근위대장을 바라보다 이내 고개를 떨구었다.

"윽!"

어느새 재상의 오른손에는 단도가 들려 있었고, 단도의 날카로움은 금세 가슴을 지나 심장을 파고들며 붉은 피를 뽑아냈다. 그는 자신이 전장을 무사히 빠져나갈 수 없음을 직감하고 있기에 자신 때문에 무의미하게 100명의 기사단을 희생시키고 싶지는 않았다. 어차피 죽을 목숨이라면 남에게 짐이 되고 싶지는 않았다.

"재상?"

"그대는 어서 지그문트 대왕을 호위하시오!"

힘겹게 말을 끝낸 재상이 고개를 떨구자 근위대장은 두 눈에 방울방울 눈물을 흘리며 지그문트를 뒤쫓아갔다.


달이 떠오르자 비로소 기관총의 제압 사격이 제대로 먹혀들기 시작했다. 줄기차게 총탄만 낭비했던 기관총 사수들은 적들의 숫자가 많음에 놀라고 있었다. 온 대지를 가득 메운 폴란드 병사들이 조준 제압 사격에 속수무책으로 우수수 쓰러졌다. 하지만 수가 너무 많았다.

"4531사단에서 더 이상 막기 힘들다는 전문입니다."

계속되는 제파 공격에 기병대 공격까지 가세하자 4531사단의 피해가 기하급수적으로 늘어나 속속 방어망이 뚫리고 있었다. 2연대 병력은 이미 백병전에 들어가 있었고 다른 연대 역시 백병전을 준비 중이었다. 진영 깊숙히 들어온 폴란드 기병대는 4531사단을 지원하는 천포들을 공격하고 있었다.

이런 상황을 전달한 참모들이 고수석 중장의 다음 명령을 기다렸다. 월등한 화력을 보유하고 있는 군대가 백병전을 할 이유가 없다는 것이 그들의 한결 같은 생각이었다.

"2여단과 3여단을 진격시키고 그 자리를 4561여단에게 넘기도록.

그리고……."

내키지는 않았지만 고수석 역시 이번만큼은 지휘부를 뒤로 물려야 할 것 같았다.

"4531사단을 뒤로 물려. 지휘부도 뒤로 물러난다. 원정군 사령부에 연락을 넣도록. 4521사단에게 공격 방향을 바꿔서 적 후위를 물고늘어지도록 하고. 적들의 진격 속도를 늦추라고 해. 바짓가랑이라도 붙들어서 말이야."

5군단에 속한 병력은 보병사단 2개와 기병사단, 기계화사단이 각각 1개, 거기에 포병여단과 특수여단이 각각 1개씩 있었다. 5군단 특수여단인 4561여단까지 전투에 투입시킴으로써 고수석은 이제 더 이상 커 낼 카드가 없었다.

"지독한 놈들! 포병여단을 분산시킨 게 실수로군. 지금이라도 포병여단을 한곳으로 모아 세력을 형성하라고 해!"

전투에 참가한 10만 명의 폴란드군은 전혀 살고 싶은 생각이 없는 듯했다. 이쯤 되면 항복하던가 후퇴할 만도 한데 죽음의 공포를 상실한 그들은 오직 앞으로만 내달렸다. 그들은 바로 옆에 있던 동료의 머리가 총탄에 맞아 터져 나가도 아랑곳하지 않았다. 그렇게 피를 흠뻑 머금은 넝마가 지천으로 널리고 하천은 핏빛으로 변해가고 있었다.

"너희들의 아들딸들이 오늘을 기억할 것이다. 공격! 공격하라!"

지그문트가 악에 받친 소리를 질러대며 전장을 돌아다녔다. 그를 둘러싸고 있던 기병도 많이 줄어들어 있었다.

대한제국은 계속해서 뒤로 물러나고 있었고, 폴란드군은 그 뒤를 쫓아가며 공격을 멈추지 않았다. 사벽 내내 평원에서 총소리가 들려왔다.

그렇게 10㎞를 전진했지만 폴란드군은 만신창이가 된 채 대한제국군의 포위망에 갇힌 꼴이 되어버렸다.

전방에 배치된 4561여단이 후퇴와 방어를 적절히 구사하면서 폴란드군을 깊숙이 끌어들이고, 적 후방을 유린한 4521기병사단이 다시 하천을 넘어 폴란드군을 공격하기 시작했다. 좌측에 남아 있던 기계화 2여단과 3여단이 본격적으로 포위망 형성에 들어갔다. 천포여단이 우측으로 세력을 형성하자 동서남북으로 포위당한 폴란드군은 점점 최후를 향해 다가서고 있었다.

"더 이상은 무리입니다. 병사들도 많이 지쳐 있고 이제 해가 떠오르고 있습니다."

토마시 보병군단장은 항복을 하야 한다고 말하고 싶었다. 하지만 차마 그 말을 할 수가 없었다. 폴란드군은 날이 밝아오면서 점점 수세에 몰리고 있었다. 4531사단이 부대를 재정비하고 4561여단과 합세해 전방 방어선을 확고히 하자 더 이상 폴란드군은 앞으로 나아갈 수가 없었다.

"후회없이 싸우지 않았습니까? 미친 듯이 말입니다."

"그렇지!"

지그문트 역시 토마시의 마음을 읽고 있었다. 그의 주변에는 아직 2만여 명의 부하들이 숨을 고르고 있었다. 돌격 명령을 기다리며 장전을 마친 병사들이 자신들을 향해 총을 겨누고 있을 대한제국군 진영을 바라보고 있었다.

그때 폴란드군과 항상 일정한 거리를 유지하며 후퇴하고 있던 대한 제국군의 진영에 또 한 번 변화가 생겼다.

"그래도 항복할 수는 없네. 내가 항복하면 폴란드는 끝이야. 만일 내가 사로잡히게 될 것 같으면 자네가 나를 죽여주게. 알겠나, 토마시?"

"총사령관님!"

"다시 한 번 돌격을 준비하게. 마지막이 될지도 모르겠군."

동쪽 하늘이 훤히 밝아 있었다. 폴란드 기병대는 전멸했는지 주변에는 주인 잃은 말조차 돌아다니질 않았다.

"4550여단의 사거리 안으로 들어왔다고 합니다. 그리고 4631사단이 원정군 사령부를 방금 지나쳤다는 보고입니다."

원정군 후미에서 따라오던 6군단 보병사단이 지원하기 위해 나섰다. 그리고 흩어져 있던 포병여단이 이제 겨우 세력을 형성하고는 포격을 할 수 있는 거리에 도달해 있었다.

"포병여단의 포격 직후 돌격에 들어간다. 각 예하부대에 명령을 내려놓도록. 이곳에서 전투를 끝낸다. 아마도 저 가운데에는 지그문트 폴란드 왕이 있을 것이다. 특수여단에서 체포조를 편성해서 침투시키도록!"

힘겨운 싸움이었다. 5군단 전체 병력에 비하면 10만 명은 그리 많은 적이 아니었지만 불을 보고 달려드는 불나방 때문에 자칫 불이 꺼질 뻔한 위험도 있었다. 하지만 밝아오는 여명과 함께 지금에 이르러서 전세는 완전히 5군단에게로 넘어왔다. 폴란드군은 거대한 원형 포위망에 놓여 있었고, 그들에게는 항복 아니면 죽음밖에 없었다.

평평펑!
"공격!"
"폴란드에 영광을!"
지그문트가 칼을 높이 쳐들었다. 평평한 땅의 나라 폴란드의 마지막 저항은 5군단 포병여단이 일제 포격을 시작하면서 점점 사그라들었다.
10분간 계속된 포격에 뒤이어 사방에서의 돌격을 감행한 대한제국 유럽 원정군 5군단 병력은 저항하는 폴란드를 평원에 잠재우고 지그문트가 설정한 방어선을 넘어갔다.
5군단이 피해를 수습하고 6군단과 병력 교체를 위해 잠시 진군을 멈춘 사이, 빌뉴스 영주와 함께 4121기병사단이 비아위스토크를 거쳐 바르샤바 외곽에 도착했지만 바르샤바는 텅 비어 있었다.


터키 이스탄불


"그래서 이번에도 거절한다는 말씀이십니까?"
"거절하는 것이 아니오라 본국에서 아직 훈령을 받지 못했사옵니다. 조금만 기다려 주시면 곧 좋은 소식이 올 것입니다."
"그것이 그 뜻 아니오? 내가 대한제국의 능력을 잘 알고 있는데 아직까지 훈령을 기다리고 있다니 그 말씀을 믿으란 말이오? 대한제국이 이렇듯 신의를 저버린다면 저희도 생각이 있습니다. 아시겠습니까, 대사?"

타라한은 계속해서 주 터키 대사 김영일을 벼랑 끝으로 몰아세웠다.

"그 말씀은……."

"우린 이쯤에서 이교도 놈들과 협상을 벌일 용의도 있음을 알아주셔야 할 것입니다. 그렇게 되면 대한제국과 터키제국과의 관계도 소원해질 수 있겠지요. 어제 토머스 경이 다녀갔음은 알고 계시지요?"

토머스라는 사람은 영국 공사로 인도 공사를 거쳐 터키에 부임해 온 인물로 영국 외교계에서는 동양통으로 통하고 있었다. 그럼에도 대한제국과 터키가 밀월 관계를 유지할 때는 황궁 근처에도 올 수 없었었다. 그런 그가 황태후를 만나고 갔다는 것은 많은 뜻을 내포하고 있었다.

"토머스 경이 런던에서 돌아왔다는 이야기를 듣긴 했습니다만, 황태후 폐하를 뵈었다는 것은 금시초문입니다."

김영일이 정색하며 짐짓 놀란 표정을 지어 보였다.

그런 김영일을 바라보던 황태후의 얼굴에 엷은 미소가 비치다가 사라졌다.

"그러셨군요. 아무튼 저는 대한제국에서 우리가 보여준 만큼만이라도 성의를 보여주었으면 하는 바람입니다."

"황태후 폐하, 저희 대한제국은 조약에 의거 상호 호혜의 원칙 하에 양국 간 이해를 도모하고 있다고 생각해 왔습니다. 이번 전쟁에도 무상 원조로 얼마나 많은 총포탄이 전달되었는가를 생각해 주시면 감사하겠습니다. 그리고 군대를 움직이려면 엄청난 비용이 지출되게 됩니다. 더군다나 크레타 기지에 있는 군대는 돈 잡아먹는 귀신이라 불리고 있습니다. 본국에서는 아마도 그것을 우려하고 있기에 훈령이 늦어지고 있는 것이 아닌가 싶습니다. 그동안 본국에서도 무슨 복안을 마련할 것으로 사료됩니다. 부디 조금만 기다려 주시기 바랍니다."

김영일 대사가 받은 훈령은 어떠한 형태의 파병도 불가하니 터키제국을 잘 설득시키라는 것이었지만, 황태후가 영국에 딴마음을 품고 있다면 무작정 설득만 해서 될 일이 아니었다.

"더 이상 기다릴 수는 없습니다. 지금 이 순간에도 그라나다 원정군이 곤욕을 치르고 있습니다. 새로운 함대가 출항하기 전에 귀국의 확답을 들었으면 합니다. 그리고 비용 문제라면 저희 쪽에서 어느 정도는 부담할 용의가 있습니다. 이 점을 귀국에 주지시켜 주십시오."

"물론입니다. 황태후 폐하의 하해와 같은 말씀에 감복할 따름이옵니다."

어느 정도 시간을 벌었다 싶은 김영일이 내심 안도의 한숨을 내쉬었다. 새롭게 신설되고 있는 함대가 출항하려면 아직도 두 달은 족히 남아 있었다. 그전에 폴란드 전선이 안정화되고 4군에 여유가 생긴다면 한 번쯤은 터키를 도와줄 수도 있을 것 같았다.

"그건 그렇고, 이스탄불에 비누 공장을 세웠으면 합니다. 대한제국에서 도와주실 수 있으시겠습니까?"

"비누 공장을 말씀입니까?"

김영일은 뜻밖의 제안에 그 숨은 뜻이 무엇인지를 파악하려 애썼다.

'뜬금없이 비누 공장이라니?'

"그렇습니다. 일전에 써보니 새하얀 비누라는 것이 참 좋습디다. 향기도 좋고 모양도 예쁘고."

"아, 네에. 알겠습니다."

그다지 큰일도 아닌 일로 자신의 확답을 들으려 하는 황태후의 의도가 궁금했다. 그런 것이라면 참사관에게 연통을 넣어도 될 일이었다.

김영일은 황궁을 나와 대사관저로 돌아오는 길 내내 비누 공장이 가지는 의미를 유추해 내려 했지만 도무지 알 수가 없었다.

'그것보다는 토머스가 더 걱정이군. 무슨 이야기가 오갔을까?'

토머스 경이 황태후를 만나고 갔다면 가볍게 볼 일이 아니었다. 아직도 실체가 파악되지 않고 있는 유럽 내에서 일고 있는 이상한 기류가 이번 일에 개입된 것 같았다. 김영일은 마음속에서 일어나는 불길한 마음을 떨쳐 버릴 수 없었다.

# XII 흩어지면 살고 뭉치면 죽는다

단기 3959(1626)년 가을, 파리

　루브르 궁 가로수 잎사귀들이 하루가 다르게 파릇함을 잃어갔다. 나무 기둥을 스치고 왕궁 모서리를 돌아나가는 바람에 실려 루이 13세의 목소리가 간간이 들려왔다 끊어졌다 이어지던 목소리가 모퉁이를 돌아나오며 또렷해졌다. 잔뜩 움츠려진 말소리가 끝나자 이내 노기가 가득찬 소리와 함께 루이 13세가 모습을 나타냈다. 뒤이어 리슐리외와 마자랭이 총총걸음으로 나타났다.

　"그래서?"

　"일단은 에드몽을 인정하고 그를 연합 세력으로 끌어들여야 한다는 의견입니다. 지금 급한 것은 에드몽이 아니라 터키와 대한제국의 공격입니다. 총체적인 위협에 직면해 있는 지금, 내전을 벌이는 것은 대한 제국을 도와주는 것과 다를 바 없습니다. 에드몽이 한때 대한제국과 손을 잡긴 했지만 그 역시 하나님을 믿는 기독교인임을 부인할 수는 없을 것입니다."

유럽 연합과 프랑스 간의 업무 연락관을 맡고 있는 마자랭이 루이 13세를 설득하고 있었지만 루이 13세는 여전히 떨떠름한 표정을 감추지 않았다. 루이 13세가 머뭇거리는 기미를 알아챈 리슐리외가 마자랭의 의견에 반대하고 나섰다.

"안 됩니다. 에드몽이 우리와 손을 잡을 것 같지도 않거니와 설사 손을 잡는다 해도 큰 도움이 되긴 힘들 거라는 판단입니다. 농민 무지 렁이들로 구성된 군대라는 것이 얼마나 허약한지 잘 알고 계시지 않습 니까?"

"그렇게 허약한 적에게 영불 연합군이 전멸당했습니까?"

"그건 대한제국 놈들 때문에……."

루이 13세가 리슐리외 경에게 편잔을 주었지만 그건 그의 말이 틀려서가 아니었다. 자신의 왕국에서 반란이 일어났는데 그걸 진압하지 못하는 자신에 대한 분노였다.

"마자랭?"

"말씀하시옵소서."

"그대는 정말로 에드몽이 유럽 연합에 가입할 것으로 보시오?"

"그렇습니다. 리슐리외 경께서 조사한 바에 의하면 에드몽이 대한제국의 음모에 놀아난 것이 확실합니다. 로리앙 백작의 갑작스런 죽음에 석연치 않은 점이 있습니다. 그 점을 부각시키면 에드몽을 끌어들이기는 어렵지 않을 것으로 보입니다. 물론 낭트 칙령에 버금가는 칙령을 발표하셔야 합니다만."

"구교도가 그걸 가만히 보고 있지만은 않을 텐데?"

"그건 필요하다면 교황청의 힘을 이용하실 수도 있습니다. 유럽 연합에서는 조만간 그라나다를 공격하고자 합니다. 그전에 로리앙 지방에 대한 결정이 나길 희망하고 있습니다. 에드몽을 끌어들이기만 한다면 그들이 가지고 있는 대한제국의 기술에 좀 더 가까이 다가갈 수 있다는 장점도 있습니다."

구미가 당기긴 했다. 루이 13세가 리슐리외를 바라보았다.

"가능하다면 나쁘지는 않겠습니다. 하지만 언제까지 로리앙 지방을 그대로 내버려 둘 수는 없습니다. 우리를 배신한 대가를 꼭 치르도록 하겠습니다."

"그건 그때 가서 생각하기로 하고, 재상도 동의한 듯하니 우선 특사를 로리앙에 보내도록 하지. 그리고 위그노들에게 신앙의 자유를 준다는 칙령 초안을 마련해 보게. 일단 운을 띄워놓고 포츠담에서 확실한 쐐기를 박으면 되겠지."

폴란드가 10만에 가까운 병력이 전멸하면서 대한제국에게 맥없이 무너지자 유럽 연합은 급속도로 뭉치기 시작했다. 거기에 영국에서 불어온 무기의 개량화가 신성로마제국을 거쳐 프랑스로 유입되면서 유럽 연합군의 전력에도 많은 변화가 일어나고 있었다.


영국 런던 유럽 연합군 총지휘부.

유럽 연합의 창설과 동시에 창설된 유럽 연합군의 총사령관은 창설 초기에는 유명무실한 존재였다. 하지만 대한제국군의 위협이 현실화되고, 유럽 연합의 결속이 가속화되자 마침내 총사령관에게 유럽 내 모든 군사력인 육군과 해군에 대한 실질적인 지휘권이 주어졌다.

각국 최고 통치군자들의 지지를 얻고 있는 유럽 연합군은 우선적으로 지방의 중소 영주들에게 소속된 병력을 하나로 묶고 해적들을 포함한 모든 상선단과 해군을 통합하여 유럽 사상 전례없는 대규모 병력을 휘하에 두고 있었다.

이에 몇몇 영주들의 반발이 있었지만 유럽 연합군은 무력 진압과 설득을 적절히 병행함으로써 꾸준히 세력을 키워나갈 수 있었다. 영국과 프랑스, 그리고 스페인에서 징집된 병력 각각 10만, 총 30만을 주축으로 이루어진 유럽 연합군은 신성로마제국이 가세하면서 50만을 훌쩍 넘어섰다.

"발렌슈타인이 죽은 것은 하나도 아쉽지 않지만 케플러까지 죽여 버리다니… 월터 데버루에게 미리 알려줬어야 했는데…….."

세계 지도가 걸려 있는 방에서 한 사람이 중얼거렸다. 긴 등받이 의자에 온몸을 푹 파묻고 있던 유럽 연합군 총사령관은 신성로마제국에서 보내온 보고서를 덮으며 한숨을 내쉬었다. 그의 명령에 따라 월터 데버루가 이끄는 병력이 필젠을 떠나 에게르로 이동하는 발렌슈타인을 추격하여 그 일행을 참살했다는 것이 보고서의 내용이었다.

보고서 맨 마지막에 위치한 사망자 명단에는 발렌슈타인을 비롯하여 트로츠카, 일로 등 발렌슈타인을 지지했던 장군들이 올라가 있었다.

하지만 케플러가 그 명단에 들어 있을 줄은 꿈에도 몰랐다. 갈릴레이와 더불어 유럽 최고의 지성이라 일컬어지고 있는 케플러는 늙은 나이에도 불구하고 대한제국에서 유학까지 하고 온 석학이었다. 신무기 개발에 깊숙이 관여해 많은 성과를 거두기도 했던 그가 자신의 실수로 죽임을 당하고 만 것이다.

똑똑똑!

"들어와."

총사령관은 누군가 문을 두드리자 자세를 고쳐 잡았다. 오랜 시간 죽은 듯이 앉아 있던 자세에서 몸을 일으켜 세우려니 허리가 뻐근해 저절로 허리에 손이 갔다.

"총사령관님, 전략 전술실에서 올라온 보고서입니다."

"음, 그래? 놓고 가게. 그리고 리즈 백작님은 지금 어디에 계시나?"

"리버풀에서 개발된 신무기를 실험 중에 있습니다."

"런던으로 오시라고 하게. 조만간 총사령부를 대륙으로 옮긴다."

"알겠습니다."

대답하는 부관의 얼굴에 의외라는 기색이 깃들어 있었다.

"각 항구에 나가 있는 장교들에게서는 아직도 소식이 없나? 그리고 코펜하겐에서는?"

"아직 이렇다 할 보고는 없습니다."

"알았네. 그만 나가보게."

경례를 하고 부관이 돌아나갔다. 제임스 왕의 명령에 따라 그동안 꾸준히 대한제국군을 연구하고 그들의 무기와 편제를 연구해 온 그였지만, 이번 전쟁에서 대한제국을 이길 수 있을지는 확신이 서지 않았다. 다행히 동쪽에서 온 사람으로 인해 최근 괄목할 만한 성과를 거두긴 했지만, 폴란드를 간단히 제압해 버린 대한제국군의 힘과 비교하자면 달빛과 반딧불만큼이나 차이가 났다. 그렇다고 언제까지나 기다릴 수는 없었다. 대한제국군은 벌써 오드리 강까지 진출해 있었다.

"아무래도 이상해. 이상하단 말이야. 우리가 모르는 사이에 대한제국은 이미 깊숙이 들어와 있는 것이 틀림없어. 폴란드나 크레타 기지가 수천 마일이나 떨어져 있다고 안심할 일이 아니야."

최근 몇 달 동안 신대륙이나 인도에서 오던 배들이 점점 숫자가 줄어들더니 이제는 단 한 척도 돌아오지 않고 있었다. 매달 최소한 10여 척의 배들이 신대륙이나 인도로 출항을 했지만 돌아오는 배가 없었다.

처음에는 오던 중 태풍을 만났거나, 별일 아니려니 생각했던 각국의 선주들은 그 숫자가 점점 늘어나자 아예 신대륙으로의 출항을 포기하는 일이 발생하기 시작했다.

일이 이쯤되자, 연합군 해군사령부에서는 각 항구에 조사원을 파견하고 신대륙과 인도에 조사선을 파견했지만 아직까지 소식이 없었다. 대한제국이 모종의 술수를 부리고 있다는 심증이 다분했지만 확인할 방법이 없었다.

"뾰족한 수가 있는 것도 아니니 답답하군. 그놈이 빨리 만들어져야 할 텐데……."

부관이 나가고도 총사령관의 중얼거림은 계속되었다. 자문자답을 하며 다시금 의자에 몸을 맡긴 사령관이 눈을 감고 앞으로의 일을 생각하기 시작했다.

터키 이스탄불 황궁

"휴!"

성스러운 지혜 사원을 돌아 바브 휴마유 문 앞에 선 김영일이 짧게
숨을 내쉬었다. 언제나 느끼는 거지만 사라이 제디데이 아미레 궁전이
오늘 따라 더욱 낯설게 느껴졌다. 5m는 됨직한 성벽으로 둘러싸인 궁
전 앞에는 커다란 대포가 궁전을 지키는 상징물로 놓여져 있었다. 그
래서 사람들은 이 궁전을 톱카프 궁전이라 부르곤 했다.

그를 태운 마차가 정문을 지나 정원을 돌아나갔다. 유목 민족이어서
그런지 터키의 궁전은 그 규모에 있어서 유럽과는 비교할 수 없을 정
도로 컸다. 22만 평의 넓은 대지에 자리 잡은 궁전 안에는 크고 작은
정원이 무수했다. 상주 인원만 5천 명이 넘는 이 대궁전은 유럽에서 가
장 큰 궁전이라 할 수 있었다.

"평안하셨습니까, 황태후 폐하. 그리고 황제 폐하."

"그렇습니다. 대사께서도 잘 지내셨습니까?"

짧은 인사가 오가고 나자 잠시 침묵의 시간이 흘렀다. 재건된 터키
함대가 마르마라 해에서의 출항을 앞둔 시점에서 기다리다 못한 황태
후가 대한제국 대사를 궁으로 불러들였다. 그녀가 정한 기한이 거의
다 되었지만 대한제국에서는 아직까지 확답을 주지 않고 있기 때문이
었다.

"대사를 부른 연유를 잘 알고 계시리라 믿습니다만?"

"잘 알고 있습니다. 본국에서 훈령을 기다리느라 좀 더 일찍 찾아뵙

지 못한 점 송구스럽게 생각합니다."

"그래, 본국에서 훈령이 오긴 온 거요?"

"그렇습니다."

"그래요? 어디 한번 들어봅시다."

황태후는 미덥지 않은 표정이었다.

"본국에서는 바닷길을 여는 데 도움을 줄 수 있다는 의향을 전해왔습니다. 그 이상은 본국으로서도 힘에 부친다며 황태후 폐하의 양해를 부탁하셨습니다. 잘 아시리라 사료되옵니다만, 본국도 폴란드와의 전쟁에서 막대한 피해를 입고 있습니다. 본국의 힘을 폴란드에 집결시키기에도 벅찬 실정이온지라 이곳에서 또 다른 전선을 형성하는 것을 바라지 않고 있습니다."

김영일의 말은 황태후를 만족시키기에는 한참 모자란 수준이었다. 황태후는 지중해 함대를 움직이는 것은 당연하고 크레타 기지에 주둔하고 있는 전략기동군이 움직이길 희망하고 있었다. 그들을 움직일 수만 있다면 고토 회복이 훨씬 쉬워질 뿐만 아니라, 터키 턱밑에서 웅크리고 있는 독사 같은 존재를 멀리 보낼 수 있는 일거양득의 효과가 있었다. 하지만 대한제국은 터키의 목젖을 노리고 있는 전략기동군을 움직일 생각이 전혀 없었다.

"내가 일전에 영국 대사가 다녀갔다는 말씀을 한 적이 있었지요. 그 얘기도 본국에 전했습니까?"

"그렇습니다, 황태후 폐하."

황태후는 여차하면 자신이 유럽과 손을 잡을 수도 있다는 협박을 이야기하고 있었고, 김영일도 그 일을 염두에 두고 본국에 보고서를 작성해 올렸다. 하지만 천인단이나 천군부에서는 그 일을 대수롭지 않게 생각하는 듯했다. 훈령을 받고 재차 재고를 요청했지만 외교부에서는 오히려 본국 송환 명령을 보내왔다.

"그래요?"

일이 뜻대로 되지 않자 황태후의 얼굴이 일그러졌다.

"그리고 저는 이번에 본국으로 들어오라는 명령서를 받았습니다. 저보다 더 유능한 대사가 부임해 올 듯합니다. 그분이라면 터키제국과 본국 간의 우호를 더욱더 증진시킬 수 있을 것으로 사료됩니다."

곧 이은 김영일의 폭탄과도 같은 말에 그녀는 노기를 띠었다. 대사를 교체하는 것은 외교적으로 항시 있는 일이지만, 지금과 같은 중대한 시기에 대사를 교체하는 것은 상식 밖의 일이 아닐 수 없었다. 이는 대한제국이 터키제국에게 뭔가 불만이 있다는 표시이거나 아니면 양국 간의 관계가 소원해질 수 있다는 신호이기도 했다.

"아니, 터키제국을 그대보다 더 잘 아는 사람이 어디 있다는 것이오? 이건 필시 귀국에서 딴마음을 먹고 있는 것 아니오?"

"천부당만부당한 말씀이시옵니다. 사실 저는 이곳에 너무 오래 있었습니다. 본국의 규정상 보통 한곳에서 오 년 이상은 근무할 수 없게 되어 있습니다만 저는 예외적으로 지금껏 있었던 것입니다. 그러니 너무 깊게 생각하지 마시옵소서."

"우연의 일치란 말씀이시오?"

"그렇습니다, 황태후 폐하."

"그럼 언제 떠나게 되는 것입니까?"

묵묵히 대화를 듣고만 있던 황제가 모처럼 말문을 열었다. 20대를 바라보는 청년답게 황제의 몸은 장성해 있었지만 어쩐지 어깨는 축 늘어진 듯 보였다.

"열흘 후에 본국으로 가는 배를 탈 예정입니다."

"그래요? 가시기 전에 저에게 들렀다 가시구려. 그동안 터키를 위해 물심양면으로 도움을 주느라 고생이 많으셨는데 내가 그 노고를 위로하는 자리를 마련하고 싶습니다."

"망극하옵니다."

황태후는 여전히 불편한 심기를 감추지 않고 있었다. 바닷길을 열어서 지중해 제해권을 다시 확보한다면 지원 물자와 추가 병력을 그라나다로 실어 나를 수는 있었다. 하지만 그 이후 유럽 연합군과의 승패까지 생각하면 황태후는 여러 가지 생각을 하지 않을 수 없었다.

"일전에 부탁드린 공장 건은 어떻게 되어가고 있습니까?"

"이미 공사가 시작되었습니다. 제가 공사가 끝나는 것을 보지는 못하겠지만 남아 있는 사람들이 훌륭한 공장을 만들어 보일 것입니다."

"그건 잘되었군요. 듣자니 터키제국의 기술자들이 만든 증기기관을 설치한다는데 그것이 사실입니까?"

"그렇습니다. 나중에 고장이 나더라도 고치기가 더 수월하지 않겠습니까? 그래서 그렇게 결정했습니다."

"그간 정이 많이 들었는데 섭섭합니다, 대사."

"망극하옵니다. 그럼 평안하시옵소서."

황태후는 공장이 터키제국의 기술로 만들어지고 있다는 생각에 그나마 위안이 되었는지 얼굴이 조금 펴져 있었다.

김영일은 황제가 무언가 할 말이 있다는 눈빛으로 바라보는 것을 느졌지만 내색치 않고 자리에서 일어났다. 간절하면서도 뭔가를 갈구하는 듯한 눈빛이 김영일의 가슴을 아프게 찔러왔다.


### 쥬신 대륙 동부 해안 뉴암스테르담 항구


유럽 연합군 해군 사령부 소속 미켈란은 대서양을 건너와 뉴암스테르담을 비롯한 몇몇 항구들을 조사하고는 다시 대륙으로 돌아가기 위해 자신의 배에 올랐다. 대서양에서 거듭되는 상선 실종 사건을 조사 중이던 미켈란은 뉴암스테르담에서 유럽으로 출항한 배 목록을 작성하였고 이를 통해 그들을 추적할 생각이었다.

조사된 목록을 훑어보던 미켈란의 마음은 착잡하기만 했다. 언뜻 보기에도 목록에 오른 대부분의 상선들이 유럽에 도착하지 못한 듯 보였기 때문이다. 지난 6개월 간 신대륙을 출항한 상선은 100여 척이 넘었지만 태반이 도착지 항구에 도착하지 않았다고 신고되어 있었다.

"돛을 올려라!"

돛들이 올라가자 곧 바람을 받아 크게 부풀어 올랐다.

미켈란이 타고 있는 리치몬드 호가 앞으로 나서자 항구에 묶여 있던 다른 상선들도 그 뒤를 따라갔다.

뉴암스테르담에 있던 사람들은 대서양에서 배들이 사라지고 있다는 소식을 알 수 없었다. 유럽에서 들어오는 배들은 정상적으로 대서양을 횡단하고 있었고, 그 배들은 다시금 물건을 싣고 대륙으로 출항했다. 요즘 들어 대륙에서 오는 배의 숫자가 줄어들었다는 생각이 들긴 했지만 그것이 배가 부족해서 생긴 현상이라고는 상상도 하지 못했었다.

조사차 나온 미켈란의 설명을 듣고 나서야 뭔가 이상하다고 생각한 선주들은 개별 행동을 자제하고 상선단을 조직하여 대서양을 횡단하기로 결정하고는 미켈란을 따라나선 것이다.

미켈란이 뉴암스테르담을 떠난 지 며칠이 지났지만 아무런 일도 일어나지 않자 긴장감이 많이 수그러들었다. 밤낮으로 감시의 눈초리를 칼날처럼 세웠던 선원들의 눈도 같이 부드러워져 있었다.

"대서양에 해적이 출몰하고 있다면 이번 기회에 따끔한 맛을 보여줘야겠습니다."

20여 척의 배로 상선단을 이루고 있는 상선들 중 10척의 배를 소유하고 있는 듀네딘 선주가 미켈란 바로 옆에서 파이프에 불을 붙이며 중얼거렸다. 파이프를 몇 모금 뻑뻑 빨던 듀네딘의 옆에서 미켈란은 파이프 대신 담뱃잎을 말아 만든 시거를 입에 물고 연기 한 모금을 뿜어냈다.

"후우!"

"담배 맛은 역시 슈마트라산이 최고지요. 그나저나 이번 일은 해적의 짓이 아닌 듯합니다. 해적이 설치고 다닐 만큼 만만한 곳도 아니고 짧은 시간에 그 많은 배가 당했다고 보기에는 어렵습니다. 그리고 흔적이 없다는 것이 더 이상합니다. 대한제국이 개입한 것 같다는 생각을 지울 수 없습니다."

"설마요? 대한제국 함대를 보았다는 사람을 본 적이 없습니다. 그리고 아무리 대한제국 함대가 뛰어나다 해도 그놈들은 중간 보급 기지가 없지 않습니까?"

정색하며 부정하는 듀네딘의 얼굴에는 불신이 가득했다. 그의 생각에 그런 일은 불가능해 보였다. 이곳에서 가장 가까운 항구라고 해봐야 5천 마일 너머의 파나마 정도였고 지중해의 크레타나 발틱해의 항구가 조금 더 멀어 왕복 1만 마일에 가까웠다. 멀어도 너무 먼 것이다.

땡땡땡!

"우측에 이상한 물체 출현!"

비상종과 더불어 망루에 올라가 있는 탐수꾼의 보고가 들려왔다.

미켈란이 급히 망원경을 들어 올렸지만 우측방에는 넘실대는 바다만 보였다. 망루의 높이에서 오는 거리 차이를 감안하며 물체가 망원경에 잡히길 기다리던 미켈란이 망원경을 내려놓았다. 마음이 급하다고 될 일이 아니었다. 그는 시거를 한 모금 길게 빨아들이고는 숨을 멈추며 기다렸다.

다시 들어 올린 망원경 안에 보일락 말락 하던 물체가 점점 그 형체를 드러냈다. 참고 있던 숨을 내쉬자 연기가 일순 시야를 가렸다. 희뿌연 연기가 걷히고 대한제국군 파나마 함대 소속 전투함이 그 위용을 드러내며 맹렬한 속도로 다가왔다.

"상선단은 산개하라!"

미켈란은 나타난 대한제국 함대가 불과 2척뿐이었지만 싸울 생각은 없었다. 이길지도 확실치 않은 적을 상대로 싸우기보다는 대한제국이 이곳까지 마수를 뻗쳤다는 것을 알리는 게 급선무였다.

그의 명령에 5척의 상선단이 선수를 돌려 왔던 곳으로 되돌아가고 나머지는 뿔뿔이 흩어져 제각기 살길을 찾아갔다.

"적이 함포를 발사했습니다."

펑! 꽝!

소리보다 더 빠르게 날아온 포탄이 리치몬드 호 우현에서 물기둥을 만들어냈다. 가뜩이나 주눅 들어 있던 듀네딘은 아예 사색이 되어 있었다.

"좌현 80도, 함포 발포!"

미켈란은 침착하게 리치몬드 호를 지휘하며 전투에 들어갔다. 사거리가 짧았지만 헛되이 포탄을 낭비하는 것만은 아니었다. 포탄이 발포되면서 포성과 함께 포연이 리치몬드 호를 휘감았다. 고막이 터질 것 같은 아군의 함포 소리와 시야를 가리는 연기가 사람들의 공포심을 조금은 가시게 해주고 있었다.

펑!

이번엔 제법 가까이에 포탄이 떨어졌는지 물기둥이 갑판까지 치고 올라왔다.

"노를 저어라! 전속력 항진! 흩포 재장전! 대기!"

그사이 재빨리 선실에 들어간 듀네딘은 미켈란의 고함 소리를 들으며 무릎을 꿇었다. 왼쪽 벽에 걸린 십자가가 배의 움직임과 함께 오른쪽, 왼쪽으로 움직였다. 살고자 하는 욕망과 죽음에 대한 공포심이 듀네딘을 사로잡았다. 그의 간절한 기도 덕분인지 미켈란의 능숙한 조함 능력 때문인지 좀처럼 명중탄이 나오지 않고 있었다. 하지만 리치몬드 호의 행운은 그리 오래가지 않았다.

꽝! 꽝! 꽝!

연이어 세 차례의 폭음이 들리더니 이내 화약 냄새와 더불어 갑판이 불타올랐고, 불길과 함께 매캐한 연기가 선실로 밀려들었다.

듀네딘은 이전과는 다른 냄새가 코를 자극하자 이내 자신이 탄 리치몬드 호가 적 함포에 명중되었다는 것을 직감했다. 그는 후들거리는 다리를 붙잡으며 간신히 자리에서 일어나 갑판을 볼 수 있는 창문을 열었다. 돛이 불타오르고 수병들이 불을 끄기 위해 물동이를 나르느라 분주히 뛰어다니는 것이 눈에 들어왔다. 어찌 된 일인지 불길은 물을 뒤집어쓰고도 좀처럼 꺼지지 않고 있었다. 어수선한 갑판을 바라보던 듀네딘은 이내 두 눈을 질끈 감아버렸다. 또다시 날아온 포탄이 작렬하며 물동이를 들고 있던 수병 하나가 그대로 폭사해 버렸다.

"홀수선을 맞추란 말이야. 갑판에 떨구지 말고 홀수선을. 알았나?"
정한성 대령은 일방적인 함포전 상황에서 포술장에게 고함을 치고 있었다. 몇 번의 포격을 하고 나서야 비로소 명중탄이 나오고 있었다. 하지만 적에게 최소의 포탄으로 치명타를 주기 위해서는 포탄이 홀수선 아래쪽을 파고들어야 적함의 침몰을 앞당길 수 있었다. 두 척으로 20여 척을 다 잡으려던 한 척당 할당된 시간이 많지 않다.
꽈광!
다시금 포성이 들려오자 정한성 대령은 거의 반사적으로 쌍안경을 들어 올렸다. 가장 선두에 있던 적함은 명중탄을 3발 이상 맞고 있었지만 아직 침몰하지 않고 있었다. 활활 타오르고 있는 것으로 봐서는 전투력을 완전히 상실한 것 같았지만 끈질기게 버티며 시야를 방해했다. 다행히 이번에 들어간 포탄은 정확히 홀수선을 파고들었는지 우측이 부서지면서 선체가 우측으로 서서히 기울었다.

"표적 수정 030."

정한성 대령은 표적이 침몰하는 것을 확인하고는 함포 표적을 바꿨다. 자연스럽게 함수가 방향을 바꾸며 가장 알맞은 함포각을 만들어냈다.

"표적들이 흩어진다! 표적들 행적 잘 감시하고 추정 항로 산출해서 해도에 표기하도록. 한 놈도 빠져나갈 수 없다!"

정한성 대령은 모처럼 바다 밑바닥에서부터 올라오는 희열을 느끼고 있었다. 산산이 부서지는 파편들 사이사이로 바닷물이 튀어 올라 햇빛에 반사되었다. 물보라와 화염들이 뒤섞여 만들어낸 부조화의 조화는 정한성 대령에게는 예술 그 자체였다.

"부사령관님, 그만 내려가셔야 합니다."

"왜? 아직 한계선은 멀었잖아?"

함장의 지적에 정한성이 신경질적으로 되물었다. 최초 교전 이후 흩어진 표적을 추적하던 정한성은 대서양을 동서남북으로 종횡무진 돌아다녔다. 한 척 한 척을 찾아내 격침시키느라 수병들이나 선체에 가해진 피로도가 극심했다. 그것은 정한성도 예외는 아니었는지 시간이 갈수록 머리가 무거워졌다.

"보급품이 얼마 남지 않았습니다. 기관실 소모품도 바닥을 보이고 있습니다."

"그럴 리가? 기관장 대!"

놀란 정한성이 기관실과 연결된 전화를 들었다.

"얼마나 버틸 수 있다고? 15일? 20일? 뭐라고?"

소리가 잘 안 들리는지 정한성의 목소리가 점점 커져 갔다. 얼마 지나지 않아 통화를 마친 정한성이 힘없이 수화기를 내려놓으며 2415함의 함장을 빤히 바라보았다.

함장이 배시시 웃어 보였다. 2415함이 아니라 전대를 구성하고 있는 4409함이 문제였다. 상대적으로 작은 4409함은 이미 보유 유류가 한계 치에 다다르고 있었다.

"기지로 돌아간다. 우리가 놓친 표적이 몇 개야?"

"네, 처음에 후미로 빠진 다섯 척을 제외하고도 네 척입니다."

"그놈들! 매일 밤 악몽에 시달리면서 꽁지가 빠져라 도망가고 있겠군. 운이 좋은 놈들이야. 앞으로는 더욱 힘든 숨바꼭질이 되겠는데……."

드넓은 대서양을 단 6척의 전함으로 완벽하게 봉쇄하는 것은 처음부터 불가능한 일이었다. 지금껏 파나마함대가 그나마 실적을 올릴 수 있었던 것은 길목을 지키고 있었기 때문인데, 이제는 그것도 힘들어 보였다. 자신을 잡아먹을 늑대가 기다리고 있는 줄 뻔히 알면서 그 길을 지나갈 순진한 양은 앞으로 없을 것이기 때문이다.


단기 3959년 가을, 로리앙 에드몽 성

"자네는 어찌 생각하나?"

"신중하게 생각하셔야 합니다만 제 사견으로는 파리를 믿을 수 없습니다. 차라리 대한제국을 믿는 게 더 유리합니다."

"그건 나도 동감이야. 하지만 지금 당장 급한 불을 피해가야지 않나? 대한제국은 너무 멀리 있어."

에드몽은 파리에서 온 특사가 내민 당근을 두고 고민 중이었다. 지금 위그노란 나라는 아직 나라로서의 기틀이 마련되지 않았고, 주변국에서도 위그노란 나라를 인정하지 않고 있었다. 오히려 군대를 보내 진압할 생각을 가지고 있었다. 에드몽은 새로운 전쟁이 시작되면 유럽 전체와 싸워 버텨야 했지만 그럴 자신이 없었다.

"대한제국에 미리 연락을 해서 도움을 요청하는 것이 어떻겠습니까?"

"그건……."

지금으로서는 가장 좋은 생각이었다. 하지만 에드몽은 애써 얻은 지위를 대한제국 때문에 잃고 싶지 않았다. 두 마리의 토끼를 다 잡으려드니 에드몽의 머리 속이 더욱 복잡해졌다.

"대한제국을 버리면 소나기를 피할 수는 있어도 장마를 피하기는 어렵습니다."

위그노군 총사령관인 살라몽은 대한제국에 대한 절대적인 신봉자였다. 그가 본 대한제국의 무력은 인간의 것이 아니었다. 그런 군대를 상대로 싸워서 이길 수 있는 나라는 유럽 내에 존재하지 않았다. 설령 유럽이 하나로 뭉쳤다 해도 그건 반딧불 수십 개가 모여보았자 촛불 하나에 비기지 못하는 것과 다름없었다. 더군다나 대한제국은 촛불이 아니라 달빛이었다.

"다윗의 돌팔매는 성경에나 있는 이야기일 뿐입니다."

"나도 잘 알지. 문제는 위그노라는 나라가 소나기를 버틸 수 있느냐는 거네. 이 나라의 군대를 책임지고 있는 총사령관으로서 어떻게 생각하나?"

"힘은 들겠지요. 하지만 버티는 데 성공하기만 한다면 그 이후로는 대한제국을 등에 업고 크게 일어날 수 있습니다."

"대한제국… 대한제국… 대한저국."

대한제국을 뇌까리며 망설이는 에드몽에게 살라몽이 어쩔 수 없다는 듯 내뱉었다.

"넘지 못할 산입니다."

"넘지 못할 산이란 말이지, 대한제국이……."

중얼거리던 에드몽이 결정했다는 듯 지시를 내렸다.

"빌라봉 성에 사람을 보내 약속 시간을 잡게. 그리고 파리에는 우리가 협상할 의지가 많다는 정도만 흘리면서 시간을 벌고. 대한제국에서 무슨 국제 회담을 제안했다니 그곳에서 이번 일을 마무리 지어줬으면 좋겠군."

"알겠습니다. 현명한 결정이십니다."

살라몽은 이제 안심이 되는지 얼굴 근육이 풀어졌다.


빌라봉 성

사랑하는 그대에게.

사무치도록 보고 싶습니다.

행여 갈대에 이는 바람에 님 소식 전해올까 창문 너머 남쪽에 귀 기울여 봅니다. 이곳은 연일 우울한 날씨가 계속되고 있습니다. 어제는 올해 들어 처음으로 눈발이 비치더니 이내 축축한 가을비가 내렸습니다. 그곳은 그나마 따뜻한 곳이라 한결 마음이 놓입니다만 매일 아침 따뜻한 국이라도 드셔야 할 텐데… 언제쯤 우리가 다시 만날 수 있을까요?

저는 조만간에 스웨덴 스톡홀름으로 자리를 옮길 예정입니다. 아직 확정되지는 않았지만 그곳에서 스웨덴 여왕의 고문을 맡게 될 것 같습니다. 제가 파리를 떠나 온 이래 줄곧 마음에 걸리는 바가 있었는데 이곳에서는 제 힘이 미약하기에 답답한 마음 그지없습니다. 부디 저의 마음을 헤아려 주시어 제 식구들을 보살펴 주시기 바랍니다. 제가 떠나올 때 살아만 있으면 언제고 찾아오겠다는 말을 남겼습니다. 아마도 그들은 지금도 암흑으로 가득 찬 곳에서 저를 기다리며 하루하루를 힘겹게 보내고 있겠지요? 그것을 생각하면 마음이 미어집니다. 이런 일이 아니더라도 힘드실 거라는 생각이 들어서 여러 번 망설였습니다만 딱히 부탁드릴 곳이 없습니다.

부디 몸조심하시고 다시 만날 그날까지 안녕히.


—모스크바에서 마리가.


이역 만리에서 사선을 넘나들며 타향살이를 하는 고진영에게 있어 마리가 보내오는 편지만이 시름을 씻어주고 있었다. 오늘따라 마리를 보고 싶다는 생각이 더욱 간절해진 고진영이 달력을 세어보았다. 벌써 6개월이 넘어가고 있었다.

고진영을 비롯하여 빌라봉 성에 남은 인원들은 봄 전투 이래 몇 달간은 비교적 한가하게 소일하고 있었다. 파리에서 실종된 대사관 직원들과 외교부 특수부 요원들의 行方을 수소문하는 데 모든 역량을 집중시키고 있었지만, 그들의 생사는 불투명한 상태였다. 다만 당시 세느 강 하류에서 프랑스 정규군과 특수부 요원 간의 전투가 있었다는 것만 확인된 상태로 그 전투에서 생존자가 있었는지는 확인되지 않고 있었다.

고진영은 자리에서 벌떡 일어나 사무실을 맴돌았다. 감청색 상의와 바지를 입은 그는 175㎝의 키에 딱 벌어진 어깨가 다부져 보이는 체격이었다. 대한제국군의 평균 신장이 160㎝임을 감안하면 그의 키는 큰 키에 속했다. 하지만 평균 신장 150㎝를 밑도는 일본부에 비하면 고진영은 키다리에 가까웠다.

"아무리 뒤져 봐도 그들의 흔적이 없어. 이렇게 감쪽같이 사라질 수 있을까? 모조리 침몰했다 쳐도 시체라도 떠올라야 하는 것 아냐?"

이번 일은 고진영의 상식으로썬 도저히 이해할 수 없었다. 프랑스가 그 정도로 정보를 차단할 능력이 있다고는 볼 수 없었다. 그렇다고 강바닥에 고스란히 가라앉아 있다고 보기에도 무리가 있었다. 굽이굽이 돌아나가는 강물로 인해 목선이 침몰했다면 필시 강변으로 밀려나게 되어 있었다. 그렇게 되면 누군가에 의해 발견되었을 것이고, 인양 작업이 있었을 것이지만 어디에도 그런 흔적이 없었다.

"미치겠구만. 직접 가보면 좋을 텐데……."

똑똑똑!

"들어와!"

"본국에서 암호문이 도착했습니다. 그리고 이건 최근 프랑스와 위그노의 동향 보고서입니다. 움직임이 활발한 게 무슨 꿍꿍이가 있는 듯 보입니다. 그리고 에드몽 측에서 사람이 다녀갔습니다. 일간 뵈었으면 한다는 전갈입니다."

"저기다 놓고 이리 좀 앉아봐."

책상 앞에 꼿꼿이 서 있던 감숙민이 고진영을 빤히 쳐다보았다. 좀처럼 오지 않던 암호문이 왔는데도 고진영은 그다지 관심을 보이지 않았다. 긴급을 요하거나 중요한 내용이 아니면 암호문이 올 리 없었다.

"이리 앉으라니까?"

"네."

우물쭈물하던 감숙민이 자리에 앉으며 무릎 위에 결재판을 올려놓았다.

"그림자 일선이 철수하고 있던테 새로운 거라도 발견된 것 없나?"

4군에서 프랑스로 파견된 특수여단 인원 대부분이 신성로마제국으로 넘어가고 있었다. 그 와중에 혹시라도 새로운 소식이 있는지 그걸 묻고 있었다.

"대사 일행의 행적은 완전히 사라졌습니다. 4군이나 대명부에서도 실종 처리할 것으로 보여집니다."

"이찬용이 이끄는 팀은 해외 특작팀 중에서 최고였어. 그런 팀이 흔적도 없이 사라지다니 도저히 믿기지 않는군."

잠시 그 점을 생각해 보던 고진영이 다음 지시를 내렸다.

"바스티유에 대해서는 계속 주시하게. 에드몽에게는 내일 만나자고 하고."

바스티유 감옥은 샤를 5세의 명령으로 파리의 생탕트완 교외에 건설된 요새로 근래에 리슐리외에 의해 감옥으로 개조되었다. 주로 국사범이나 사상범을 수용하는 바스티유 감옥은 감옥이라기보다는 호텔에 가까웠다. 죄수들에게 지급되는 음식이나 내부 장식 등도 호화로운 별장에 가까웠다. 바스티유 수감자들의 대부분이 정치 사상범이라는 것과 출신 성분이 귀족이라는 점 때문이었다.

스퀴델리가 질병덩어리라는 콩세르주리 감옥에 갇히지 않고 바스티유에 투옥된 것은 그나마 다행이었다. 하지만 바스티유 감옥은 요새로 지어졌기에 자체 경비가 삼엄했고, 경비를 담당하는 수비군 역시 프랑스 정예군이 담당하고 있었기에 4군 사령부나 외교부에서도 섣불리 손대지 못하고 관찰만 하고 있는 실정이었다.

고진영은 감숙민이 놓고 간 암호문을 집어 들었다. 암호문을 대충 훑어보던 그는 암호문을 해독하기 위해 책장에 끼워져 있는 삼국지를 꺼내 펼쳤다. 숫자와 문자의 조합으로 이루어진 암호문과 삼국지를 넘기면서 한 글자 한 글자를 맞춰나가 한 문장을 만들어냈다.

"3959년 12월 35일 그림자가 햇빛을 받는다."

올 말을 기해 2선에서 암약하고 있는 그림자들이 수면 위로 부상한다는 내용이었다.

"이번 일만 끝나면 나도 스웨덴에나 가봐야지. 슬슬 철수 준비를 해야 하는데 에드몽이 어떻게 나오려나?"

2선 그림자들이 나타난다면 더 이상 고진영이 이곳에 있을 이유가 없었다. 외교부와 4군에서 본격적으로 모습을 드러내며 유럽을 압박할 시간이 다가오고 있었다. 그러면 빌라봉 성은 유럽 연합군의 제1목표가 될 가능성이 높았다. 이제 킬라봉 성의 유실에 따른 정보 차단을 방지하기 위해 빌라봉 성으로 집중되는 정보는 그림자 제2선의 정보선을 따라 움직이게 되어 있었다.


## 유럽 원정군 5군단 사령부

6군단과 임무를 교대한 5군단은 바르샤바에서 부대를 재정비하고 다음 임무를 기다렸다. 지난 전투에서 피해를 입은 5군단은 기병사단을 제외하고는 당분간 전투에 참가하기 어려워 보였다.

특히 폴란드군의 진격을 최전방에서 막아냈던 보병 4531사단이 가장 큰 피해를 입어 사단 전체가 재편을 기다리고 있었다. 그 와중에 전투 중 사단에서 일어났던 일련의 돌출 상황에 대한 평가가 병행되고 있어서 4531사단장을 비롯한 각급 지휘관들은 조사관에게 시달림을 당하고 있었다.

"아무리 중대 본부가 와해되었다 해도 2연대 3대대 2중대 병력이 아군 포화에 그대로 노출된 것은 이해가 되지 않습니다. 대대 공용 주파수로 교신을 했어야 하지 않습니까? 그리고 전령을 보낸 시간이 너무 늦지 않았습니까? 예하부대에 후퇴 경령을 전달하기도 전에 대대가 먼저 후퇴한 것 아닙니까? 그래서 일시적으로 통신 체계에 혼란이 초래된 것 아닙니까?"

포병여단 배치의 적절성과 기습을 허용한 초기 대응의 부적절성, 그리고 기계화사단의 대응 방법 등 군단 지휘부 및 사단 급 지휘부의 조사를 마친 조사관들이 개별 전투에 대한 조사에 들어가 있었다. 그 첫

사례로 2연대 3대대 2중대에 대한 심도있는 질의가 진행되고 있었다. 3대대장은 벌써 3시간째 계속되는 조사에서 진땀을 흘리고 있었다. 유독 사상자가 많이 발생한 3대대는 조사관의 집중 조사라는 명목의 공격을 받고 있었다.

"워낙 창졸간에 벌어진 일이고, 대대 전체가 적 포격에 노출된 상태였습니다. 당연히 대대 공용 주파수로 후퇴 명령을 내렸지만, 2중대만은 수신하지 못한 것으로 파악됩니다. 대대본부는 후퇴 명령 전파와 거의 동시에 후퇴를 하긴 했지만 통신 체계에 혼란은 없었습니다. 전령의 경우 교전이 벌어지고 있는 지역에, 더군다나 시계가 극히 불량한 지역에 보내는 것은 위험하다고 판단되었기 때문에 주저했던 것입니다. 그리고 2중대 3소대의 유일한 생존자인 이완용 하사관의 말을 빌리면 후퇴 명령이 3소대를 비롯한 2중대 예하 소대에 접수가 되었던 것으로 보입니다."

"그래요? 그럼 이완용 하사관이 말한 당시 상황을 읽어보겠습니다."

조사관이 서류철을 뒤적이더니 종이 한 장을 꺼내 읽기 시작했다. 거기에는 이완용의 진술 내용과 확인 도장이 찍혀 있었다.

"적 포격을 받은 직후 적 보병의 공격을 받음. 포격으로 소대 병력의 반을 잃고 중대 본부와 교신을 시도. 소대장이 후퇴 권고를 종용하던 중 갑자기 중대장과의 무선이 단절. 곧 이어 대대에서 보낸 후퇴 명령을 접수. 소대 후퇴 준비 중 진내 포격을 받음. 소대장 이하 소대원이 포격에 노출되어 전원 전사함. 자신은 천운으로 포탄을 피하고 무사히 후퇴함."

당시 상황을 알 수 있는 유일한 증인의 진술서였다.

대대장은 그것 보라는 듯 조사관의 눈을 응시했다.

"하지만 이완용의 진술에서 이상한 점이 있습니다. 분명히 대대장님께서는 대대 공용 주파수를 이용했고, 3소대 역시 공용 주파수를 이용해 후퇴 명령을 접수했습니다. 그런데 왜 대대 통신대에서는 3소대의 무선을 청취했다는 기록이 없는 걸까요? 명령 접수 확인을 했을 텐데 말입니다. 그리고 2선에서 전투를 수행하던 다른 병사들의 말에 의하면 이완용이 2선으로 후퇴한 시간이 당일 새벽 2시 전후였습니다. 다시 말해 진내 포격이 시작되기 전에 이완용은 이미 2선으로 후퇴했다는 결론입니다. 혹시 대대장님은 이완용의 진술에 압력을 행사하지는 않았습니까?"

"그런 적 없습니다."

"그래요? 그럼 이완용의 진술에 모순이 있다는 것을 알았습니까?"

"당시에는 몰랐습니다. 부하가 그렇다고 하는 데 딱히 의심할 이유가 없지 않습니까?"

"단지 혼자만 후퇴했다는 데 전혀 의심을 하지 않았다는 것입니까?"

"그렇습니다."

"좋습니다. 이 점은 나중에 다시 조사하기로 하겠습니다. 당시에 2중대에 보낸 전령은 어떻게 되었습니까?"

이어지는 질문과 대답이 조사실을 가득 채웠다. 대대장과 조사관 사이의 팽팽한 신경전은 한 장교가 쪽지를 조사관에게 건네기 전까지 계속되었다.

"이완용이 20분 전에 자살했다는 소식입니다. 유일한 생존자였는데 안타깝습니다."

이완용이 자살했다는 조사관의 발언에 대대장이 그간 꾹꾹 눌러왔던 감정이 폭발했다.

"뭐, 이 새끼야? 안타까워? 너희들이 진짜로 안타까운 게 뭔지 알아? 사선에서 부하들을 죽음으로 몰아넣어야만 하는 장교들의 고뇌를 너희들이 알아? 그렇지 않아도 혼자만 살았다고 자책하고 있는데 그걸 들쑤셔서 자살까지 하게 만들어? 그러고도 너희들이 대한제국 군인이냐? 이이이!"

자리에서 벌떡 일어나 조사관에게 폭언을 퍼붓던 대대장이 조사관에게 다가가려다가 제지당하자 책상과 의자에 발길질을 해댔다.

"진정하십시오. 오늘은 그만 하겠습니다."

"진정? 너 같은 놈이 부하를 잃은 아픔을 알기나 해?"

길길이 날뛰는 대대장을 남겨놓고 조사실을 나온 조사관은 안주머니에서 궐련초 하나를 꺼냈다. 군에서는 흡연자에 대한 대우가 형편없었지만, 이런 일을 한다는 것 자체가 승진을 포기하지 않고서는 불가능했다. 그렇기에 조사관들은 대부분 흡연에 대한 강박관념이 없었다. 성냥 한 개비로 불을 붙인 조사관이 폐 속 깊숙이 연기를 빨아들였다가 내뿜었다.

"젠장, 분명히 뭔가 있었어. 신변을 먼저 확보하고 조사를 시작했어야 했는데……."

조사관 생활에서 오는 직감은 그에게 뭔가를 말하고 있었다. 하지만 유일한 생존자가 죽어버림으로써 진실이 땅속으로 묻혀 버릴 것 같았다. 그의 눈에 비친 대대장의 마지막 행동은 분명 과장된 연출로밖에 보이지 않았다.


## 모나코 공국 망통

슈레키가 지중해 연안에 위치한 도시 망통에 들어와 올리브 무역이
라는 간판을 내걸고 올리브 기름과 향신료만을 취급하며 장사를 시작
한 지 벌써 8년이 넘었다. 남부 프랑스와 모나코 주변에서 생산되는 올
리브 기름을 수집하여 터키나 이탈리아에 팔고 그곳에서 향신료를 사
다 유럽에 되파는 무역에 종사했기에 슈레키는 망통에서 알부자로 통
했다.

그는 그리말디 왕가와의 친분도 두터웠다. 모나코는 스페인의 보호
령으로 지정되어 있긴 하지만 전통적으로 제노바 그리말디 왕가에 의
해 통치되고 있었다.

"출항 준비가 다 되었다는 연락입니다."

슈레키 집무실의 빨강과 하얀색 마름모 꼴 휘장이 비스듬히 열리며
비서가 들어왔다. 항구에 있는 배에서 연락이 온 모양이었다.

지중해의 제해권이 터키에서 유럽으로 넘어가게 되면서 그에게는
득보다 실이 많았다. 항로가 열리면서 다른 유럽 상인들의 도전을 받
고 있기 때문이었다. 터키가 지배하던 동안에는 터키에 있는 친구들의
비호 아래 거의 독점적으로 지중해를 이용할 수 있었다. 반면 다른 유
럽 상인들은 안전상의 이유로 배를 띄우길 꺼려했었다. 하지만 제해권
이 유럽에 있는 지금은 반대 상황이었다.

"들리는 소문들이 심상치 않으니 이번에 출항하는 배에 각별히 조심하라고 전하게. 아무래도 또 한 번 해전이 벌어질 것 같아."

"네, 선장들에게 그렇게 전하겠습니다. 그리고 프랑스에서 인편으로 편지가 왔습니다."

"프랑스? 프랑스에 아는 사람이 없는데 누가 보냈지?"

머리를 갸우뚱거리며 슈레키가 편지를 받아 들었다. 납작한 것이 지인이 보낸 일상적인 편지라기보다는 무슨 초청장 같다는 느낌이 들었다. 겉봉투를 열고 안을 살펴보던 슈레키가 비서에게 손짓했다.

"그만 나가보게."

겉봉투에서 꺼낸 내용물은 봉인이 되어 있었다. 창과 방패 문장이 새겨진 봉인을 본 슈레키는 내용물을 다시 겉봉투에 밀어넣고는 눈을 감았다. 그리고는 잠시 과거 10년 동안의 자신의 행적을 더듬어보았다.

눈을 뜬 슈레키가 심호흡 뒤 봉인을 뜯었다. 반으로 접혀진 종이 안에는 동굴에 햇빛이 비치는 그림이 그려져 있었다. 지평선에 반쯤 얼굴을 내민 태양에서 뿜어져 나오는 밝은 빛이 사방으로 뻗어 나갔다. 그중 한줄기가 산 중턱에 있는 동굴 속으로 화살처럼 파고들었다. 산 꼭대기에 올라선 사람이 대지에 찾아온 새로운 새벽을 감상하고 있었고, 그림 하단에는 MMMDLIX MCCXXXV라는 빨강색 표식이 선명하게 찍혀 있었다. 어떤 암호처럼 쓰여진 표식을 살피던 슈레키는 책상 위에 백지를 올려놓고 뭔가를 긁적이기 시작했다.

단기 3959년 영국 런던 이스턴 엔드

인구 40만이 몰려들어 북적대는 런던의 동쪽 끝, 이스턴 엔드에는 주변 농촌 지역에서 몰려든 사람들이 하루 일거리를 찾아 거리를 어슬렁거렸다. 런던 중심부 서쪽에는 프랑스 신교도로 대표되는 부유한 이주민과 상공인들, 그리고 귀족들이 자리를 잡은 반면, 동쪽은 그 반대 계층들이 다닥다닥 붙어 부대끼며 살고 있었다.

누더기 옷에 술에 찌든 주정뱅이들과 창녀들을 언제 어디서나 볼 수 있는 거리가 바로 이스트 엔드 화이트 체프 거리였다. 그 거리에서 생활한 지 5년이나 되어서인지 휴즈는 잘 정돈된 웨스턴 거리보다 이곳 이스턴 거리가 정겹게 느껴졌다.

"안녕하세요, 신부님?"

"물론이죠. 캐더린은 잘 지내죠?"

"네, 신부님의 기도 덕분입니다."

"다 하나님의 은총이십니다."

5년 전 처음 이곳에 왔을 때 휴즈는 길거리에서 만나는 사람들에게 웃는 얼굴로 무조건 인사를 했다. 그러길 몇 달을 하자 이제는 사람들이 그를 알아보고 인사를 해왔다.

이곳에 머무는 어렵고 힘없는 자들은 정주법을 어기고 런던에 들어온 농민들이 대부분이었다. 병이 들어도 마땅히 갈 데가 없었고, 때때로 런던 경찰들에게 붙들려 작신 두들겨 맞고는 신대륙으로 강제 이주를 당하곤 했다. 그렇게 세상에 악이 받친 그들이었기에 다가가는 것이 쉽지 않았지만 휴즈는 그들에게 다가서는 데 성공했고 이제는 이곳에서 모르는 사람이 없을 정도로 유명해져 있었다.

"신부님! 신부님!"

휴즈는 헐레벌떡 달려오는 찰리가 좀 더 가까이 다가오길 기다렸다. 이제 10살 남짓으로 보이는 찰리는 부모에게 버려졌던 것을 휴즈가 주워다 키우고 있었다.

휴즈는 달려온 찰리를 환히 웃으며 두 팔을 벌려 안아주려다가 멈칫했다.

"손에 들고 있는 게 뭐니?"

"이거요? 쥐잖아요."

찰리가 오른손을 높이 들어 올렸다. 꼬랑지만을 묶어 거꾸로 들려진 쥐는 언뜻 보기에도 다섯 마리는 됨 직했다. 빈민가에서는 배고픈 사람들이 쥐를 잡아먹기도 했기에 특이한 일은 아니었다.

"누가 쥐인지 모른다더냐? 어디서 난 거냐?"

"저쪽에 가득해요."

찰리가 가리킨 곳은 화이트 체프 거리가 끝나는 지점이었다. 그곳은 공터나 다름없는 곳으로 쥐들이 살기에는 좋은 서식 환경이라 대낮에도 쥐가 우글거렸다. 하지만 찰리에게 쉽사리 잡힐 만한 쥐들이 아니었다. 그럼에도 찰리의 손에는 다섯 마리가 들려 있었다.

"찰리가 이걸 잡았구나. 어떻게 잡은 거니? 참 대단하다."

휴즈의 칭찬에 찰리가 머리를 긁적거렸다.

"잡은 게 아니라 주웠어요. 여기저기 널려 있더라구요!"

"뭐라고? 쥐들이 널려 있다고?"

찰리의 말에 깜짝 놀란 휴즈가 찰리의 손에 들려져 있는 쥐를 자세히 살펴보기 시작했다. 하나같이 입 주위에 거품을 흘린 흔적이 있었고, 어떤 놈은 죽은 지 얼마 되지 않았는지 하얀 거품이 그대로였다.

"그 쥐들을 내려놓아라! 어서!"

갑자기 휴즈가 고함치자 찰리가 놀라 쳐다보았다.

"내려놓으라니까, 빨리!"

칭찬받을 줄 알았던 찰리는 휴즈가 고함을 쳐대자 손아귀에서 힘을 뺐다. 쥐꼬랑지가 손바닥을 스치며 빠져나가 땅바닥에 떨어졌다.

"옷을 다 벗어라. 어서!"

혹시나 하는 마음에 휴즈는 일단 옷을 다 벗게 했다. 옷이라고 보기에도 민망한 넝마를 훌러덩 벗은 찰리가 어찌할 바를 모르고 어물쩡거렸다.

휴즈가 꼼꼼히 찰리의 몸을 살펴보니 다행히 이상 증후는 보이지 않았다.

"어디에 쥐들이 있었는지 가보자."

휴즈의 목소리가 많이 누그러들었다.

찰리를 앞세우고 화이트 체프 거리 끝 자락까지 걸어간 휴즈는 공터 주변에 죽어 있는 수많은 쥐들을 보고는 다리에서 힘이 탁 풀렸다.

공터를 뒤로하고 뛰다시피 천막 교회에 도착한 휴즈는 구석에 처박혀 있는 나무 상자의 자물쇠에 열쇠를 끼웠다. 상자 뚜껑을 열고 상자 안에 손을 집어넣은 휴즈가 뭔가를 꺼내 들었다.

"우리 목욕이나 하러 가자!"

어느새 휴즈의 손에는 사각형 비누와 유리병이 들려 있었다. 유리병을 겹겹이 싼 하얀 종이가 벗겨지자 '농용산'이라는 글이 보였다. 찰리는 휴즈가 건네준 비누를 손에 꼭 쥐고 따라갔다. 가끔 강에서 신부님과 목욕을 하긴 했지만 오늘은 특별한 목욕이 될 것 같았다. 휴즈가 향하는 곳이 강이 아니었기 때문이다.

"신부님, 그런데 왜 그러시는 거예요?"

"왜? 아까 버려둔 쥐가 생각나서 그러는 거니?"

"네."

"잊어라. 그것보다 더한 일이 앞으로 다가올 것 같구나. 신의 처벌이!"

정확히 사흘 후 재앙이 시작되었다. 사람들이 고열에 시달리다가 피부에 검은 반점이 생기며 죽어갔다. 빈민가 이스턴 엔드 화이트 체프에서 시작된 페스트는 순식간에 런던 전체로 퍼져 나갔다. 마주치는 눈빛만으로도 전염된다고 믿을 정도로 극도의 공포를 안겨준 페스트는 순식간에 런던을 텅 비게 만들었다.


영국 스코틀랜드 북해 연안 에든버러


런던에서 페스트가 창궐하자 찰스 1세는 부랴부랴 에든버러로 피신해 왔다. 스코틀랜드 왕국의 수도인 에든버러에는 스코틀랜드 왕궁 홀리루드 하우스 궁전이 있다. 스코틀랜드는 찰스 1세에게 친가와 같았다. 그의 아버지 제임스 1세는 원래 스코틀랜드 왕 제임스 6세였지만 엘리자베스 여왕이 죽자 혈통에 따라 잉글랜드 왕을 물려받았고 찰스

1세 역시 자연스럽게 물려받아 양국을 통치하고 있었다.

"런던은 어떻습니까?"

찰스 1세가 시거에 불을 붙이며 윌리엄 총리에게 물었다. 페스트에 특효라고 알려진 담배는 요즘 없어서 못 팔 정도로 귀했다. 평소에 담배를 즐기지 않던 찰스 1세는 스코틀랜드에 와서는 거의 입에 달고 살았다.

"점점 수그러들어 일부 안전 지대에서는 시민들이 소개되고 있습니다. 외곽에 거주했던 지방 영주들이나 귀족들은 자신의 영지로 되돌아갔고, 현재는 발병 지역에 대한 통제가 강화되고 있습니다."

런던 시장의 요청과 찰스 1세의 명령에 따라 왕실 군대가 페스트 발병 지역을 외부와 격리시키기 시작하면서 페스트가 점점 그 기세를 누그러트리는 것처럼 보였다. 특히 최초 발병지로 지목된 이스턴 엔드 지역은 궁수들과 창기병들에 의해 외부로 나가는 모든 길이 봉쇄되었다.

"진작에 쫓아냈어야 했어요. 그런 거렁뱅이 놈들이 언제나 문제였지요. 이번 일이 진정되면 다 잡아다 버지니아로 보내 버려야 해요. 유태인보다 더 유해한 놈들이야."

찰스 1세는 자신의 도시에 무턱대고 들어와 음식을 축내고 거리를 더럽히고 온갖 병들을 퍼뜨리는 지저분한 빈민자들을 발가락에 낀 때만큼도 생각하지 않았다. 그들은 찰스 1세에게 신민이 아니라 소각하고 매립해야 될 도시의 쓰레기들이었다.

"알겠습니다. 겨울이 오면 진정될 것이니 너무 심려 마십시오."

"그래야지요. 이번 일이 대륙에 알려졌을 텐데 유럽 연합의 움직임은 어떻습니까?"

"템즈 강이 봉쇄되었습니다. 그리고 템즈 강 상하류에서 출항한 배들은 하역항에서 불가피하게 억류당하고 있습니다만 다른 지역은 별특이 사항이 없습니다. 다만 유럽 연합군 사령부 이전이 지체되고 그라나다 공격도 늦춰질 것으로 보입니다. 그리고 스웨덴 여왕이 신성로마제국에게 전쟁 배상금으로 황금 십만 파운드를 지불하거나 발렌슈타인의 영지를 스웨덴에 넘기라는 요구를 해왔습니다."

"그 젖비린내 나는 여자가? 아버지가 죽고 나자 실성을 했군. 허허, 참내. 스웨덴이 무슨 힘이 있다고? 대한제국에 빌붙어서 연명하기에도 급급한 여자가 다시 군대를 조직할 힘이 있을 리 없잖소. 그래, 신성로마제국에서는 이 일을 어떻게 처리했다던가요?"

찰스 1세는 기가 찬 듯 웃었다. 구스타프와 함께 발틱 해를 건너간 군대는 아직도 스웨덴으로 복귀하기를 거부하고 있었다. 실질적으로 그들은 스웨덴 왕가와 결별을 선언했다고 해도 과언이 아니었다.

하지만 버킹엄의 얼굴은 심각했다.

"어린아이의 치기로 여기는 듯합니다. 하지만 폐하, 스웨덴 뒤에 누가 있는가를 생각한다면 그리 간단한 일이 아닙니다."

"스웨덴 뒤에?"

"그렇습니다. 지금 신성로마제국뿐만 아니라 전 유럽이 악마의 손아귀에 놓여진 것과 진배없습니다. 호시탐탐 기회를 보고 있는 그놈들은 실오라기만한 빌미만 있어도 공격해 올 놈들입니다."

스웨덴 뒤에는 대한제국이 있었고, 여왕은 스웨덴 재상으로 대한제국인을 임명했다. 여왕의 남편 역시 대한제국에서 강요했다는 소식이 파다했다. 지금은 폴란드 왕이 된 바샤는 대한제국의 꼭두각시 그 이상도 이하도 아니었고, 실제로 폴란드를 지배하고 있는 것은 대한제국이었다.

"알고 있소. 하지만 우린 그리 호락호락하지 않아요. 그동안 충분한 준비를 해왔으니 이제 받은 만큼 돌려주기만 하면 되는 거지요. 페르디난트에게는 미안한 일이지만 전쟁은 신성로마제국 영토에서 끝나게 될 거요. 그것도 우리의 승리로 말이오."

"지당하신 말씀이시옵니다, 폐하."

"배상금 이야기가 나왔으니 말인데 올해도 대한제국에서 배상금을 요구했지요?"

"네, 올해는 이만 파운드를 내라더군요. 아주 웃기는 놈들입니다. 이제 그만 포기할 때도 되었는데 말입니다. 해마다 500파운드씩 오르더니 요즘은 자기 마음대로입니다. 이번 회담에서 어떤 식으로든 결론이 날 것입니다."

3948년 말라카와 자카르타 주변에서 있었던 유럽 연합 함대와 벌어진 해전을 승리로 이끈 대한제국은 당시 해전에 참전했던 상대국들에게 해마다 배상금을 요구하는 문서를 보내고 있었다. 황금 5천 파운드에서 시작한 배상금은 시간이 흐르면서 2만 파운드까지 이자에 이자가 붙어 있었고, 스페인과 네덜란드는 그보다 더 많은 배상금을 지불하도록 협박 문서를 보내곤 했다.

초기에 각국은 나라 간 해전 자체를 인정하지 않으며 해적들의 싸움으로 몰고 갔으나 언제부터인가 대꾸도 하지 않고 있었다. 당연히 대한제국의 문서를 정식으로 접수하지도 않았다.

## 대명부 광주

대한제국 최대의 곡창 지대인 주장강 유역에서 걷어들인 쌀이 운하를 타고 광주로 모여들었다. 항구 곡물 부두에 줄을 지어 건설된 5만 톤을 저장할 수 있는 곡물 창고 수십 개 속으로 하루 종일 마차와 소형 조운선으로 운반된 곡물이 쏟아져 들어갔다. 곡물 창고에서 부두까지 이어진 컨베이어 벨트는 시간당 1천 톤의 곡물을 부두에 접안된 화물선에 쏟아 부었다. 선적 작업이 있을 때면 나락들이 부딪히며 만들어 낸 작은 먼지들이 부두 전체를 뿌옇게 만들었다.

―마리포, 작업 중단!

갑판에 나가 있는 작업반장에게서 작업 중단 지시가 확성기를 통해 들렸다. 선적기를 움직이던 마리포 기사가 컨베이어로 연결되는 동력선 손잡이를 아래로 내리자, 기계가 멈춰 섰다.

―3번 창으로 이동!

총 4개의 화물창을 가지고 있는 태평양상선 소속 화물선 부산호 화물창이 꽉 차갔다. 이제 3번창에 1/3만 쏟아 부으면 오늘 일은 끝이 났다.

입과 코를 막고 있는 먼지마개를 갈아 끼던 마리포가 선적기를 4번 창에서 3번창으로 이동시켰다.

―그만! 천천히 부어!

작업반장은 허리를 굽혀 선창 안을 들여다보며 직접 작업을 통제했다. 끝 부분이라 과선적을 방지하기 위해서는 어쩔 수 없었지만, 쓰고 있는 안경에 먼지가 달라붙어 앞이 잘 보이지 않았다.

—멈춰!

먼지가 가라앉길 기다리던 일항사와 작업반장이 다시 선창 안을 들여다보았다.

"저쪽에 조금 더 실을 수 있겠는데요?"

많이 실으면 실을수록 이익이기에 일항사는 측면으로 여유 공간이 보이자 작업반장에게 조금 더 실을 것을 요구했다.

"더 실어봤자 오십 톤도 안 됩니다. 그냥 출항하시죠?"

작업반장이 일항사가 가리키는 곳에서 눈길을 뗐다. 50톤 더 실으려다 과선적이라도 되면 문제가 복잡해지기 때문에 작업반장은 일항사의 동의 여부에 아랑곳 않고 바로 선적기를 밖으로 뺐다. 아쉬운 입맛을 다시던 일항사가 손짓을 하자 선원들이 다가와 선창을 닫기 시작했다.

"호주까지 가시려면 고생 좀 하겠습니다."

선적 서류에 서명을 마친 작업반장은 목적지가 호주 북부 담피아로 되어 있는 선화증권을 선장에게 내밀었다. 선주를 대신해 모든 권한을 위임받은 선장은 증권 문구를 꼼꼼히 살펴보더니 맨 아래 서명란에 도장과 함께 서명을 하고 건네주었다.

"늘 지나는 길인데요. 파나마로 가는 것보다는 훨씬 수월합니다. 가끔 이상한 배들이 나타나서 집적대는 것 빼고는 말입니다."

선장이 말한 이상한 배란 동남아에서 활동하고 있는 해적들을 말하고 있었다. 뱃길이 알려지면서 아직까지도 남아 있는 해적들이 화물선을 공격하곤 했다. 하지만 선장은 지금껏 피해다운 피해를 본 적이 없었다. 자카르타 함대와 해적들 간의 숨바꼭질은 아직도 계속되고 있었지만 대한제국 해군성에서 이곳 해역에 관심을 보이면서 해적들이 대거 토벌되고 있었다.

"안전 항해 하세요. 전 그만 하선합니다."

부산호에서 사다리를 타고 부두로 내려가자 마리포를 비롯한 기사들이 기계들을 대충 손보고는 그를 기다리고 있었다. 하루 일과가 끝났으니 어디 가서 한잔 할 기세였다.

'저놈들이 또! 오늘은 무슨 핑계를 댄다……?'

꼼생원으로 소문난 작업반장이 기사들을 못 본 체하고 사무실로 들어가려 하자 마리포가 능글맞게 웃으며 뒤따라왔다.

"반장님, 제가 좋은 곳을 봐뒀는데 말입니다, 꼭 반장님을 모시고 싶습니다. 오늘 괜찮으시죠?"

"어, 그래? 그런데 어쩌나? 오늘 밤에 약속이 있는데? 손님이 오시기로 했거든. 다음에 하지. 오늘은 자네들끼리 뭉치라구. 난 그럼."

능청스럽게 거짓말을 하며 작업반장이 기사들을 따돌리려 했다.

"참 아쉽네요. 제가 잘 아는 아줌마가 중매를 부탁하길래 반장님을 소개시켜 주려 했는데 안 되겠네요. 그럼 누굴 소개시켜 준다?"

반장의 최대 약점을 살살 건드리며 마리포가 눈치를 살폈다. 의무기간을 올해로 마치는 반장은 내년에는 쥬신 대륙으로 갈 거라고 했다. 올해로 24살인 반장은 쥬신 대륙으로 가기 전에 결혼을 할 생각이었지만 마땅한 혼처가 없어서 시간만 죽이고 있었다.

그가 결혼을 서두르는 이유는 그것만이 아니었다. 대한제국에서는 조선인이 조선인이 아닌 사람과 결혼하면 적잖은 혜택을 주고 있었다. 민족 간 융화를 목적으로 신설된 이족 결혼 장려 기금에서 장려금이 나올 뿐만 아니라, 자식들에게는 학교 입학 우선권이 주어지기도 했다. 대명부에서 사는 동안은 세금 감면 혜택도 받을 수 있었다. 그 외에도 잡다한 많은 혜택이 주어졌다.

사실 시집오겠다던 처녀는 많았다. 대명부 어느 지방에서나 그렇듯이 조선인은 조선인이라는 자체만으로 최고의 신랑감으로 여겨졌다. 지금껏 만나본 처녀들이 하나같이 반장의 맘에 들지 않은 것이 문제였을 뿐이었다.

마리포의 말에 마음이 동한 반장이 고개를 돌렸다.

"이번에는 확실하다니까요. 심성도 착하고, 중학교까지 나왔답니다. 지금은 초등학교에서 교편을 잡고 있습니다. 집안이 넉넉한 것은 아니지만 똑똑하다는 평도 인근에서는 자자하고요!"

"이름이 뭔데?"

마리포는 반장이 관심을 보이자 속으로 쾌재를 불렀다. 이 정도 관심을 보인다면 오늘은 모처럼 반장 주머니에서 나온 돈으로 술을 먹을 수 있을 것 같았다.

"임청영이라고 들어보셨습니까?"

"임청영? 아니."

"그럼 오늘 술은 반장님이 사시는 겁니다?"

"손님이 오시기로 했다니까?"

"에이, 왜 이러세요? 다 안다니까요. 이런 일이 흔한 줄 아십니까?"

마리포가 옷소매를 붙잡으며 반장과 실랑이를 벌였다. 반장은 못이기는 척하며 은근슬쩍 넘어갔다.

"그럼 그럴까? 먼저 가서 기다리라고. 내 이것만 처리하고 금세 뒤따라감세. 그리고 손님에게도 기별을 넣어야지."

"그럼 그곳으로 오시는 겁니다?"

"알았다니까? 내가 언제 간다고 하고 안 간 적 있었나?"

반장은 꼼생이이긴 하지만 자신이 뱉은 말은 꼭 지켰다. 반장이 사무실로 들어가자 마리포는 동료들과 함께 항상 가던 술집으로 발길을 돌렸다. 대부분 한족 출신인 그들 역시 반장처럼 의무 기간을 채우고 있는 중이었다. 징병 검사에서 불합격을 받은 그들은 군 입대 대신 5년간의 노력 봉사를 하고 있었다.

"군대를 갔어야 하는데… 아이고, 내 신세야!"

마리포는 술잔을 받아 들고는 신세 한탄을 시작했다.

같은 동네에서 자란 불알 친구인 이소찬은 요행히 징병 검사에서 합격해서 군대에 들어갔었다. 그 친구가 지난 여름, 멋진 제복에 모자를 쓰고 온갖 선물을 들고 고향을 찾아오면서 사단은 시작되었다. 벽돌 3개를 쌓아놓은 모양의 계급장을 단 이소찬은 동네에서 열흘을 머물렀지만 그사이 동네를 뒤흔들어 놓았다. 동네 처녀들의 마음을 설레게 만든 것은 물론 어린아이들은 하루 종일 이소찬의 꽁무니를 쫓아다니며 이야기를 해달라고 졸라댔다. 그런 아이들의 성화에 못 이겨 자리를 잡고 이야기 보따리를 풀라치면 어느새 주변에 마을 사람들이 몰려들었다. 태어나서 죽을 때까지 마을을 떠나지 않는 마을 사람들에게 이소찬은 거의 우상이나 마찬가지였다.

"나도 의무 복무만 끝나면 다른 지방으로 가야지. 어디가 좋을까?"

"뭐니 뭐니 해도 조선부로 가는 게 좋지. 사람은 큰물에서 놀아야 성공한다니까?"

"자넨 얘기도 못 들었나? 러시아 쪽으로 가는 게 기회가 많아. 대한제국민이면서 중학교 졸업장만 있으면 출신을 불문하고 관리로 채용한다던데?"

"러시아부가 아니라 뭐라더라… 폴란든가 우크라이난가 뭐 그런 데라던데?"

"그게 그거지. 다 러시아부에서 관할하는 지역이잖아."

"그런가?"

부두 선적기 기사들이 한참 수다를 떨고 있을 무렵, 작업반장이 술집 문을 열고 들어왔다.

"아이고, 반장님도 오셨네. 하도 안 보이시길래 술을 끊으셨나 했네요. 저쪽으로 가세요."

술집 주인이 아는 체하며 살갑게 맞이했다.

"네, 잘 계셨죠?"

"그럼요. 이곳을 뜨신다는 소문이 있던데 사실인가요? 서운해서 어쩐대요?"

"그렇게 되었습니다."

반장이 자리로 다가오자 마리포가 반장을 위해 자리를 마련한다, 안주를 하나 더 시킨다, 술을 더 가져오라며 부산을 떨어댔다. 술집 주인은 반장 앞에 술잔을 내왔다. 벌써 몇 순배가 돌았는지 마리포의 얼굴이 벌겋게 달아올라 있었다.

단기 3959년 겨울, 포츠담

최근의 일련의 사태를 당사국 간에 만나서 해결하자는 대한제국의 제안으로 동서양이 만나는 최초의 다자간 회담이 포츠담에서 열리고 있었다. 대한제국에서는 10년 전의 해전 배상금 문제와 위그노에 대한 승인 건을 들고 나왔고, 유럽 각국과 터키는 그들의 현안을 의제로 채택하길 희망하고 있었다.

유럽 각국의 대표들은 포괄적 다자간 협상을 제안한 대한제국의 의도를 파악하기 위해 회담장이 있는 1층 곳곳에서 무리를 지어 서로의 의견을 나누고 있었다. 그 가운데 4층 짜리 석조 건물로 사용되고 있는 건물 각 층에 마련된 대표들의 숙소를 정리하기 위해 특별히 선발된 사람들이 층층을 돌아다녔다.

"각국의 대표들은 회의실로 들어오시기 바랍니다. 회의가 시작될 예정이오니 속히 회의실로 들어오시기 바랍니다."

회의 의장을 맡고 있는 대사가 회의 시작을 알리며 복도를 돌아다녔다. 대표들이 삼삼오오 회의실로 몰려들어 가고 곧 회의실 문이 닫히며 주변이 조용해졌다.

"먼저 이곳에 모여주신 각국의 대표님들에게 감사드립니다. 오늘 우리는 각지에서 벌어지고 있는 일련의 불행한 사태를 종식시키고 서로의 안녕을 도모하고자 모였다는 것을 양지하시고 회담에 임해주시면 감사하겠습니다. 먼저 대한제국에서 오신 외교부 장관님의 제안을 듣도록 하겠습니다."

대한제국 외교부 장관인 민영완이 자리에서 천천히 일어나 회의장 중앙으로 뚜벅뚜벅 걸어갔다. 전통적인 한복을 차려입은 민영완은 원형으로 각국의 대사들이 빙 둘러 자리를 잡은 한가운데에 섰다.

민영완은 헛기침을 한 번 하고는 유창한 프랑스어로 대한제국의 입장을 말하기 시작했다.

"먼저 이 자리에 참석해 주신 각국의 대표님들에게 대한제국의 황제 폐하와 정부를 대표하여 감사의 말씀을 전합니다. 저희 대한제국은 널리 사람을 이롭게 하고 세상에 빛을 주는 것을 그 근본으로 삼음을 지난 수천 년 동안 잊지 않고 있는 나라입니다. 지구에 살고 있는 모든 생명체의 안녕을 생각하는 막중한 사명을 안고 있는 대한제국으로서, 얼마 전 폴란드 바르샤바 전투에서 십만 명에 가까운 아까운 목숨이 사라진 것에 대해 애도를 표하는 바입니다. 다시는 이런 일이 일어나지 않기를 바라는 마음 간절하기에 여러분들에게 오늘 자리에 꼭 참석하시도록 요청드렸던 것입니다."

잠시 숨을 고른 그가 다시 말했다.

"저는 대한제국의 대표로서 감히 여러분에게 제안을 드립니다. 지금 이 시간부로 모든 전쟁과 쟁투를 종식시키고 불신과 탐욕, 그리고 권력욕에서 벗어나 회계하십시오. 하늘의 나라, 그 이름대로 천국인 대한제국과 그의 군대 천군에게 그대들의 안위를 맡기시기 바랍니다. 아름다운 이 땅에 더 이상 죽음과 공포가 드리워지는 것을 원치 않습니다. 그 어떤 것도 한 사람 한 사람의 목숨과는 바꿀 수 없는 것이기에 우리가 선택할 수 있는 가장 좋은 방법은 대한제국이 마련한 지구 연합에 가입하는 것입니다. 이미 위그노와 스웨덴, 폴란드는 지구 연합에 가입 의사를 밝혀왔으며, 조만간 터키제국도 연합에 가입할 것으로 보입니다. 회의 참석 전에 연합 운영에 대한 초안을 여러분에게 배포해 드렸습니다. 검토해 보시고 봄이 오기 전에 답을 주셨으면 감사하겠습니다. 지구 연합에 가입하신 나라는 당연히 대한제국에게 지불해야 할 전쟁 배상금을 전액 탕감받게 됩니다만, 그렇지 않을 경우에는 금년 안으로 배상금을 대한제국에 지불해야 할 것입니다. 아울러 대한제국에서는 지구 연합에 가입한 나라를 공격하는 것은 곧 대한제국을 공격하는 것으로 간주함과 동시에 그에 적합한 보복 공격을 당할 수 있다는 것을 천명하는 바입니다."

민영완의 발언이 진행되는 중간중간 곳곳에서 경악에 찬 탄성이 터져 나오기 시작하더니, 민영완의 발언이 끝나자 중소 왕국 대표들의 아우성 소리가 회의실을 아수라장으로 만들었다. 대한제국은 유럽 각국에게 일방적이고 무조건적인 항복을 강요하고 있는 것이다. 당초 회의실 안팎에서 나돌던 대한제국의 의제에서 한참을 벗어나 있었다.

하지만 대한제국의 폭탄선언에 가까운 일방적 제의에 영국을 비롯한 강대국들의 대표들은 오히려 실실 웃음을 흘렸다.

"하하하, 근자에 가장 재미있는 우스갯소리를 말씀해 주셔서 감사합니다. 일찍이 이처럼 재미있는 이야기를 듣지 못했습니다."

발언권을 얻은 영국 대표가 자리에서 일어나 민영완이 있는 중앙으로 다가갔다.

민영완은 영국 대표로 참석한 윌리엄에게 가볍게 목례를 하고는 자기 자리로 돌아갔다. 윌리엄의 얼굴은 조소로 가득 차 있었다.

"여러분! 대한제국은 악마의 나라 그 이상도 이하도 아닙니다. 대한 제국은 터키보다도 더 사악한 사탄의 나라라고 본인은 단언합니다. 그렇지 않고서야 이교도의 나라 터키가 대한제국의 꼭두각시 노릇을 하고 있겠습니까? 입으로는 평화를 말하고 있지만 무자비한 대한제국은 하나님을 따르는 수많은 신도들을 잔인하게 살해했습니다. 일찍이 마카오나 말라카, 바타비아에서도 그랬고, 로리앙이나 지중해에서 악마의 힘을 빌린 대한제국 놈들에게 얼마나 많은 희생이 있었습니까? 대한제국 대표가 스스로 인정했듯이 폴란드에서는 무려 십만 명을 학살했습니다. 지금도 대서양에서는 가증스런 대한제국 함대가 우리의 선량한 시민들을 공격하고 있습니다. 이런 놈들이 평화를 운운한다는 것이 가당키나 합니까? 대한제국은 당장 폴란드와 스웨덴, 그리고 러시아에서 물러나 그들이 있던 곳으로 돌아가야 합니다. 그렇게 하지 않는다면 하늘에 계신 하나님께서 불로써 징벌하실 것입니다!"

"맞습니다! 와아아아!!"

대한제국의 협박에 잔뜩 기죽어 있던 사람들이 윌리엄의 발언에 박수까지 쳐대며 환호성을 질렀다.

좌중이 조용해지길 기다리던 윌리엄이 재차 발언했다.

"대한제국은 우리의 땅을 강제로 빼앗고 하나님의 종들을 가차없이 죽였습니다. 그럼에도 저 간악한 자들은 우리에게 배상금을 내라고 합니다. 오히려 우리가 받아야 함에도 말입니다. 적반하장도 유분수인 이런 일을 태연자약하게 벌일 수 있는 무리는 오직 대한제국밖에 없을 것이라고 저는 단언합니다. 대영제국의 대표로서 여러분에게 제안합니다. 대한제국과 맞서 싸우기 위해 우리 모두 힘을 합쳐야 한다는 것을. 우리는 비록 서로의 신앙 차이로 인해 싸움을 겪긴 했지만, 우리가 하나님의 자손이란 생각에는 변함이 없습니다. 유럽 내부에서 겪고 있는 작은 혼란들, 심지어 이슬람 교도와의 싸움들은 지금 우리가 직면한 사탄의 위협에 비하면 아무것도 아닙니다. 저들은 시간이 갈수록 힘이 강해지고 있습니다. 우리에게 주어진 시간은 얼마 남지 않았습니다. 여러분, 힘을 합쳐 사탄과 맞서 싸워 저들이 왔던 무저갱으로 돌려보내야 합니다. 우리의 머리 위에는 항상 하나님의 성령이 임하고 계심을 잊지 말아주십시오. 신은 항상 우리 편에 서 계십니다!"

청중들을 흥분과 분노의 도가니로 몰아넣은 영국 대표가 자기 자리로 돌아가자 곧 이어 로마 교황청 대표가 중앙으로 나왔다.

"우리를 굽어 살펴주시옵소서, 아멘."

눈을 감고 하나님에게 기도를 올리자 주위가 일순 숙연해졌다

"저는 교황 성하를 대신하여 대한제국에게 엄중히 경고합니다. 폴란드와 스웨덴에 뻗친 마수를 스스로 거두기 바랍니다. 프랑스 로리앙 영주를 현혹시킨 간악한 마법을 회수해 가길 권고합니다. 성스러운 땅 그라나다를 피로 물들인 그대들 터키인들은 스스로 잘못을 깨닫고 물러나지 않을 경우, 하나님의 성난 곡소리를 듣게 될 것입니다. 하나님께서 주신 마지막 기회를 저버리지 마시길."

교황청 대표의 연설이 끝나고 각국의 연설이 시작되었다. 이어진 연설의 주장은 대한제국을 주축으로 한 지구 연합과 유럽 진영으로 뚜렷하게 양분되어 있었다. 아직 지구 연합에 가입하지 않은 터키만이 그라나다가 오래전부터 이슬람의 땅임을 확인하는 애매한 입장을 표명하였다.

"영국 대표께서 말씀하시길 우리 대한제국이 많은 인명을 살상했다고 주장합니다. 하지만 여러분 자신의 모습을 살펴보십시오. 허울 좋은 이교도 논쟁으로 죄없는 농민들을 사십만 명이나 죽인 자들이 누구입니까? 지금도 곳곳에서는 교회의 묵인 하에 마녀 사냥이 진행되고 있지 않습니까? 그리고 여기 모인 사람들은 다 귀족 출신이니 따뜻한 식사에 따뜻한 금침을 덮고 자겠지만, 농촌에 사는 농민들이나 노동자들은 죽도록 일만 하고 굶어 죽어가고 있지 않습니까? 희대의 역병이 런던에 나타난 것은 또 무엇입니까? 벌써 수만 명이 죽어나가지 않았습니까? 그럼에도 영국 국왕은 무엇을 하고 있습니까? 우리 대한제국은 인도적인 차원에서 치료약을 제공하고자 했음에도 그들은 이교도의 도움은 받지 않겠다며 거절했습니다. 이것이 과연 여러분들이 말하는 하나님의 진리입니까?"

민영완의 반론에도 불구하고 첫날 각국의 연설을 시작으로 열린 다자간 협상은 협상 4일이 지나도록 아무런 성과를 얻지 못하고 있었다. 협상이 시작된 후 나흘 내내 대한제국의 대표는 수적 열세에 기인한 수세적 입장을 견지하고 있었다. 대한제국에 퍼부어지는 온갖 비난과 질문에 그는 시종일관 고압적인 자세로 정확한 대답을 회피했다. 이는 곧 에드몽의 마음을 흔들리게 만들었고, 터키제국이 대한제국에 갖고 있는 막연한 두려움을 희석시키고 있었다.


"어떻게 생각하십니까?"
에드몽의 숙소에 들른 마자랭이 에드몽에게 대답을 구하고 있었다. 에드몽을 포섭하려는 특명을 받고 있는 마자랭이 은밀히 에드몽 처소에 들른 것은 자정이 다 되어서였다.

"그러니까 폐하의 친서와 더불어 영국과 스페인에서 위그노를 승인 하겠다고 했단 말입니까?"

"그렇습니다."

예기치 않은 손님이 가져온 제의는 자신을 위그노의 왕으로 유럽의 강대국들이 인정한다는 것과 함께 상호 협력 약속을 포함하고 있었다. 대한제국을 배신한다는 조건이 달려 있었지만 에드몽의 귀를 솔깃하게 만들기에 충분했다.

"하지만 대한제국을 배신했다는 오명을 쓰게 됩니다. 더군다나 대한 제국을 하나님의 군대, 천군으로 믿고 따르는 사람들을 설득할 수 있을 지……."

"그건 걱정하지 마십시오. 어차피 위그노에 있는 대한제국군은 전부 철수하지 않았습니까? 남아 있는 자들이래야 겨우 민간인 백여 명입니 다. 그들을 쥐도 새도 모르게 처치한 뒤 대한제국이 먼저 위그노를 배 신했다고 하면 됩니다. 거기다 각국 국왕의 칙서와 교황 성하의 교지 를 내세운다면 충분한 명분이 되는 것이지요. 교황 성하께서는 이미 대한제국을 사탄의 나라로 공인하지 않았습니까?"

"살라몽 장군은 결코 대한제국을 배신하지 않을 겁니다."

"도대체 위그노의 왕은 누구입니까? 에드몽 전하이십니까, 살라몽 입니까?"

"그야 물론 당연히……."

"정 걱정되시면 살라몽 장군도 제거하십시오. 그리고 지금 프랑스에 자그마치 사십만의 대군이 집결하고 있습니다. 일급 비밀인 이 이야기를 하는 것은 에드몽 전하께서 처한 현실을 직시하는 데 도움을 주고자 함입니다. 그들이 로리앙을 거쳐 그라나다로 간다면 위그노가 계속 존재할 수 있다고 생각하십니까?"

마자랭은 적당히 위협을 섞어가며 거침없이 말을 뱉어내고 있었다.

"하지만……."

에드몽은 여전히 마음을 정하지 못하고 갈등했다.

그때 방문이 열리며 온몸을 외투로 감싼 사람이 에드몽의 방으로 조용히 들어왔다. 철통같은 경비를 하고 있음에도 그의 방문은 아무런 저지를 받지 않고 있었다. 방금 들어온 사람이 외투를 벗어 내리고 에드몽을 바라보았다. 에드몽은 새로운 불청객의 눈이 마주치자 그 자리에서 몸이 뻣뻣이 굳어갔다.

"오랜만이오, 위그노 왕."

자신을 위그노 왕이라 칭한 인물이 다가오자 에드몽은 다리가 후들거렸다. 에드몽은 무슨 말을 해야 한다고 생각했지만 입속에서만 맴돌았다.

불청객이 에드몽의 어깨에 손을 얹고 가슴으로 끌어당겨 힘껏 껴안았다.

"폐하?"

에드몽은 힘겹게 말문을 열었다. 그를 찾아온 불청객은 다름 아닌 루이 13세였다.

"그렇소, 나요. 프랑스 황제 루이 13세요. 이제 그만 이교도의 꼭두각시에서 벗어나시오. 내가 직접 그대를 위그노의 왕이라 칭하지 않았소. 이러면 그대가 믿겠소?"

루이 13세가 두루마리 하나를 가슴에서 꺼내 에드몽에게 건네주었다. 각국의 서명이 쓰여 있는 연판장에는 에드몽을 위그노의 왕으로 인정한다는 내용의 서약이 적혀 있었다.

"기독교도의 일치단결을 위해서 이미 특단의 조치들이 곳곳에서 행해지고 있소. 스페인 왕 필립 4세는 아라곤 왕가에게 영지를 돌려주었으며, 신성로마제국은 보헤미아인들에게 신앙의 자유를 주었소. 교황 성하께서도 신교와 구교 간의 전쟁을 금지한다는 교서를 내렸소. 모두들 기독교도의 단결을 위해 노력하고 있는 이때에 위그노만이 빠져서야 되겠소? 지금 유럽 연합은 그대의 결단을 고대하고 있소. 대한제국이 유럽 전체와 전쟁을 해서 이길 수는 없소."

"생각할 시간을 주십시오, 폐하."

에드몽의 마음은 점점 대한제국에서 멀어져 갔다. 하지만 그는 뜸을 들이고 있었다. 빌라봉 성에 나타난 하늘을 나르는 물체며 로리앙 항구에 떠 있는 거대한 철선들이 눈앞에서 어른거렸다. 그런 괴물을 가지고 있는 대한제국을 유럽 연합이 이길 수 있을지 확신이 서지 않고 있기 때문이었다.

"그렇게 많은 시간이 없습니다. 저희가 조사한 바로는 전하의 아버님이 갑작스레 돌아가신 것도 미심쩍습니다. 혹시 이런 생각은 해보신 적이 없으신지요? 아무래도 대한제국이 그 일에 개입한 것 같다는 추측입니다. 그리고 지금 터키와……."

"마자랭!"

마자랭이 터키를 들먹이자 루이 13세가 황급히 그를 불러 말문을 막았다.

그제야 자신의 실수를 깨달은 마자랭이 교묘하게 말꼬리를 돌렸다.

"지금 터키와 대한제국은 한 배를 타고 있지만 갈라설지도 모릅니다. 대한제국에서 선포한 지구 연합 제안은 터키제국에게도 위협이 될 거라는 것을 잘 알 테니까요. 그 이교도 놈들의 머리가 그렇게 멍청하지만은 않겠지요."

에드몽은 마자랭이 자신의 아버지 일을 들먹이자 마음 한구석에 의구심이 일어났다. 지금껏 단 한 번도 의심한 적이 없었지만 다시 생각해 보니 이상했다. 돌이켜 보면 아버지는 그렇게 급작스레 돌아가실 만큼 건강이 나쁘지 않았다. 사냥터에서 낙마할 만큼 말타기에 서투른 분은 더 더욱 아니었다. 오히려 말타기를 즐겨하고 자주 하셨던 분이다. 그런 분이 자신이 차용증서에 서명을 하고 얼마 지나지 않아 사냥터에서 낙마를 하고는 시름시름 앓다가 자식의 마지막 모습도 보지 못하고 돌아가셨다. 당시에는 이것저것 따져 볼 만큼 마음의 여유가 없었지만 이제 와서 생각해 보니 모든 것이 의문투성이였다.

"대한제국이 아버님을 시해했다는 증거라도 있습니까?"

에드몽의 목소리가 떨려왔다. 만약 아버지의 죽음에 대한제국이 관여되어 있다면 자식된 몸으로 그냥 넘어갈 수는 없었다.

"확증은 없습니다만, 충분한 가능성은 있습니다. 폴란드 남부 영주들이 떼죽음을 당했을 때를 생각한다면 그런 일은 대한제국에게는 어린아이 손목 비틀기보다 쉬웠겠지요."

곰곰이 생각을 정리하던 에드몽이 루이 13세를 바라보며 눈물을 뚝뚝 흘렸다. 못난 자식 때문에 아버지가 죽임을 당했건만 그러고도 마치 구세주인 양 그들을 떠받들고 다녔다는 것이 부끄럽기 짝이 없었다. 대한제국 놈들은 그런 자신을 보면서 속으로 얼마나 조롱했을까 생각하니 수치심이 끓어올라 얼굴이 빨갛게 달궈졌다.

"너무 자책하지 마십시오. 아직 확실한 것도 아니지 않습니까. 앞으로 천천히 조사해 보면 다 밝혀질 것입니다. 지금부터는 자신의 마음을 잘 추스르는 것이 중요합니다."

마자랭이 위로하고 나섰으나 에드몽은 마음을 가라앉히려 애써도 좀처럼 흥분이 가라앉지 않았다.

"그럼 스웨덴이나 폴란드도 유럽 연합에 가입하는 겁니까?"

거의 마음을 굳힌 에드몽이 대한제국을 지지하고 있는 유럽의 두 나라를 언급했다. 두 나라는 사실상 대한제국의 지배 하에 들어간 것과 진배없기에 그는 질문을 하고도 머쓱해했다.

하지만 마자랭의 답변은 뜻밖이었다.

"물론입니다. 아직 대한제국은 폴란드와 스웨덴을 장악하지 못하고 있습니다. 곳곳에 우리의 협력자도 많이 있고, 무엇보다도 폴란드 왕 지그문트의 장자가 지금 빈에 있습니다. 빈에 있는 왕자는 선택의 여지가 없지요. 그리고 스웨덴 여왕은 힘이 없습니다. 기껏해야 스톡홀름 주변 영주들의 지지를 받고 있을 뿐이지요."

"알겠습니다. 그럼 저는 어떻게 해야 합니까?"

"우선은 대한제국에 협력하는 척하십시오. 그리고 우리에게 그들의 신무기에 대한 정보를 빼돌려 주십시오. 대한제국을 속이기 위해 황제군이 위그노 국경을 위협하면 국지전이 벌어질 수도 있지만, 결코 대규모 전투는 없을 테니 과잉 반응하지 마시길 부탁드립니다. 그러면 되는 것입니다."

"좋습니다."

에드몽은 루이 13세까지 가세한 설득에 유럽 연합에 가입하는 서류에 서명하고 루이 13세에게 다가가 무릎을 꿇었다.

"일어나시오. 그대는 한 나라를 통치하는 왕이요."

루이 13세가 에드몽을 일으켜 세웠다. 마지못해 일어나던 에드몽의 눈가에 작은 떨림이 일었다. 이로써 루이 13세는 진정으로 자신을 왕으로 인정한 것이었고, 프랑스에서 인정했다면 다른 나라에서도 가타부타 간섭할 수 없었다.

에드몽이 루이 13세의 방문을 받고 있을 무렵, 터키 대사는 영국 대표의 방문을 받고 있었고, 네덜란드와 덴마크의 대표들은 대한제국에서 보낸 특사의 방문을 받고 있었다. 각국의 대표들은 조용히 개별 막후 협정을 맺느라 회담의 마지막 밤을 하얗게 지새우고 있었다.


## 베를린 동북쪽 100km 지점

대한제국의 제안으로 열린 다자간 회담은 결국 아무런 협약이나 선언을 채택하지 못하고 결렬되어 버렸다. 각국의 대표들은 회담 종료를 알리는 의장의 선언이 있은 직후 뿔뿔이 흩어졌다.

포츠담을 출발한 대한제국 외교부 장관 일행은 동북쪽으로 100여 km를 달려 오드리 강에 도착했다. 4군 특수여단 전 병력이 외교부 장관 일행을 경호하기 위해 주변으로 흩어졌다.

"이번 회담은 별 성과가 없었습니다. 오히려 역효과가 나지 않을지 걱정입니다."

수행원 중 하나가 우려를 나타냈지만 민영환은 아무런 말이 없었다. 포츠담에서 이곳까지 오는 길 나내 줄곧 입을 꽉 다물고 있던 그는 무사히 강을 건너자 비로소 말문을 열었다.

"얻은 것도 있다네."

네덜란드나 덴마크를 지구 연합에 합류시키려는 민영환의 노력은 아무런 소득이 없었다. 그는 유럽 연합의 결속력이 얼마나 강력한 것인가를 확인하는 것으로 만족해야 했다.

여기서 민영환이 생각하는 이득이란 다른 곳에 있었다. 회담이 진행되면서 당혹스러운 적이 많았다. 스페인 대표가 파나마 전쟁 이후 대한제국이 스페인 황제를 대신해 총독에게 서명을 강요한 것은 명백한 위법 문서라며 따지고 나섰을 따는 등줄기에서 식은땀까지 흘렸다. 신성로마제국 대표가 발렌슈타인의 반역에 대한제국이 관여했다고 나섰을 때나, 지그문트의 죽음 역시 의심스럽다고 발언을 했을 때는 할 말을 잃고 머리 속을 정리하느라 바로 답변을 하지 못했다. 유럽 연합은 대한제국이 생각하는 것 이상으로 정보 수집력이 뛰어났으며 대한제국에 대해서 많이 알고 있음을 확인할 수 있었다. 이 점이야말로 예상치 못한 소득이었다.

# XIII *반격*

단기 3959년 겨울, 서울

　대한제국의 국가 기관 중 정보를 취급하는 부서의 양대 축에는 천군부 정보위원회 산하 기구인 정보사령부와 천인단 산하 기관인 중앙정보부를 들 수 있다. 그리고 두 조직의 정점에는 단군이 자리 잡고 있었다. 전역에 퍼져 있는 군부대에서 올라오는 정보들은 각 사단, 군단 정보대를 거쳐 각 군 사령부와 서울에 있는 정보사령부에 모여들었다.

　천군부 맞은편에 있는 정보사령부 지하 1층 2천 평의 공간에 가득 찬 온갖 통신 장비들은 세계 각지에서 오는 정보들을 쉴 새 없이 토해 냈다. 이곳에 모인 정보들을 분석, 분류하는 작업을 하는 데 정보 분석가 1천여 명이 3교대로 투입되었고, 그렇게 가공된 정보들은 관련 부대나 부처에 다시 보내져 작전 수립과 수행에 유용하게 사용되어졌다.

"들어와."

문 두드리는 소리에 조국환 사령관은 읽던 신문을 접어 책상 위에 내려놓았다. 그는 대한제국군의 모든 정보를 책임지고 있는 사람답지 않게 왜소하다 못해 초라하기까지 했다. 깡마른 체구에 겨우 170㎝가 될까 말까 한 키, 털털한 옷차림. 날카로운 눈빛마저 없었다면 시골 마을의 평범한 촌부라고 해도 믿어질 정도였다.

"회의 준비가 끝났습니다."

간밤에 들어온 주요 정보들을 간추린 두툼한 서류철을 든 비서가 들어와 통보했다. 5일에 한 번씩 있는 각 지대장과 지부장들이 참석하는 연례회의가 예정되어 있었다. 오늘은 특별한 손님이 참석하는 날이기도 했다.

조국환은 시계를 힐끔 보고는 자리에서 일어나 손을 내밀어 비서에게서 서류철을 건네받았다.

"중앙정보부 장관님은?"

"네, 십 분 전에 회의실에 들어가셨다는 보고가 있었습니다."

회의실로 내려가면서 서류철을 대충 훑어보던 조국환이 문 앞에 섰다. 지하로 내려가는 통로를 거치기 위해서는 4중의 보안 장치를 통과해야 했다. 통로를 지키는 경비병이 사령관이 다가오자 부동 자세로 경례를 했다.

"보안! 사령관님, 신분증을 보여주십시오."

조국환이 목에 걸고 있던 신분증을 건네자 보안요원이 신분증 철을 뒤져 원본과 동일한지 대조했다. 그리고는 손가락 지문을 찍어 등

록된 지문과 일치하는지를 확인했다. 지하 1층까지 내려온 조국환은 다시 한 번 확인 절차를 거치고서야 지하 1층 내부로 들어갈 수 있었다.

방음 장치를 했음에도 사방에서 타자 찍히는 소리가 복도에까지 울려 퍼졌다. 회의실이 있는 지하 2층은 1층을 통해서만 들어갈 수 있었다. 2층과 연결된 복도에서 보안요원이 숫자와 한글 자모음이 찍혀 있는 판을 내밀었다. 조국환이 자신만의 고유 번호를 입력하자 안에서 문이 열렸다. 지하 2층은 300명이 근무하고 있었음에도 1층과 다르게 조용했다.

그는 자리에 앉으며 회의 시작을 알렸다.

"자, 회의를 시작하지!"

"터키 해군이 크레타 기지 근처를 주기적으로 순찰하고 있다는 보고입니다. 예전에는 없었던 이례적인 일입니다. 최근 들어 흑해 기지와 수에즈 운하 주변에 현지인들이 계속 목격되고 있습니다. 터키 쪽의 감시를 받고 있다는 느낌을 지울 수 없다는 정보 책임자의 견해가 있습니다. 잠수함 전대의 보고서에 의하면 지중해에서 더 이상 유럽 함대를 찾을 수 없다는 보고입니다. 터키 함대도 행동을 자제하고 있는 듯한 분위기입니다. 그라나다에서의 군사 충돌도 눈에 띄게 줄어들었습니다."

"위그노 쪽은 어떻지?"

지중해와 그라나다에서 전투가 소강 상태에 빠져 있다면 유럽 연합군이 위그노를 치기 위해 힘을 정비하고 있을지도 몰랐다. 사령관의 질문이 떨어지기가 무섭게 바로 대답이 돌아왔다.

"프랑스 혼성 부대가 위그노 국경으로 이동 배치되었습니다. 포병과 기병대가 포함된 막강한 전력입니다. 숫자상으로만 본다면 최소 삼만 명은 넘어 보입니다. 현재 국지전이 벌어지고 있으며 위그노에서 구원 요청이 들어와 있습니다."

"그 정도 병력이면 위그노가 방어하는 데 무리가 따르겠군."

사령관은 대한제국에서 위그노에 제공한 무기와 위그노 방위군 상황표를 집어 들었다.

"그렇습니다. 그런데 한 가지 이해되지 않는 부분이 있습니다."

"뭐가?"

"충분히 위그노를 뭉갤 수 있는 병력을 집결시켜 놓고도 전면적인 공세를 자제하고 있다는 느낌입니다. 지금까지 파악된 바로는 주로 소수의 기병대를 이용한 치고 빠지기 식의 작전을 구사하고 있습니다. 프랑스나 위그노 양측 모두 경미한 피해만을 입고 있을 뿐입니다."

"겨울이라서 그런 것 아니겠습니까? 아니면 대한제국을 두려워해서인지도 모릅니다. 저번에 호되게 당한 경험도 있으니 말입니다."

주로 북부 유럽의 정보를 책임지고 있는 지대장이 나름대로 이유를 설명하려 했다.

"그럴지도 모르지. 하지만 좀 더 알아볼 필요가 있겠어. 그리고 터키 쪽 움직임이 수상하다면 큰일이군. 우리의 아킬레스건을 쥐고 있는 놈들인데……."

조국환은 터키제국 내에 있는 대한제국의 군사 기지들을 떠올렸다. 그는 수에즈 운하의 경비 강화를 천군부 장관과 단군에게 건의할 것인지를 고려하기 시작했다.

조국환이 정보부 장관에게 눈길을 주었다. 정보사령부보다 더 고급 정보를 가지고 있을 텐데도 정보부 장관의 닫힌 입은 열리지 않았다.

"그건 그렇고 다른 사항은?"

정보부 장관과 한차례 눈빛을 교환한 조국환이 화제를 돌렸다. 다른 안건을 처리한 후 다시 생각하겠다는 마음이 통했는지 정보부 장관의 입 꼬리가 살짝 올라갔다.

"대량의 초석이 이탈리아로 유입되고 있습니다. 터키 상인을 통해 움직이는 양이 벌써 이만 톤이 넘었습니다. 보고에 의하면 유럽 내부에서도 초석 물동량이 현저히 증가함이 감지되고 있습니다. 모두 신성로마제국으로 이동한 이후에는 종적이 묘연합니다."

"이만 톤이나? 어디서 생산된 거지? 내가 알기론 유럽 내에 그만한 산지가 없는데?"

조국환은 대량의 초석이 움직인다는 말에 놀라워했다. 초석은 황산이나 질산 같은 발화성 물질을 정제하는 데 사용되어지는 것으로 정보사에서 감시하는 몇 안 되는 광물 중 하나였다. 초석 자체만으로는 위험하지 않지만 그것을 이용해서 만들어지는 질산은 화약 제조와 밀접한 관련을 맺고 있었다.

"알프스 산맥에서 채취되고 있는 것으로 보입니다만 정확한 지점은 파악되지 않고 있습니다. 일부는 인도에서 유입되고 있는 것으로 보입니다."

"파나마 쪽에 한번 알아봐. 그 정도 양이라면 남쥬신 대륙에서 유입되었을 가능성이 있어."

"알겠습니다."

남쥬신 대륙에는 대규모 노천 초석 광산이 여럿 있었다. 이곳에 영향을 미쳐야 할 파나마의 6군 사령부는 아직 태동 단계여서 규모가 작고 활동도 미미했다. 그래서 아직도 5군 사령부의 지휘를 받을 정도였다.

유럽과 터키를 제외하고 다른 지역은 비교적 평온했다. 5군이 맡고 있는 쥬신 대륙은 작은 소란들이 계속 일긴 했지만 군사 행동까지 벌일 만큼 심각한 사건이 일어나지는 않았다. 대한제국민과 이로쿼이 연맹 부족들은 조금씩, 그러나 꾸준히 동쪽으로 영역을 확대해 갔다.

그 와중에 평원족들과 부족 간 싸움이 벌어지긴 했지만 우려할 정도는 아니었다. 연맹을 이끌고 있는 은하이는 교육 제도를 정착시키는 데 심혈을 기울이고 있었기에 주변 부족과의 마찰을 달갑지 않게 여기며 신중히 대처하고 있었다.

"유럽과 터키에 정보력을 집중하고 다른 지역에서 들어오는 정보 중에서 유럽과 터키와 관련된 정보는 티끌만한 것이라도 철저히 조사하는 집중력을 발휘해야 될 때야. 다들 알겠지만 앞으로 몇 달이 가장 중요한 시기일지도 모른다. 크레타 기지에 대한 우려는 단군에 보고할 테니 좀 더 자료를 보강하도록. 그리고 그럴 리 없겠지만 천군부 내에 비선 조직이 있다는 소리가 천인단에서 흘러나오고 있어. 정화사령부에서 촉각을 곤두세우고 있으니까 조심들 해. 까마귀 날자 배 떨어진다고 우리 정보사도 예외가 아니란 것을 명심하게. 이상으로 오늘 회의를 마치겠네."

사령관이 비선 조직을 언급하자 모두들 눈동자가 동그래졌다. 사령관과 정보부 장관이 자리에서 일어나 회의실을 나갔지만 남아 있는 참석자들은 서로의 얼굴만 쳐다보며 일어날 생각을 하지 않았다.

"우리가 모르는 조직이 있을 리 없잖아? 괜히 찔러보는 것이겠지. 뜬소문에 부화뇌동하지 말고 그만 일어나자고."

야간조를 맡았기에 밤을 꼬박 세운 2지대장이 의자를 밀치며 일어났다. 신경 쓸 일이 아니라고 말은 했지만, 그 역시 걱정되긴 했다. 만에 하나 어떤 미친놈이 비선 조직에 가담했고 그놈이 자기 부하라면 그 불똥이 어디로 떨어질 것인지 너무도 분명하기 때문이었다.


단기 3959년 겨울, 영국


기병대의 호위를 받으며 리버풀 항구에 도착한 리즈 백작은 하역되고 있는 초석들을 바라보았다. 리버풀에서 멀지 않은 곳에 선왕 제임스의 왕명에 의해 연금술사들을 모아 만든 마을이 있었다. 대한제국에서 밀수입한 총을 복제하기 위해 만든 무기창이었지만 지금은 영국 최대의 화학 단지로 발전해 있었다.

"초석 재고량이 얼마나 되나?"

"오늘 아침까지 오십만 파운드였습니다."

리즈 백작은 재고가 230톤이라는 말에 고개를 끄덕였다. 그 정도면 화약 제조에는 당분간 신경 쓰지 않아도 될 듯했다.

겉보기에는 어느 항구와 다를 바 없었지만, 리버풀은 군사항에 준하는 경비 상태였다. 찰스 1세가 특별히 선발한 군인들이 하역 인부로 일하고 있고, 리버풀에 사는 주민들은 외지인이 나타나면 의심의 눈초리로 일거수일투족을 감시했다.

"런던에서의 훈련이 기대되는군. 수에즈와 발틱에 보낸 기사단들은 어떨까 모르겠군. 그만 가지."

"네."

리즈 백작이 느슨하게 풀어진 외투 끈을 단단히 묶고는 말머리를 돌려 항구에서 멀어져 갔다. 사방에서 그를 에워싸며 동행하는 경기병 대원의 손에는 대한제국 소총과 비슷한 모양의 총이 들려 있었다.


영국 런던 이스턴 엔드

겨울이 찾아들고 기온이 내려가자 페스트는 기세가 반감되었으면서도 마지막 발악을 하고 있었다. 외부와 완전히 단절된 이스턴 엔드 지역 주민들은 반수 이상이 사망해 버렸지만, 유독 화이트 체프 거리에서는 사망자가 많지 않았다. 최초 발병지이면서도 가장 먼저 페스트의 위협을 벗어난 지역이기도 한 화이트 체프 거리에서는 페스트보다 더 무서운 상대와 힘겨운 싸움을 하고 있었다.

—왜 들어오는 것까지 막는 거야? 이러고도 너희들이 하나님의 종이란 말이냐!

휴즈는 확성기를 입에 대고 목이 터져라 외쳐 댔다. 런던 시장과 이스턴 엔드의 유일한 대화 창구에 나온 휴즈는 안전선을 아슬아슬하게 넘지 않고 있었다. 누구라도 런던 시장이 설정한 안전선을 넘어서면 바로 총알과 화살이 날아왔다. 발병 초기에는 이스턴 엔드 지역에서 나가는 것만을 막던 경비병들이 며칠째 들어가는 것까지 막고 있었다. 가족이 봉쇄 지역에 있던 사람들은 어떻게든 음식을 안으로 보내려 했지만 그러기 위해서는 목숨을 걸어야 하는 상황이 되었다.

—빵을 보내라! 지금도 수많은 사람들이 굶주림과 추위에 죽어가고 있다!

휴즈는 매일 아침저녁으로 이곳에 나와 절규하고 있었지만 아무런 반응이 없었다. 아무래도 런던 시장은 이곳을 완전히 버릴 모양이었다.

"그만 가시지요, 신부님!"

"안 돼! 오늘 안으로 무슨 답을 들어야 돼. 자네도 알지 않나? 우리가 가진 걸로는 며칠을 버티지 못해. 모두들 굶어 죽을 판이라고!"

"여기서 이렇게 해보았자 아무 소용 없습니다. 안으로 들어가서서 다른 방법을 강구해야 합니다."

"다른 방법? 무슨 방법? 봉쇄를 뚫고 나갈 수 있다고 생각하나?"

휴즈도 자신이 무모한 일을 하고 있음을 잘 알고 있었다. 하지만 다른 방법이 없었다. 무사히 탈출한다는 것 자체가 불가능에 가깝지만 죽을 각오를 하고 여기를 탈출한다 해도 마땅히 갈 곳이 없었다. 절망한 이스턴 엔드의 사람들은 이래저래 죽을 거라면 싸우고 죽을 생각인 모양이었다.

"기병대다! 군대가 들어온다!"

갑자기 터져 나온 말에 주변이 술렁거렸다. 어찌 된 일인지 이쪽으로 얼굴도 돌리지 않으려던 병사들, 그것도 푸른색 제복을 입은 기병대가 또각또각 소리를 내며 천천히 이스턴 엔드로 들어오기 시작했다.

휴즈는 어리둥절했다.

"뒤로 물러나시오. 일단은 지켜봅시다."

휴즈는 불길한 예감에 몰려 있는 사람들을 뒤로 물러나게 했다. 인도적인 일이라면 굳이 군대가, 그것도 기병대가 들어올 리 없었다. 어느새 가까이 다가온 기병대의 손에는 머스킷보다 작지만 피스톨보다는 큰 총기가 들려 있었다.

"억! 도망치시오! 모두들 교회 부근으로!"

탕! 탕! 탕!

휴즈는 기병대원들이 총기를 들어 올려 자신들을 조준하자 소스라치게 놀라 소리쳤다. 런던 시장은 이곳 주민들이 굶어 죽을 때까지 기다릴 수 없었던 모양이다.

혹시나 하고 기대를 가지고 맨 앞줄에 서 있던 사람들이 피보라를 뿌리며 죽어갔다. 혼란 상태에 빠져 어찌할 줄 몰라 하던 군중들이 재차 사격이 일어나자 뿔뿔이 흩어지기 시작했다. 군중들의 대열이 무너지고 사방으로 흩어지자 기병대가 속도를 높여 뒤쫓았다.

휴즈는 골목길을 달려 서둘러 천막 교회로 향했다. 사람들의 비명소리가 목덜미를 자꾸만 붙잡았지만 기병대보다 먼저 교회에 도착해야만 했다. 그곳에는 어린 찰리가 있었고 없애야 할 것들이 있었다.

"찰리! 찰리!"

교회에 도착한 휴즈는 찰리를 부르며 천막 주변을 맴돌았지만 어디에도 찰리의 모습이 보이지 않았다. 기병대가 거리에 불을 질렀는지 검은 연기가 하늘 높이 솟아올랐다.

"하나님, 저들에게 천벌을 내리소서."

하늘을 우러러보며 절규하던 휴즈는 교회로 달려오는 기병대가 보이자 서둘러 천막 안으로 들어갔다. 가장 깊숙한 구석에 처박혀 있던 상자 열쇠 고리를 도끼로 힘껏 내리쳤다. 굳게 닫혀 있던 자물쇠가 힘없이 떨어져 나갔다. 상자 안에서 심지가 달린 대나무 토막 서너 개와 석유병을 꺼내 든 휴즈가 사방에 석유를 뿌리고는 석유가 잔뜩 묻은 헝겊을 돌돌 말아 불을 붙였다. 대나무 토막은 여기저기에 쑤셔 박았다.

천막 밖으로 나가려던 휴즈는 천막 왼쪽에 놓여져 있던 철 상자의 뚜껑을 열었다. 상자 안에는 숫자가 쓰여진 단추 열 개가 가지런히 놓여져 있었다. 휴즈가 숫자 9를 10번 이상 눌러댈 무렵, 밖에서 말울음소리가 들려왔다. 횃불을 들고 천막을 나서자 기병대 10여 기가 천막 입구에서 서성거리고 있었다.

"휴즈 신부님을 모셔오라는 명령을 받고 왔습니다."

"네 이놈들! 무고한 사람들을 죽이고도 너희들이 지옥에 가지 않길 바라느냐!"

왼손에 성경을, 오른손에 횃불을 들고 있는 휴즈의 모습은 무서운 전사 같았다. 그의 눈에서는 분노의 불길이 활활 타오르고 있었다. 기병대 대장인 듯한 사람이 협박에 아랑곳하지 않으며 눈을 똑바로 응시했다.

"좋은 말 할 때 갑시다. 괜히 험한 꼴 당하지 말고."

"못 간다, 이놈아! 난 이곳에서 떠나지 않겠다. 맘대로 해라!"

휴즈가 횃불을 들고 다시 천막에 들어가려 기병대에게 등을 보였다. 무표정한 기병대 대장이 눈짓을 하자, 대원 하나가 휴즈의 다리를 향해 화살을 날렸다. 워낙 가까운 거리였기에 화살은 정확히 날아가 휴즈의 왼쪽 허벅지에 들어가 박혔다.

화살을 맞은 휴즈가 그 자리에서 앞으로 쓰러지면서 오른손에 들려 있던 횃불이 땅에 떨어졌다.

"네놈들이 감히!"

허벅지에서 오는 고통과 수치심에 몸이 부들부들 떨려왔다. 두 명의 병사가 말에서 뛰어내려 쓰러져 있는 휴즈에게 다가갔다.

휴즈는 주변에 떨어진 횃불을 들어 위협하듯 다가오는 기병대 쪽으로 흔들다가 천막을 향해 힘껏 던졌다.

병사들이 주춤하다가 이내 미소를 머금으며 휴즈에게 다가갔다. 횃불로 저항하려던 휴즈가 횃불을 던져 버리자 조심성이 무뎌진 것이다.

휴즈는 힘겹게 일어나 절뚝거리며 천막 쪽으로 걸어갔다. 천막 안으로 던져진 횃불이 주변에 뿌려진 석유에 옮겨 붙으면서 불이 천막 전체로 번져 갔는지 검은 연기가 조금씩 밖으로 새어 나오고 있었다.

"젠장! 나머지는 안으로 들어가서 불을 꺼라!"

대장의 명령이 있자 모든 대원들이 말에서 내려 천막 안으로 뛰어들어 갔다.

펑펑펑!

그 순간 안에서 굉음을 동반한 폭발이 일어났다. 천막 안을 가득 채우고 있던 데워진 공기들이 천막을 부풀리다가 터지며 천막 내부의 물품을 하늘 높이 솟구치게 만들었고, 삽시간에 사방으로 튀어오른 불똥이 주변을 휩쓸어갔다.

단기 3959년 늦겨울, 덴마크 코펜하겐 부근 해협

대한제국의 폴란드 침공 이후 발틱 해는 대한제국 발틱 함대의 안방이 된 지 오래였다. 덴마크 해군은 유명무실해져서 대한제국 함대가 자국의 해역을 휘젓고 다녀도 딱히 저지할 방법이 없었다. 그 해역에 덴마크 해군도 대한제국 함대도 아닌 범선 30여 척이 나타났다.

"정말 이것이 통하겠습니까?"

"그럼, 당연하지."

넬슨은 파커의 의심 섞인 물음에 확신이 가득 찬 어조로 대답했다. 넬슨은 임무를 성공적으로 완수하기만 하면 대한제국 발틱 함대를 한동안 묶어놓을 수 있을 것으로 확신하고 있었다.

"자네도 잘 알지? 이곳 수심이 얼마 되지 않는다는 것을."

"물론입니다."

"그럼 생각해 보게. 이런 곳에서 우리가 쳐 놓은 그물에 물고기가 걸리지 않고 배기겠나? 그리고 우린 단 한 마리만 잡으면 돼. 그러면 만사형통이지."

"걸릴까요?"

"물론. 그것보다는 대한제국 놈들에게 안 걸리도록 지금부터는 스웨덴 국기를 내걸어놓게."

넬슨 제독의 말에 30척의 범선 마스트에 스웨덴 국기가 올려졌다.

질랜드를 돌아나온 범선들이 롤랜드와 랭글랜드 사이를 가득 메운 채 바다에 그물을 던져 넣었다. 그물이 무거운지 선원들이 힘겹게 들어 올린 그물을 난간에 걸쳤다가 장대로 밀었다. 그물 중간중간에는 나무통이 매달려 있었다. 특이하게도 그물은 쇠로 만들어진 듯 보였다.

"다음 지점으로 이동!"

정체 불명의 범선들은 폭 9㎞의 좁은 해역 구석구석에 그물을 던져 넣었다. 그렇게 배에 가득 싣고 온 그물들을 모두 던져 버리자 넬슨은 범선을 한곳으로 집결시켰다.

"선원들을 옮겨. 배들을 침몰시킨다."

그물 대신 무거운 돌멩이를 가득 싣고 있던 범선의 선원들이 종선을 타고 다른 배로 옮겨갔다. 뒤이어 유난히도 기둥이 많은 범선들이 그대로 가라앉기 시작했다. 선원들은 이곳으로 오기 전 수십 차례의 실험을 통해 원형을 그대로 유지하며 바다 속으로 가라앉히는 방법을 익혀왔지만, 침몰 대상 선박 10척 중 5척은 두 동강나며 침몰했다.

"저 정도면 충분하겠지. 함부르크로 돌아간다."

앞으로 넬슨 제독이 이끄는 함대는 물고기를 잡기 위해 미끼 역할을 하며 이곳 해역을 돌아다녀야만 했다. 그에 앞서 함부르크에서 보급부터 받아야 했다. 범선 20척이 사라진 해역 위를 날아다니는 갈매기들이 가득 채웠다.

수에즈 운하 홍해 투묘지 아침

대한제국 조선부 동해에서 시멘트를 가득 싣고 크레타 기지로 가는

1만 톤 급 화물선 평양호와 자매함 개성호는 어제 해질 녘에야 수에즈 운하 입구에 도착했다. 수에즈 운하 통제국은 안전상의 이유로 야간의 운하 이용을 금지했고 주간에만 그것도 편도 한차례만 통항을 허용하고 있었다. 평양호와 개성호는 어쩔 수 없이 운하 입구에서 하룻밤을 보내야만 했다.

　—선장님, 도선사가 승선하고 있습니다.

　함장은 평양호 출항 준비를 감독하던 가운데 삼항사의 무선 보고를 듣고 갑판 쪽을 바라보았다. 우현에서 하얀 모자가 조금씩 올라오더니 하얀 제복을 입은 사람이 삼항사의 경례를 받으며 갑판에 올라왔다. 그 뒤를 이어 운하 통과에 필요한 줄잡이들이 대여섯 명 올라왔다.

　"좋은 아침입니다."

　"어서 오십시오. 승선을 환영합니다."

　도선사가 함교로 올라와 선장과 가벼운 인사를 나누며 함교 중앙으로 걸어갔다.

　"자, 그럼 갈까요?"

　"닻을 올려라!"

　선장이 무전기에 대고 짧게 소리쳤다. 사람 팔뚝만한 쇠사슬로 연결되어 있는 닻 두 개가 끌려 올라오고 기관실 엔진이 힘찬 숨소리를 내며 돌아가기 시작했다. 운하 통제극 소속 선도함이 앞서자 그 뒤에 있는 개성호에서 검은 연기가 올라왔다.

　"저속 엔진!"

　"저속 엔진!"

　도선사가 올라오면서 조함권이 선장으로부터 도선사에게 넘어갔다.

도선사의 굵고 짧은 명령은 바로 기관실에 전해져 평양호에서도 검은 연기가 피어올랐다. 엔진 대기 상태에서 저속 노즐이 바뀌어지며 동축을 통해 동력이 스크루로 전달되자 평양호 후미에서 물보라가 일어나며 배가 서서히 앞으로 움직였다.

"좌로 15도."

"좌로 15도."

조타수가 복명 복창을 하며 조타기를 돌렸다. 선수가 느릿느릿하게 좌측으로 방향을 틀어갔다. 선도함이 운하에 진입하기 시작하자 도선사가 바짝 긴장했다. 운하로 진입하는 지금 이 순간이 가장 위험했기 때문이다. 여기서 잠깐 동안 한눈을 팔거나 조함에 실수가 발생하면 바로 좌초나 충돌이 일어날 수 있었다. 매일 하는 일이지만 도선사의 얼굴은 바짝 경직되어 있었다. 옆에서 말없이 지켜보고 있는 선장이나 일항사도 긴장하기는 마찬가지여서 함교에는 작은 숨소리조차 들리지 않았다.

"우로 10도."

"좌로 5도."

"우로 10도."

몇 번의 변침을 하고 나서야 100m를 앞서가는 개성호의 꽁무니가 평양호의 선수와 일직선을 이루도록 제대로 진입할 수 있었다.

선장이 작은 안도의 한숨을 내쉬는 사이 개성호와는 점점 거리가 멀어졌다.

"타 고정. 속도 10노트로 증속."

운하 1/3 지점에 있는 호수까지는 거의 일직선에 가까웠다.

앞선 개성호가 속도를 내며 앞으로 쭉 나가는 모습이 보이자 도선사는 속도를 높였다. 저속 노즐이 고속 노즐로 바뀌면서 평양호는 벌어진 거리를 좁혀갔다. 그 뒤로 이격 거리 100m를 유지하며 상선대 15척이 일렬로 줄을 지어 운하를 통과하기 시작했다.

"차 한잔 하시겠습니까?"

통과 행렬이 어느 정도 궤도에 오르자 선장은 여유가 생겼다.

"좋지요."

"조리장? 함교로 녹차하고 꿀차 맛있게 타서 올려주세요."

10분 후, 조리장의 심부름을 하는 사환이 쟁반에 차 두 잔을 받쳐 들고 함교로 들어왔다. 차를 뜨겁게 끓였는지 찻잔에 달린 손잡이까지 열기가 느껴졌다.

"이번이 처음이시죠?"

도선사가 말을 건네자 운하에서는 할 일이 없어져 지루한 10시간을 어떻게 보낼까 고민하던 선장의 얼굴에 화색이 돌았다.

"네, 이쪽으로는 처음입니다. 그리고 이놈도 이번이 처녀 항해입니다. 저는 주로 대명부와 일본부를 왕래했습니다. 가끔 극동으로 가기도 하구요."

"어쩐지 처음 뵙는 분 같더라니… 어떻습니까, 첫인상이?"

"우선 놀랍습니다. 이런 엄청난 운하를 직접 눈으로 보게 되다니 꿈만 같습니다. 이게 정말로 사람의 힘으로 만든 것입니까? 눈으로 보고 있으면서도 믿어지지 않습니다."

선장은 자신의 직분과는 어울리지 않게 팔을 크게 휘두르기도 하면서 자신의 소감을 이야기했다. 도선사는 운하에 대한 선장의 조금 과장된 듯한 첫인상을 들으며 천천히 찻잔을 들어 올렸다.

정면을 주시하던 도선사는 개성호가 우로 약간 변침하자 자리에서 일어나 다시 중앙에 있는 조타기로 다가갔다.

"우로 1도 변침 준비."

도선사의 말에 조타수가 고정 장치를 풀고 조타기를 꽉 잡았다.

"어? 선도함 무슨 일인가? 개성호의 변침 각도가 너무 크다!"

1도 변침하면 될 것을 앞서가는 개성호는 거의 5도를 넘어서고 있었다. 아무런 사전 경고도 없는 개성호의 돌발 상황에 도선사뿐만 아니라 평양호 선장도 크게 당황하기 시작했다.

선장이 개성호와 직통으로 연결된 근거리 무선을 막 시도하려는 순간, 개성호에서 다급한 목소리가 들려왔다.

—개성호입니다! 조타기가 말을 듣지 않습니다!

—엔진 역추진!

—역추진 불가! 으악!

—예인선은 개성호의 충돌을 막아!

"선도함!"

—응급조치반? 응급조치반?

—둑에 부딪친다! 충돌에 대비하라!

곧 이어 평양호 함교에는 사방에서 들어오는 무선 음성이 섞여 들려왔다. 모두들 사고를 막기 위해 사력을 다하고 있었다.

평양호 도선사는 사태가 심각하게 돌아가자 뱃고동을 울리는 손잡이를 짧게 세 번 잡아당겼다. 다시 세 번 잡아당기자 후미에서 따라오던 배들이 뱃고동 소리를 울렸다.

피익! 피익! 피익!

"엔진 정지! 역추진!"

"엔진 정진! 역추진!"

기관실에서 긴급 상황 조치 요령에 따라 복창하며 후진 노즐로 바꿔 끼우고 다시 동력을 연결했다. 스크루가 반대 방향으로 회전하면서 배의 속도를 줄여 나갔다.

펑! 꽈광!

"무슨 소리야? 기관실? 기관실?"

속도가 줄어들자 전방의 개성호를 지켜보던 함장이 깜짝 놀랐다. 선저에서 들려온 묵직한 소리와 함께 배가 앞으로 계속 미끄러지고 있었다. 기관실을 계속 호출했지만 응답이 없었다.

"일항사가 기관실로 내려가 봐!"

"좌로 5도 변침! 예인선은 선수에서 최대 출력으로 밀어내!"

운하 좌측 둑과 충돌한 개성호가 한동안 움직이지 않더니 운하를 가로막기 시작했다. 계속 돌아가는 스크루가 발생시키는 힘이 개성호를 앞으로 움직이게 하지 못하는 대신 옆으로 움직이게 하고 있었다

어수선하고 급박한 상황 속에서도 도선사는 개성호와 평양호와의 충돌을 막기 위해 침착하게 함을 움직였다. 1,000마력 급 예인선 두 척이 선수에 붙어 평양호를 정지시키기 위해 안간힘을 쓰고 있었지만, 평양호는 계속해서 미끄러졌다. 1단 톤이 시속 16㎞로 움직이는 운동에 너지를 2,000마력 엔진으로 멈춰 세우기에는 역부족이었다. 속도가 줄기는 했지만 평양호는 조금씩 개성호를 향해 다가갔다.

"모든 선원은 충돌에 대비하라!"

역추진이 되지 않는 이상 개성호와의 충돌은 불가피해 보였다. 시속 8노트로 움직이는 1만 톤 급 화물선을 예인선 두 척으로 멈추기에는 힘이 부족했고 거리도 너무 가까웠다. 100m의 이격 거리는 불과 1분 만에 손에 잡힐 만큼 가까워졌고 이내 평양호 선수가 개성호 선미를 스치며 지나갔다.

끼이익! 꽈광!

불꽃이 사방으로 튀어 오르고 평양호 선체가 종잇장처럼 찢겨지며 선창에 들어 있던 시멘트들이 쏟아져 내렸다. 뒤이어 개성호 기관실에서 작은 폭발에 이은 큰 폭음이 들리며 들썩이더니 선저에 균열이 생기며 가라앉기 시작했다.

불과 2분 30초 사이에 벌어진 사고라고 하기에는 믿기지 않을 정도의 이 사건은 엄청난 파장을 일으키며 수에즈 운하 개통 이래 처음으로 운하의 전면 봉쇄 상황에 처하게 만들었다.

### 바르사바 북쪽 30km 지점 원정군 군수지원 사령부 제3보급창

30만 평의 부지 위에 마련된 제3보급창 정문으로 보급품을 가득 실은 트럭들이 꾸역꾸역 들어왔다. 정문을 통과한 트럭들이 보급창 중앙에 만들어진 인공 호수를 돌아 Z자 할당받은 창고로 다가가 멈춰 섰다. 뒷문이 열리자 달려든 병사들이 10톤 트럭에 가득 찬 보급품을 창고로 옮겨 차곡차곡 쌓았다.

공병단에서 지은 보급 창고는 조립식 건물로 임시로 사용하기에는 훌륭했지만 내구성에서는 신뢰도가 낮은 것이 흠이었다. 그렇기에 제3 보급창은 비교적 보관이 용이한 1종, 2종, 6종, 10종 보급품을 담당하고 있었다.

"오늘 들어올 차량은 다 들어왔나?"

보급창 창장 강윤식 준장은 서류에 서명을 하며 물었다. 열악한 보급로로 인해 스몰렌스크에서 이곳까지 오는 데 꼬박 5일이나 걸려서야 수송 부대가 들어왔다. 기껏 800㎞ 남짓한 거리이지만 날씨가 나빠 길이 막히면 중간에서 오도 가도 못하고 갇혀 있어야 했다. 그나마 겨울 끝 자락이라 수송이 한결 수월한 것을 감사해야 했다. 겨우 내내 4군이 보유하고 있는 대부분의 수송 수단이 스몰렌스크에서 바르샤바 주변에 흩어져 있는 보급창으로 보급품을 실어 나르고 있었다.

"그렇습니다. 창장님, 내일부터는 반출 작전이 시작됩니다."

"알아서 잘하겠지만 각별히 신경 좀 쓰게. 외지에서 목숨을 걸고 싸우고 있는데 보급 때문에 시비가 생기면 골치 아프니까. 그리고 수송대 애들 잘 돌봐주고."

"무슨 말씀이신지 잘 알겠습니다."

강윤식 준장의 잔소리는 끝이 없었다. 부창장 서문병철 대령은 수첩에 강 준장의 잔소리를 일일이 기록하며 대답하고 있었다. 꼼꼼한 성격의 강윤식 준장은 작은 것 하나도 직접 챙기기로 유명했다. 그는 자신이 맡고 있는 부대로 인해 잡음이 나는 걸 병적으로 싫어했다.

"오늘 야간 경비는 누가 맡나?"

"3대대에서 맡습니다."

"그래. 보급창이 얼마나 허술한지 자네도 잘 알고 있지? 외곽 경비 체계를 다시 한 번 훑어봐야겠어. 그리고 3대대 이외의 병력도 항시 긴급 대응할 수 있도록 해야 돼. 대대 병력이래야 겨우 육백 명이야. 삼교대 투입하면 이백 명이 불안전 지역에서 삼십만 평을 완벽하게 지킨다는 건 무리가 있어. 오늘 밤 비상 훈련을 하는 것도 괜찮지. 그리고 방화 체계도 매일 확인하고 강추위에 호수관이 얼지 않도록 조심하고."

"네, 알겠습니다. 그런데 비상 훈련은 그제도 했지 않습니까? 너무 자주 하면 부대 사기가 저하될 수 있습니다."

"다 살고자 해서 하는 거야. 필요하면 매일 할 수도 있는 것이 훈련이고. 군대가 훈련을 두려워해서야 어디 그게 군대인가? 그 외 또 뭐가 있나?"

거의 한 시간 동안 잔소리 아닌 잔소리를 해놓고도 모자랐는지 창장은 혹시 빠뜨린 것이 없는지를 곰곰이 생각하기 시작했다. 꼿꼿이 서 있던 서문 대령은 다리와 허리가 아파오기 시작하자 자신도 모르게 몸이 비틀리고 있었다.


철컥!

어둠이 스멀스멀 밀려오며 보급창으로 통하는 모든 문이 잠겼다. 정문 초소에는 장애물이 세워지고 중기관총이 거치되었다. 장갑 차량 두 대가 정문으로 다가와 자리를 잡을 무렵, 보급창 외곽에 처진 철조망 옆에 세워진 가로등이 하나 둘씩 불이 들어왔다. 경비 병력이 각 초소에 투입되기 시작하면서 보급창은 어둠 속으로 묻혀갔다.

"어렵겠습니다."

자정 무렵, 어둠을 이용해 보급창을 주시하고 있던 유럽 연합군 특수부대원들은 자신에게 할당된 임무가 거의 불가능에 가깝다는 것을 온몸으로 느끼고 있었다. 보급창 주위에는 이중 철조망이 쳐져 있었고, 경비 병력은 밀어내기식 경비를 하고 있어 은밀히 침투하기란 불가능에 가까워 보였다.

대원들의 우려에도 부대원을 이끌고 있는 에드워드는 표정의 변화가 없었다.

"몸으로라도 뚫고 들어간다. 다른 부대도 마찬가지야. 시간이 약간 남아 있으니… 탐조등!"

에드워드는 말을 하다 말고 급히 바닥에 엎드렸다. 적들은 철조망 주변을 대낮처럼 밝혀놓은 것도 모자라 탐조등으로 사방을 훑으며 주변을 경계하고 있었다. 부대 규모로 봐서는 적어도 수천 명이 주둔하고 있을 것 같은 곳을 단 1백 명으로 공격해야 하는 에드워드도 걱정되기는 마찬가지였다. 하지만 그에게는 목숨보다 임무 완수가 우선이었다.

탐조등이 한차례 지나가자 고개를 든 에드워드가 몇 사람을 지목했다.

"대포 설치해. 나머지는 산개. 전령은 정확히 새벽 3시에 공격한다고 주변에 전파하도록!"

에드워드가 이끄는 팀은 제3보급창을 공격하기 위해 10개로 나뉘어 주변에 산개된 채 대기하고 있었다. 대원 두 명이 새롭게 개발된 물 로켓, 일명 워터 캐논을 설치하는 사이, 나머지 대원들이 몸을 엄폐하기 위해 흩어졌다. 워터 캐논은 물과 공기의 압력으로 탄두 600g짜리 탄을 100야드 가까이 날릴 수 있었다.

다섯 개의 물 대포가 설치 완료되고 얼마 지나지 않아 전령이 되돌아왔다.

시간을 가늠하던 에드워드가 손짓을 하자 모든 대원들이 양손을 바닥에 짚고 뛰쳐 나갈 준비를 했다. 동시에 대원 하나가 물 대포에 장착된 포탄에 도화선을 꼽고 불을 붙이기 위해 성냥을 꺼냈다.


"탐조등, 3시 방향!"

초소에서 전방을 주시하던 구문 일병은 앞에서 뭔가 반짝이자 탐조등을 그쪽으로 돌리게 했다. 탐조등이 3시 방향을 비추기 위해 빠르게 움직였다. 구문 일병은 앞쪽에서 미확인 물체가 계속 반짝거리자 등골이 오싹해졌다.

피우웅—

"뭐야?"

반짝이는 뭔가가 하늘로 올라가더니 천천히 날아오고 있었다. 반짝이는 물체를 쫓던 구문 일병은 탐조등이 3시 방향을 비추자 눈을 돌렸다. 멀어서 잘 보이진 않았지만 움직이는 물체가 있긴 있었다. 곧 이어 또 다른 물체가 하늘로 올라갔다.

꽝!

"비상! 적이다! 사격!"

구문 일병이 소리치며 상황실과 연결된 비상 줄을 잡아당겼다.

비상 줄은 곧바로 상황실에 있는 비상종으로 연결되어 부대 내부에 비상 경고음이 울려 퍼졌다. 거의 동시에 부대 내부에 설치된 모든 가로등이 켜지며 30만 평 공간을 환하게 밝혔다.

보급창 부대원들은 새벽에 울린 비상 경고음 소리에 일사불란하게 움직이며 각자 자신이 맡은 구역으로 달려갔다. 워낙 많이 해본 훈련이라 병사들은 순식간에 자신의 거점을 확보했다.

"뭐야, 이거? 실제 상황이야? 분대 사격 준비!"

허겁지겁 달려나온 주만주 중사는 총소리와 폭음이 들려오자 막사에 놓고 온 야전 상의가 아쉬웠다. 상황 파악을 제대로 못한 주 중사는 훈련인 줄만 알고 불침번이 챙겨준 상의를 뿌리치고 나왔다. 언제나 그렇듯 훈련이라면 위치 보고 후 막사로 돌아갈 테지만 이번에는 진짜였다. 어떤 미친놈이 공격을 해 온 것이거나 초병이 헛것을 본 것이길 바랐다. 뛰어오느라 난 땀이 식으면서 한기가 뼈 속까지 밀려왔다.

─일 분간 사격!

타타타타타타─

보급창 공용 통신망에 이례적으로 야간 당직 사령의 명령이 내려왔다. 그와 함께 부대 전체가 총소리로 가득 찼다. 그때서야 적의 공격이란 것을 알아챈 주 중사는 자신에게 할당된 장소로 무차별 사격을 해댔다.

야간 공격을 받을 경우를 대비해 개발된 무차별 사격 개념은 적이 어디로 오는지 확신할 수 없을 때 적용되고 있었다. 부대원들에게는 미리 사격 방향을 지정해 주고 명령이 내려오면 할당받은 지역에 무차별 사격을 가해 접근하는 적을 저지하고 적의 반격을 감지하여 정확한 진입로를 찾아내고자 하는 의도가 있었다.

펑펑펑!

일제 사격이 끝나고 사방으로 조명탄이 쏘아졌다. 보급창으로 접근하여 막 철조망을 넘던 유럽 연합군 특수대원들이 조명탄에 노출되면서 집중 사격을 받았다.

"장갑차 보내고, 만일의 사태에 대비하라. 주변 부대에 협조 요청하고."

강윤식 준장이 어느새 직접 전투를 지휘하기 시작했다.

꽈광! 꽈광!

"저건 뭐야? 85번 창고에 화재 발생! 소화반 출동! 펌프 가동!"

갑자기 전투 현장에서 멀리 떨어져 있던 85번 창고 지붕이 폭발하면서 불이 붙었다. 불이 나자 중앙 호수와 연결된 펌프가 가동되며 물을 끌어올려 85번 창고 지붕 위로 시간당 10톤의 물을 쏟아 부었다.

"35번 창고에 화재 발생!"

"뭐? 원인이 뭐야? 이런! 탐조등 하늘 비춰봐!"

화재 진압에 정신이 없던 서문 대령은 갑자기 여기저기서 화재가 발생하자 순간 하늘을 올려다보았다. 부청장의 명령에 탐조등이 일제히 하늘로 올라가고 하늘에 떠 있는 물체가 탐조등에 걸려들었다.

"내부 요원들은 대공 사격! 장갑차 대공 사격!"

그 와중에도 하늘에 떠 있는 물체에서 폭탄이 떨어져 내렸다. 폭탄은 정확히 호수에서 물을 끌어올리는 펌프에 떨어져 폭발했다. 펌프가 폭발에 휩쓸려 터져 나가자 사방으로 물이 튀었다. 물을 흠뻑 뒤집어쓴 병사들은 서둘러 옷을 벗고 막사로 달려갔다.

"한 놈씩 일제 사격해! 12시 방향 일제 사격!"

대공 사격 훈련을 한 번도 받은 적이 없었기에 서문 대령의 명령에도 불구하고 대응 속도가 너무 느렸다.

드드드드—

펑펑! 꽈꽝!

대공 사격이 이루어지자 하늘에 떠 있던 기구가 추락하기 시작했다. 탐조등에 포착된 기구들은 하나도 남김없이 추락하고 있었지만 그것으로 끝이 아니었다. 하늘에서는 계속해서 포탄이 떨어져 내렸고, 기구 자체가 창고와 충돌하며 창고 하나를 완전히 불길에 휩싸이게 만들었다.

"비상 펌프 가동하고 불을 끄는 데 주력하라! 탐조등은 계속 대공 감시!"

강윤식 준장은 활활 타오르는 13번 창고를 바라보며 책상을 걸어찼다. 그렇게 조심하고 하루 걸러 하루 훈련을 하면서 외곽 순찰을 돌았는데도 적은 보란듯이 공격을 허왔고, 3보급창에 막대한 피해를 입히는 데 성공했다.

그러나 에드워드 부대는 장갑차가 외곽에 투입되고 내부 병력이 외곽을 공격하자 철조망을 넘지도 못하고 후퇴해야만 했다.

"이젠 하늘도 감시해야 한단 말이지… 도망친 놈들을 끝까지 추격해서 잡아와!"

"창장님!"

"왜?"

통신장교가 창장을 불렀다. 창장은 또 뭐냐는 투로 통신장교를 바라보았다. 통신장교에게 전문을 건네받은 강 준장은 믿기지 않는 듯 두 눈을 크게 뜨고 전문을 다시 한 번 읽었다.

제6보급창 전소. 제4보급창 반파. 각 보급창은 1급 경계령. 대공 감시에 주력할 것. 적은 기구를 이용한 공격을 하고 있음.

"이런 개 같은 경우가?"

강 준장은 전문을 구겨 버리며 버럭 소리를 질렀다. 거대 보급 기지 스몰렌스크에서 겨우 내내 폴란드로 이송된 보급품들은 이번 봄에 있을 전투에 쓰여지기 위한 것이었다. 정확한 피해가 얼마나 되는지 알 수 없었지만, 전문과 자신이 입은 피해를 근거로 어림잡더라도 최소 1/3에서 최대 반절은 날아간 것 같았다. 적이 하늘을 통해 공격을 해 올 거라고 누구도 생각하지 못했기에 폴란드의 하늘은 아무런 감시를 받지 않고 있었다.

"6보급창이 날아갔으면 봄 진격은 아예 글렀군."

주로 석유, 연료, 윤활유 등 3종 보급품을 보관하던 6보급창은 단 한 번의 공격을 견디지 못하고 날아가 버렸다. 이렇게 되면 4군 원정군은 발이 묶인 거나 진배없었다.

기계화사단 자체 보유 연료가 얼마나 될까를 짐작하던 강 준장은 이내 고개를 흔들었다.

차츰 여명이 밝아오면서 부대 내부 곳곳이 흉측한 몰골을 드러내며 강 준장의 마음을 아프게 했다.

위그노 빌라봉 성

고진영은 피레네를 넘어 프랑스로 들어온 스페인 사람들의 숫자를 헤아렸다. 지난 가을부터 시작된 이동은 수만 명이 넘었다. 그렇게 넘어온 사람들은 다시금 북쪽으로 이동하며 흩어졌다. 그라나다에 침입한 터키군을 피해 움직이는 피난민이라는 소문이 파다했지만 고진영은 그렇게 생각하지 않았다.

"유럽 연합이 군 병력을 집결시키고 있는 건가? 이곳을 내버려 두는 것이 이상해."

위그노는 분명 대한제국의 첩자국이라 생각할 것이고, 자신이 유럽 연합이라면 드러난 첩자를 내버려 둘 리 만무했다. 그런데도 프랑스군은 위그노 국경을 포위만 할 뿐 적극적인 공격을 자제하고 있었다.

"무슨 속셈이야? 위그노가 이용 가치가 있다는 이야기인데. 이용 가치라면 뭐가 있을까? 내부 반란을 우려하는 것인가? 아니면 그만큼 자신감이 있다는 건가?"

위그노가 가지고 있는 이용 가치라면 대한제국이 제공하고 있는 물품밖에는 없어 보였다. 하지만 그것은 살라몽 장군에 의해 철저히 관리되고 있어서 외부 유출이 쉽지 않았고, 핵심은 다 빌라봉 성에 있다 해도 과언이 아니었다.

"대장님, 파리에서 급보입니다."

이런저런 생각을 하던 고진영은 방문을 열어젖히며 들어오는 오로치를 의아한 표정으로 바라보았다.

"몽블랑 식구들을 처형한답니다. 그것도 몽마르뜨 언덕에서 공개 처형을 한다고 합니다."

"언제? 갑자기 처형이라니?"

고진영은 순간 마리의 얼굴이 떠올랐다. 자신에게 신신당부하던 글귀가 아직도 눈에 선했다.

"앞으로 닷새 후입니다.

"젠장! 당장 구조팀을 가동하고 잠자리를 띄워. 지중해 함대나 발틱 함대에 지원함을 보내달라고 하고. 파리에는 나도 간다."

서둘러야 했다. 5일이면 시간이 빠듯했다. 빌라봉 성 옥상에 있는 잠자리 세 대는 만일을 대비해 배치되어 있었다. 특수여단이 철수하면서 빌라봉 성이 함락될 위험에 빠졌을 때 최후의 수단으로 이용하도록 남겨진 잠자리였다. 배치된 이후 단 한 번도 덮개를 걷지 않아 잠자리를 덮고 있는 덮개에는 먼지가 두텁게 내려앉아 있었지만 그것도 곧 걷힐 것이다.


## 단기 3960년 발틱 해 대해협

신항 잠수함 기지를 출항한 잠수함전대 소속 4891함에 문제가 발생한 것은 위험 해협을 다 빠져나갈 무렵이었다. 이격 거리 1km를 유지하며 뒤따라오고 있던 4571함은 4891함이 해협을 빠져나가기를 기다리며 대기 중이었다.

"뭐가 문제야?"

"모르겠습니다."

"아까 기분 나쁜 마찰음이 났을 때 기관에 문제가 생겼나?"

함장은 대해협을 지날 때 발생한 소음이 신경 쓰였다. 잠수함 밑바닥을 뭔가 긁는 듯한 기분 나쁜 소리가 들렸지만 조금 후에 정상으로 돌아왔기에 잊어버리고 있었다. 생전 처음 당하는 사고에 함장과 기관장 모두 당황하고 있었지만 속으로 불안을 삭이며 대책을 강구해야 했다.

"아무래도 잠수부를 내보내야 할 것 같습니다."

"그게 좋겠지? 부상! 잠망경 올려!"

큰일이었다. 여기서 옴짝달싹 못하면 대서양 봉쇄뿐만이 아니라 빌라봉 지원에 차질이 생기고 최악의 경우 대서양으로 나가는 해로가 막힐 수 있었다.

잠망경으로 살펴본 주위에는 다행히 지나다니는 배들이 없었다.

"잠수부 투입해."

늦겨울 발틱 해는 차갑기 그지없었다. 아무리 잠수복이 방한 효과가 있다 해도 10분 이상 잠수한다는 것은 무리였다. 10분 간격으로 계속해서 자맥질을 하던 잠수부들이 보고를 해왔다.

"선저가 심각하게 손상되어 있습니다. 심해 잠항이 불가능할 것으로 보입니다."

"스크루에 뭔가가 끼어 있습니다."

잠수부 중 일부는 스크루에 낀 것을 빼내려 했지만 쉽지가 않았다.

한 시간 동안 함의 기동성을 살리기 위해 고심하던 함장은 결국 한 가지 결론을 내릴 수밖에 없었다.

"젠장! 4571함과 슈체친에 구조 요청해!"

그때 통신장교의 외침이 터져 나왔다.

"3시 방향 범선 출현!"

함장이 다급히 3시 방향으로 잠망경을 돌렸다. 돛대 몇 개가 수평선

위로 너울거리며 넘어오는 것이 보였다.

"4571함에게 저지시켜 달라고 해!"

"함장님, 범선들이 흩어집니다."

"9시 방향에 새로운 범선 출현!"

새롭게 나타난 범선은 이쪽을 발견했는지 거의 일직선으로 다가왔다.

―4891함 퇴함하라. 우리 쪽으로 넘어와라!

후미에 대기하던 4571함 함장이 퇴함을 지시함과 동시에 9시 방향으로 어뢰를 발사했다. 어뢰 발사 후 속도를 높여 거리를 좁힌 4571함이 4891함 근처에서 부상했다. 3시 방향에서도 이쪽을 포착했는지 급속도로 가까워지고 있었다.

"전 승무원에게 알린다. 즉시 퇴함 하라. 4571함으로 옮겨 탄다. 부장 자폭장치 가동시켜. 시간은 30분. 시간이 없다."

승무원들이 갑판으로 나가는 통로를 통해 차례대로 빠져나갔다. 4891함과 4571함 사이에 얇은 철판이 깔리고 수병들이 조심스레 4571함으로 옮겨 타기 시작했다.

꽝꽝꽝!

"범선과의 거리 4킬로미터."

적들이 함포를 쏘아댔지만 아직 사거리가 많이 모자랐다. 수병들의 발걸음이 더욱 빨라지며 4891함 승무원 100여 명이 4571함으로 옮겨 탔다.

"포반 철수!"

마지막으로 갑판에 설치된 포반원들이 포를 떼어내 철판을 건너오자 4571함이 4891함에서 멀어져 갔다.

펑펑펑!

다가오는 범선은 계속해서 함포를 쏘아댔다.

"저건 스웨덴 국기잖아?"

공격하고 있는 범선들은 스웨덴 국기를 달고 있었다. 선주나 영주의 휘장 대신 국기를 달고 다니는 배는 대한제국과 스웨덴이 유일했다. 터키 해군조차 제국을 상징하는 국기가 만들어져 있지 않았다. 여기저기서 스웨덴을 욕하는 소리가 들려왔다.

끼이익! 끼이익!

4571함이 급선회를 하는 동안 4891함이 당했던 괴이한 소리가 들려왔다. 4891함장은 4571함도 멈춰 서는 것이 아닌가 겁을 집어먹었지만 다행히 4571함은 무사히 선회를 마치고 신항으로 항로를 잡아갔다. 4891함과 안전 거리를 확보하자 4571함 함장은 4891함 함장을 바라보았다. 4891함 함장이 고개를 끄덕이자 함장은 지체없이 어뢰 발사를 명령했다.

"4891함으로 어뢰 두 발 발사!"

쿵! 쿠궁!

어뢰가 4891함에 도착하기 전에 자폭 장치가 작동했는지 묵직한 폭발음이 들려왔다. 4891함 승무원들은 자폭음이 들려오자 비로소 자신들의 잠수함이 침몰했다는 사실에 모두들 침통해하고 있었다. 대한제국 잠수함을 공격한 범선들은 바다 속으로 계속해서 포탄을 떨구었지만 이미 심해로 잠수한 4571함은 유유히 사라졌다.

파리 몽마르뜨 언덕

언덕 위로 스퀴델리와 그의 오빠, 그리고 몽블랑 살롱 일꾼 2명과 다른 지방에서 잡혀온 사형수들이 즐줄이 끌려갔다. 언덕으로 오르는 길양 옆으로 파리 시민들이 죄인들을 구경하기 위해 길게 줄을 섰다. 창을 든 경비병들은 연신 시민들을 밀쳐 내고 있었고 사람들은 조금이라도 더 가까이에서 구경하려고 사람들을 밀쳐 댔다.

스퀴델리는 발목에 달린 쇠구슬이 힘에 부치는지 언덕 마루를 얼마 남기지 않고 쓰러졌다. 발목에서는 계속 피가 흘러내렸고 머리는 치렁치렁 흐트러져 눈앞을 가렸다. 바람에 날리는 머리카락 사이로 스퀴델리의 횅한 눈빛이 구경꾼들을 훑고 지나갔다. 스퀴델리가 쓰러지자 행렬이 멈춰 섰다.

"마녀, 죽어라!"

겁에 질린 사내 아이 하나가 돌을 던졌다. 경비병들이 형식적으로 제지를 하자 날아드는 돌이 많아졌다. 쓰러져 있는 스퀴델리를 향해 온갖 욕설이 튀어나오고 더러는 닥대기로 쿡쿡 찔러대기도 했다. 경비병 하나가 스퀴델리를 일으켜 세우자 행렬이 언덕을 향해 움직였다.

"묶어라. 정각에 화형에 처한다."

사형을 주관하는 파리 대주교의 명령에 붉은색 바탕에 하얀 십자가가 그려져 있는 옷을 입고 있는 병사들이 죄수들을 나무에 묶어 바닥에 세웠다. 나무 밑에는 장작들이 수북이 쌓였다. 횃불을 들고 있는 병사들이 횃불을 던져 넣기만 하면 금세 화염이 죄수들을 집어삼킬 준비가 다 되었다. 하늘에 떠 있는 태양을 바라보던 대주교는 로트르담 대성당에서 사형 집행을 알리는 종소리가 들려오길 기다렸다.

웅웅웅웅—

"무슨 소리지?"

대주교는 기다리던 종소리는 들리지 않고 이상한 소리가 멀리서부터 들려오자 소리나는 곳으로 고개를 돌렸다. 멀리 남쪽 하늘을 날아오는 것들이 보였지만 그것이 무엇인지 도통 알 수 없었다.

"대주교님, 저것이 무엇입니까?"

대주교는 사제의 물음에 대답할 수 없었다. 정체를 알 수 없는 비행 물체가 빠른 속도로 몽마르트 언덕으로 다가오자 불현듯 두려움이 밀려든 대주교는 경비병들에게 외쳤다.

"불을 질러라! 저기 다가오는 것에 총을 쏴라!"

타타타타타타—

그러나 요란한 소리를 내며 몽마르뜨 언덕으로 날아온 잠자리들이 먼저 정지 비행을 하며 횃불을 들고 있거나 무기를 들고 있는 자들을 저격하기 시작했다. 굉음과 함께 경비병들이 피를 뿌리며 쓰러지자 구경꾼들이 비명을 지르며 사방으로 흩어졌다.

잠자리들이 병력을 내려 몽블랑 식구들을 구해 태우고 몽마르뜨 언덕을 한 바퀴 돌아 남쪽으로 멀어져 간 것은 순식간에 벌어진 일이었다.

"우리는 하늘에서 내려온 천군이다. 너희들이 내가 보낸 사자를 핍박했으니 너희들 또한 그렇게 당하리라!"

잠자리가 떠난 뒤, 괴상한 물체에서 뿌려댄 전단지를 들어 읽어나가던 대주교가 멍하니 남쪽을 바라보았다.

땡! 땡! 땡!

그때 센 강 중간에 있는 섬 시테 섬에 우뚝 솟은 로트르담 대성당 종탑에서 시작된 종소리가 은은히 울리며 몽마르뜨 언덕을 타고 넘었다.

"고생이 많았습니다. 좀 더 일찍 구출을 해드리려 했지만 사정이 여의치 않았습니다."

응급 처치를 통해 흐르는 피를 멈추게 했지만, 몽블랑 식구들은 하나같이 제정신이 아니었다. 죽음의 공포에서 벗어났지만 그들은 생전 처음 보는 물체를 타고 하늘을 날고 있었다. 스퀴델리는 혼절해서 그나마 나았지만 다른 사람들은 귀가 멍멍해 두 손으로 귀를 꽉 막은 채 질끈 감은 눈을 뜨려 하질 않았다.

"잠자리 하나, 옹달샘 나와라!"

빌라봉이 가까워지자 잠자리 조종사가 옹달샘을 불렀다.

"의료진을 대기하라. 옹달샘 응답하라!"

"대장님? 옹달샘과 교신이 되지 않습니다."

잠자리 1호기 기장이 고진영을 보고 소리쳤다.

"3호기는 주변을 한 바퀴 돌며 정찰을 하도록. 고도를 낮춰서 통신을 요청해 봐."

"네."

"옹달샘 나와라! 옹달샘 나와라!"

한참이 지나서야 옹달샘에서 응답이 왔다.

"대장님, 연결되었습니다. 그런데 이상한 잡음이 들려옵니다."

단거리 통신에서 잡음이란 있을 수 없었다. 전파 간섭을 생각했던 고진영은 이내 고개를 흔들었다. 이 근처에서 전파 간섭이 발생될 만한 시설이란 전혀 없었다.

고진영은 자리 왼쪽에 걸려 있는 송수신기를 꺼내 들고 직접 통신을 시도했다.

"나 고진영이다. 무슨 문제가 있나?"

―아닙니다. 아무런 문제도 없습니다. 모든 것이 순조롭습니다.

반대쪽에서 들려오는 오로치의 목소리는 평상시와 다름없었지만 규칙적인 잡음이 들려왔다. 뭔가를 두드리는 듯한 소리는 흡사 어떤 부호와 비슷했다.

"알았다. 알았다. 잘 알았으니 이상."

통신을 유지한 채 머리 속에 남은 잡음을 떠올리던 고진영이 그 특유의 건조한 목소리로 통신을 끝냈다.

"잠자리 2, 3호기는 주파수를 바꾼다. 주파수 번호 1004."

긴급 상황 발생을 알리는 암호 1004가 고진영의 입을 통해 나오자 1호기 기장이 고진영을 바라보며 무슨 말인가 하려 했다. 하지만 고진영은 손가락을 입에 대고 먼저 주파수를 돌리라는 시늉을 했다.

"빌라봉 성이 누군가에 의해 점령당한 듯하다. 3호기는 착륙하지 말고 비상시 수칙에 따라 행동하도록. 1호기부터 착륙한다. 모든 대원들은 만일의 사태에 대비하라. 최우선적으로 통신실을 장악해야 한다. 이상!"

빌라봉 성 공터에 마련된 착륙 지점에 다가가자 고도를 낮춘 1호기가 천천히 바닥으로 내려왔다. 착륙 지점 주위에는 평소 보이지 않던 나무통들이 군데군데 놓여져 있었고, 오로치가 어설픈 웃음을 지으며 천천히 걸어왔다. 그 뒤로는 의료진으로 보이는 하얀 옷을 입은 사람들이 들것을 들고 대기하고 있었다.

1호기가 착륙하고 2호기가 착륙을 시도했다. 고진영과 함께 대원 3명이 따라 내렸다. 1호기에 거치된 기관총 사수는 총구가 땅을 향하게 하고 있었지만 총신은 의료진들을 따라갔다.

"정말로 무슨 일 없나?"

"대장님, 왜 오셨습니까?"

그와 동시에 공터를 둘러쌓고 있는 건물 옥상에 사람들이 나타났다. 하나같이 제국 소총을 들고 잠자리를 겨냥하고 있었다.

"항복하라! 항복하면 목숨만은 살려주겠다!"

누구의 목소리인지 분명했다. 에드몽은 빌라봉 성을 장악하고 파리에서 돌아오기만을 기다리고 있었다. 어느새 의료 요원으로 변장한 에드몽 병력이 고진영을 둘러쌌다.

"다른 대원들은? 보고는?"

"다 죽었습니다. 너무 창졸지간에 당한 일이라 손쓸 시간이 없었습니다. 죄송합니다."

침통한 표정으로 고개를 숙인 고진영이 느닷없이 두 손을 번쩍 들어 오로치를 감싸 안았다. 고진영은 눈 깜짝할 사이에 오로치를 껴안고 바닥으로 뒹굴었다. 그것을 신호로 잠자리 2호가 하늘로 떠오르며 사방으로 기관총을 난사하기 시작했다.

"사격!"

에드몽이 고개를 바짝 숙이고 사격을 외쳐 대자 옥상에 배치된 병력의 집중 공격이 시작되었다.

탕탕! 드드드드— 탕탕! 펑!

착륙 지점 주변에 흩어져 있던 나무통에는 잠자리용 연료가 가득 들어 있었는지 피탄되자 커다란 불꽃이 일었다. 불꽃에 휩싸인 나무통은 곧 굉음을 내며 폭발하기 시작했다. 동시다발적인 폭발 화염이 떠오르려던 2호기를 휘감았다. 휘청이던 2호기가 1호기를 들이받고 한참을 미끄러져 벽에 처박혔다.

어수선한 틈을 탄 고진영은 오로치와 함께 건물 안으로 잽싸게 뛰어들었다. 세상이 내일 망해도 고진영은 해야 할 일이 있었다. 허리춤에서 권총을 빼어 든 고진영이 주위를 둘러보며 왼쪽 벽을 타고 비상 통로를 열 수 있는 장치를 찾아 눌렀다. 벽이 비스듬히 돌아가며 사람 하나 지나갈 수 있는 공간을 만들어냈다.

"살아남으면 나중에 보세."

자신의 권총을 오로치에게 주고, 비상 통로로 들어간 고진영은 주머니에서 불티나를 꺼냈다. 빌라봉 성 건설 당시에 설치된 자폭 장치는 벽과 벽 사이에 있었다. 손을 더듬어 도화선을 찾아낸 고진영이 불티나로 불을 붙이고는 탈출을 위해 반대쪽 벽을 더듬었다. 원래는 안쪽 벽에서 들어와 바깥쪽으로 나가야 했지만 고진영은 거꾸로 하고 있었다. 그런데 아무리 벽을 더듬어도 문을 열 수 있는 장치를 찾아낼 수 없었다.

그때서야 고진영이 뭔가를 깨달은 듯 자리에 털썩 주저앉았다. 원래 안쪽 벽에는 개문 장치가 없었던 것이다.

꽈광! 펑펑펑펑!

연속음이 들려오며 화염이 벽과 벽이 만들어놓은 좁은 공간을 달려

고진영을 집어삼켰다.


"그만 가셔야 합니다."

3호기 부기장은 빌라봉 성이 주저앉는 것을 보며 기장을 재촉했다. 항속 거리 500㎞가 약간 넘는 잠자리였기에 어디든 착륙해서 짐칸에 실려 있는 연료를 채워야 했다.

"일단은 이곳을 벗어나야 합니다."

"어디로?"

3호기는 갈 곳이 없었다. 한정된 연료로는 대한제국이 관할하는 곳까지 날아갈 수 없었다.

"바다로 가시죠. 그곳에는 잠수함이 있을지 모릅니다. 작전 개시 전에 요청한 지원함대가 가까이 와 있을 겁니다."

부기장은 빌라봉 성을 지원하기 위해 대서양에는 잠수함이 항상 대기 중임을 상기시켰다.

'간다고 만난다는 보장도 없는데…….'

기장은 차마 말을 꺼내질 못했다. 마지막 희망을 날려 버리고 싶진 않았기 때문이다. 잠수함들의 작전로가 변경되지 않았기만을 바라며 기장이 기수를 돌렸다.



단기 3960년 오드리 강 상류 브로츠와프

프라하에 모여든 유럽 연합군 10군단 병력 총 4만 명이 브로츠와프로 이동을 시작했다. 기병 2만에 보병 1만, 포병과 기타 병과 1만으로 구성된 10군단은 브로츠와프에서 군을 재정비하고서 유럽 연합군 총사령관의 공격 명령을 기다리고 있었다.

신성로마제국 황제군과 보헤미아군으로 구성된 10군단은 이례적으로 한스 장군이 지휘권을 행사하고 있었다. 한스가 10군단 사령관으로 임명된 데에는 보헤미아를 아우르는 신성로마제국의 정책이 크게 작용했다.

"봄이 오기 전에 폴란드를 해방시키고 여름이 오기 전에 모스크바 공격에 나서야 하는데……."

한스 장군은 각군의 예상 진격로가 나와 있는 유럽 원정군 전략 지도를 안주머니에서 꺼내 책상에 펼쳐 놓았다. 여덟 번 접혀 있는 얇은 가죽 지도 위에는 선들과 점들이 어지럽게 그려져 있었다.

똑똑똑!

군단장 급에게만 제공된 전략 지도를 다시 곱게 접어 품에 넣은 한스 장군이 문에 대고 소리쳤다.

"들어오게."

"연합군 사령부에서 암호 전문이 도착했습니다."

"내용은?"

"이번 전문은 전문 해독 권한이 제한되어 있습니다."

유럽 연합군은 부대 정비를 끝내고나자 중요 명령서를 암호문으로 작성하기 시작했다. 그리고 각 전문에는 해독을 할 수 있는 권한이 지정되어 있었다. 키워드 없이는 권한이 없는 자가 암호문을 해독하기란 불가능에 가까웠다. 물론 명령서의 빠르고 정확한 전달을 위해 각 제대에 전령을 따로 관리하는 소규모 부대를 운용하기 시작했다.

암호문을 건네받은 한스는 온갖 기호들, 알파벳 그리고 숫자로 이루어진 암호문을 해독해 나갔다. 이번에 온 전문은 프랑스어로 암호화되어 있었다. 내용을 다시 한 번 확인한 한스 장군이 숨을 참았다 길게 내뱉었다.

"각 사단에 이걸 2급 암호문으로 작성해서 보내게."

"네, 사령관님!"

10군단에 이동 개시 및 공격 명령이 전달되었을 즈음, 신성로마제국군으로 구성된 유럽 연합군 제9군단 역시 오드리 강 상류에 있는 크라코프를 공격하기 위해 움직였다.

오드리 강 전역에서 동시다발적으로 이루어진 유럽 연합군의 이동이 바르샤바에 사령부를 설치한 대한제국군 4군 원정군에 속속 보고되고 있었다.

"한겨울에 공격을 감행하다니… 몰살되려고 작정한 모양입니다."

새롭게 발견된 유럽군의 이동로가 전황판에 표시되었다. 작전참모가 말은 그렇게 하고 있었지만, 목소리에는 걱정과 당혹감이 잔뜩 배어 있었다. 기본적으로 겨울 전투를 상정해 놓지 않은 원정군 사령부로써는 겁도 없이 움직이고 있는 적의 행태에 적잖이 당황하고 있었다.

"크라코프에 병력을 증파해야 합니다."

"크라코프뿐 아니라, 브로츠와프, 오스트루프, 포즈난, 아니, 전 전선에 병력을 증파해야 합니다."

크라코프에는 우크라이나 일대를 관장하고 있는 4군단 예하 기병사단 1개 연대가 주둔하고 있었고, 6군단 전 병력은 오드리 강 주변에 산개해 있었다. 하지만 달려드는 우럽 연합군 병력에 비하면 턱없이 모자랐다. 대부분이 10배 이상의 병력 차를 보이고 있었고, 크라코프는 20배가 넘었다.

"작전상 후퇴를 권고합니다. 현실적으로 증원이 불가능하고, 고립될 경우 막대한 피해가 예상됩니다. 전선을 축소해서 비스와니 강을 중심으로 방어전에 임해야 합니다. 작전참모진에서 마련한 동면 작전은 단치히와 비드고슈치, 그리고 우치. 체스토호바, 라돔, 루블린을 연결하는 반원형 방어선을 형성하고, 3군단과 우크라이나 지원 병력을 리보프와 루블린에 집결시킵니다. 이렇게 하면 전선을 일천 킬로미터에서 오백 킬로미터로 축소할 수 있습니다. 봄까지 시간을 끌면 그 다음은……."

"말도 안 됩니다. 어떻게 싸워보지도 않고 물러난다는 생각을 할 수 있습니까? 대한제국 군인으로서 그런 치욕을 당하느니 차라리 싸우다 죽겠습니다."

5군단장 고수석 중장이 작전참모의 말을 끊고 나섰다. 비록 수천 명의 사상자를 내긴 했지만 적병 10만을 와해시키고 바르샤바에 무혈 입성하는 전공을 세운 5군단이기에 그의 발언에는 힘이 실려 있었다.

주변에서 수군거리는 소리에 아랑곳 않고 고수석 중장이 말을 이었다.

"사십 만이든 오십 만이든 숫자가 중요한 것이 아닙니다. 투지만 있다면 적이 아무리 많아도 대한제국군을 당해내지 못합니다. 괜히 우리를 천군이라 부르겠습니까? 천군을 이길 군대는 세상 어디에도 존재하지 않습니다. 사령관님, 저는 오히려 진격할 것을 건의합니다. 베를린과 빈을 공격하고 여세를 몰아 파리로 밀고 가면 이번 전쟁은 끝난 거나 다름없습니다."

"그건 어렵습니다. 수에즈 운하가 사고로 봉쇄되면서 흑해나 대서양을 통한 지원이 불가능한 실정입니다. 저희가 이용할 수 있는 보급로는 기껏해야 발틱 해를 통한 보급로와 육로를 통한 것이 전부입니다. 계절적 요인을 감안하면……."

"그러길래 누가 보급품을 날려먹으라고 했습니까?"

보급참모의 말에 5군단장이 또다시 나섰다. 예하부대들은 보유 보급품으로 그럭저럭 겨울나기는 할 수 있었지만 그 다음이 문제였다. 이번에 보급창이 당한 일로 원정군은 유류 보급품에 막대한 지장을 받아 진격전에 필수적인 포병과 기계화사단의 기동이 극히 제한되고 있었다.

"천군부에서 별다른 명령은 없나?"

사령관이 착잡한 심정으로 통신참모를 바라보았다. 통신참모 옆에 있던 정보참모가 사령관과 눈이 마주치자 고개를 옆으로 돌렸다. 정보참모는 내년 봄에 적의 대대적인 공격이 시작될 것으로 보고했었다. 그것을 바탕으로 원정군은 겨우내 지역 민심 확보를 위해 뿔뿔이 흩어졌지만 정보부의 예상은 한참 빗나가고 있었다.

"없습니다."

천군부에서는 일을 이 지경까지 끌고 간 4군 사령관에 대해 무언의 불만을 표시하고 있는 듯했다. 어쩌면 4군 사령관의 재량에 맡긴다는 뜻일지도 몰랐다. 지금 다가오는 40만의 병력은 원정군 병력 15만에 비하면 그렇게 위협적인 세력이 아니었다. 하지만 적은 집중되어 있고 대한제국군은 분산되어 있었다. 적은 병력으로 많은 병력과 싸워 이기기 위해서는 자신의 이점을 최대한 활용해야 했고 대한제국이 가진 화력의 우수성을 활용하기 위해서는 적을 집중시켜 격멸하는 것이 최선인 듯 보였다.

"봄까지 전선을 유지하면 폭격기의 도움을 받을 수 있습니다."

"우리가 후퇴하면 북부 영주들이 동요하게 됩니다. 폴란드 내 저항 세력들이 남부로 집결할 것이 뻔하고, 이번 전쟁을 주시하고 있는 터키나 스웨덴이 오판을 할 수도 있습니다."

"그래서 정보참모는 후퇴를 반대하십니까?"

작전참모의 질문에 대답하는 정보참모의 목소리에는 힘이 없었다.

"그렇다는 것이지요. 반대하는 것은 아닙니다."

"참나, 그럼 말을 마시던가요?"

고수석 중장이 정보참모를 쏘아보더니 이내 군수참모와 작전참모를 번갈아 바라보았다.

"후퇴할 수 있으면 당연히 공격할 수도 있는 것 아닙니까? 왜 병력 지원을 못합니까? 5군단 병력은 어떤 악천후에서도 이동할 수 있습니다. 사령관님, 저를 보내주십시오. 이번 기회에 유럽전을 끝내겠습니다. 우리가 힘들면 적은 더 힘들지 않겠습니까? 후퇴는 말도 안 됩니다."

후퇴하자는 의견과 맞서 싸우자는 의견이 분분한 가운데 사령관은 그저 묵묵히 고개만 끄덕였다. 적들은 시시각각으로 오드리 강으로 다가오고 있었고, 일부 부대는 보란 듯이 꽁꽁 언 강을 아무런 저항도 받지 않고 건너고 있었다.

"수에즈 운하는 언제 개통할 수 있다던가?"

"빨라야 육 개월입니다. 기존 운하를 보수하는 것보다 새롭게 파는 것이 더 빠르다는 분석도 있습니다."

"완벽한 후퇴가 가능하긴 한 건가?"

오랜 회의 시간 동안에 처음으로 사령관이 후퇴에 대한 관심을 나타냈다. 사령관은 이미 보급된 겨울나기 보급품을 고스란히 이동시킬 수 있는지를 묻고 있었다.

"전부 가져갈 수 없습니다만 2/3정도는 가능합니다. 중화기를 우선적으로 이동시킨다면 3/4까지도 가능합니다."

5군단장을 제외한 대부분의 회의 참석자들은 작전참모부에서 올린 후퇴 건의안에 동의하는 눈치였다.

김상태 사령관은 눈을 감았다. 천군 역사에 지금껏 후퇴가 있었는지를 생각해 보았다. 그의 기억 속에는 하다못해 작전상 후퇴라는 것을 한 적도 없었다.

"크라코프를 포기해야 한단 말이지……."

유럽 최대의 소금 광산이 있는 곳을 포기하기란 쉽지 않았다. 하지만 지키기는 더욱 어려워 보였다.

"아무리 그래도 슈체친은 포기 못하겠군. 그곳은 보급 걱정을 덜 수 있으니 포위당해도 걱정없겠지. 퇴로도 확보된 거나 마찬가지니 4111사단에게 슈체친을 무슨 수를 쓰더라도 방어하라고 하고, 기병사단에게는 단치히로 후퇴하라고 해. 오드리 강에서 비스와니 강까지 후퇴하도록. 4511사단과 4611사단이 후퇴를 엄호하고 이 일은 고수석 중장이 김한석과 함께 맡아주었으면 좋겠군.”

“사령관님?”

“그렇게 해주게. 자네밖에 없어!”

김상태 사령관은 한사코 후퇴를 반대하는 고수석 중장에게 가장 마지막까지 남는 원정군 후위를 맡아주길 원했다. 사령관은 고수석 중장처럼 진격하고 싶은 속내를 가지고 있었지만 그러기에는 걸어야 할 판돈이 너무 컸다.

“알겠습니다.”

사령관의 간절한 눈빛을 떨쳐 버리지 못한 고 중장이 마침내 후위를 책임지겠다고 함으로써 전격적인 후퇴가 결정되었다.

“그런데 민간인들에게는 후퇴 사실을 알려야 합니까?”

“숨기는 게 좋지 않겠습니까? 동요를 막고 비밀 유지를 위해서는 숨겨야 한다고 생각합니다.”

“지금까지 대한제국을 믿고 따라준 도의를 저버리면 나중에 믿음을 줄 수 있겠습니까?”

“그렇다고 후퇴를 광고할 수는 없지 않습니까? 그건 말도 안 됩니다.”

확실히 민심을 잡지 못한 원정군으로서는 후퇴도 생각처럼 쉽지 않았다. 호의적인 집단과 호전적인 집단이 혼재해 있는 폴란드는 원정군에게 거대한 복마전이나 마찬가지였다.

“원칙대로 하는 게 좋아. 일단 우리의 후퇴 사실을 사실대로 알리도록 하게. 누구에게, 언제 알리느냐는 지역 특성에 맞게 부대장과 민정참모에게 전권을 일임하도록 하고. 그리고 후퇴도 작전임을 잊지 말

게. 한 사람의 낙오자도 없이 전원 비스와니 선까지 이동한다. 민스크
에는 새로운 보급창을 건설하도록 하고. 이번 작전을 지급으로 천군부
에 승인 요청하고 천군부에서 반대하지 않는 한 내일 정오를 기해 작
전을 시작한다. 이상! 다들 나가봐.”

더 이상 할 말이 없다는 듯 사령관이 의자를 돌려 창을 바라보았다.
회의에 참석한 참모진과 장성들이 회의실을 빠져나가자 회의실에는 정
적만이 감돌았다.

창밖에서는 한두 송이씩 내리기 시작한 눈발이 점점 많아지더니 이
내 함박눈이 되어 내리고 있었다.


크라코프


폴란드 제2의 도시, 소금 광산으로 유명한 크라코프를 담당하고 있
는 4421사단 3연대장 조봉민 대령은 후퇴 명령서를 신경질적으로 꾸
깃꾸깃 구겼다. 그러다 다시 펴서 읽었지만 명령서의 내용은 토씨 하
나 변하지 않았다.

“다시 돌아가라고? 적 그림자도 못 보고 무서워 꽁무니를 빼란 말이
지?”

똑똑똑!

“뭐야?”

연대 민정참모가 크라코프 시장과 함께 연대장 집무실로 들어섰다.
크라코프 시장은 조봉민의 고함 소리에 상당히 놀란 눈치였다. 지그문

트에게 충성을 맹세하고 대한제국을 적대시한 영주와 군소 귀족을 몰아내고 새롭게 크라코프를 책임지고 있던 엘브롱그의 눈이 놀란 토끼처럼 동그랬다.

"어서 오십시오. 이리로 앉으십시오."

엘브롱그가 앉기를 기다린 조붕민은 차를 내오지 않았는데도 본론부터 꺼내 들었다. 사령부에서 내려보낸 후퇴 명령서대로 부대를 이동시키자면 한시가 모자랄 판이었다.

"우선 죄송하게 되었습니다. 제 말씀 잘 들으십시오. 유럽 연합군이 오드리 강을 넘어 이곳으로 오고 있습니다. 사령부에서는 저희 부대에게 비스와니 강 이북으로 후퇴할 것을 명령했습니다. 그렇다고 너무 걱정하지 마십시오. 작전상 후퇴입니다. 봄이 되면 반드시 돌아옵니다. 그때는 오드리 강을 넘어 피레네까지 단숨에 달려갈 겁니다. 저희가 걱정하는 것은 비록 짧은 시간이지만 적들에게 이곳을 넘겨줘야 한다는 것입니다. 그 양의 탈을 쓴 놈들이 무슨 해코지를 할지 모르니 주민들에게 이 사실을 알리는 것이 좋을 듯싶은데, 시장의 생각은 어떻습니까?"

"네? 지금 후퇴라고 말씀하셨습니까? 버리신다는……."

조붕민의 예상 그대로 엘브롱그는 거의 까무러치기 일보 직전이었다.

"버리다니요? 절대로 아닙니다. 지금은 이렇게 가지만 기필코 돌아옵니다. 대한제국 군인으로서의 명예를 걸고 약속합니다. 내년 여름이 오기 전에, 이 자리에, 지금 있는 그대로 있을 것입니다. 시장님께서는 잠시 여행을 한다고 생각하시고 이곳을 떠나 있으시면 됩니다. 가실 데가 없으시면 저희랑 같이 가셔도 됩니다. 그리고 주민들에게도 이곳을 잠시 피해 있으라 하십시오. 저희는 사흘 후에 떠날 예정입니다."

엘브롱그는 소치니의 설교에 감복받아 그의 제자가 되었고 광부들과 농민들을 위해 교회를 열고 집회를 주관하며 봉건영주와 대항해 왔었다. 모진 탄압 속에서도 희망을 잃지 않았던 소치니 파 교도들은 대한제국군을 자신들의 해방군으로 받아들이고 크라코프 일대를 장악해 나가고 있는 중이었다. 이런 중대한 때에 자신들의 버팀목이 사라진다면 자신들은 보헤미아에서 벌어질 대학살의 주인공이 될 수밖에 없었다.

"이건, 이건… 이건 소치니 선생님과 의논해 봐야겠습니다. 어떻게 이런 일이… 하나님도 무심하시지. 오, 하나님!"

엘브롱그가 쓰러질 듯 비틀거리며 연대 본부 건물을 빠져나가는 모습이 창문 너머로 보였다. 충격이 심했는지 모자를 쓰는 것조차 잊어버린 듯 오른손에는 털모자가 그대로 들려 있었다. 엘브롱그는 힘겨운 한 발 한 발을 떼어놓으며 시 청사로 걸어갔다.

"젠장! 개새끼들! 부관, 허우긍이 들어오라고 해!"

책상을 세게 내리친 조봉민은 이후 연대 보급을 맡고 있는 허우긍 소령과 실랑이를 벌여야 했다. 조봉민은 리보프까지 가는 데 필요한 보급품과 화기를 제외한 여분의 보급품을 크라코프 시민들에게 나눠주길 명령했고, 허우긍은 보급품 전용은 사단장의 허가가 나지 않으면 불가하다며 맞섰다.

"하라면 해. 내가 책임진다. 크라코프를 떠나는 사람들에게 나눠 주란 말이야. 우릴 믿고 따르는 사람은 곧 대한제국민이나 다름없어. 알았어? 우리 대한제국민이라고!"

"하지만… 보급품 전용은 군사 재판에 회부될 수 있습니다."

"재판을 받아도 내가 받으니까 넌 걱정 말고 다 풀어. 최소한 삼천 명이 한 달간은 먹고 살 수 있겠지. 얼마나 살아남을지 모르지만……."

"알겠습니다."

그 일이 있은 후 사흘이 지났지만 엘브롱그는 조봉민을 다시 찾지 않았다. 이미 연대 보급 창고를 열어 시민들에게 물품을 나눠 주면서 후퇴한다는 소문이 나돌기 시작했다.

조봉민은 부관이 크라코프를 떠나기 위한 준비가 끝났음을 알려오자 털모자를 눌러쓰고는 떠나기에 앞서 집무실을 둘러보았다. 건물 밖으로 나온 그가 말 위에 올라타려 할 때 엘브롱그가 다가오는 것이 보였다.

"같이 안 가십니까?"

"예. 선생님께서는 여기 남길 바라십니다. 어떤 시련이 있어도 이곳에서 생을 마감하시겠답니다. 저도 차마 이곳을 떠나지 못하겠습니다."

"여기 있으면 죽을지도 모릅니다. 아니죠, 거의 확실합니다. 저놈들이 가만둘 리 없다는 것을 잘 알고 계시지 않습니까? 그래도 남으시겠답니까?"

"그렇습니다. 그리고 시민들을 위해 애쓰신 것에 감사드린다는 말씀을 전해달라고 하셨습니다."

"죄송합니다. 전 꼭 돌아옵니다. 그때까지 살아만 계십시오."

엘브롱그의 두 손을 꼭 잡은 조봉민이 말 위에 올라 손짓을 했다. 2천여 명의 연대 병력이 크라코프를 떠나기 시작했다.

물끄러미 대한제국 기병대의 뒷모습을 지켜보던 엘브롱그는 서둘러 시청으로 달려갔다. 그는 달리면서 피식 웃었다. 진짜 시장이 된 느낌이 들었기 때문이다. 자신을 믿고 따라준 시민들을 위해 비로소 자신이 할 일이 생긴 것이다.


단기 3960년 오드리 강 하구 스위노우치에 해병대대 방어선


슈체친에 가해지는 유럽 연합군 1군단의 압력은 시간이 지날수록 강력해졌다. 단치히에서 스위노우치에로 옮겨온 해병대대원들은 주야를 가리지 않는 전투에 진절머리가 나기 시작했다.

오드리 강 하류에는 자연적으로 만들어진 거대한 호수가 있었고, 이 호수를 통해 발틱 해로 연결되는 수로 4개가 있었다. 해병대가 맡고 있는 곳은 북쪽에서 세 번째 수로로 가장 넓고 수심이 깊어 발틱 함대가 이용하는 수로이기도 했다. 이 수로를 통해 슈체친과 발틱 해가 연결되었다. 슈체친은 스위노우치에에서 30㎞ 상류 지점에 있었다.

"지원병은 언제 오는 겁니까?"

잠시 후, 통신기 너머에서 돌아온 대답에 안종순 중령이 발끈했다.

"그 하루가 벌써 며칠째인 줄 아십니까? 삼 일입니다, 삼 일. 더 이상 버티기 힘듭니다. 지원병을 보내주시던지 후퇴를 허락해 주십시오. 보급품도 얼마 남지 않았습니다. 안 됩니다. 네? 알겠습니다. 오늘 하루만 버텨보겠습니다. 이번이 마지막입니다."

안종순 중령이 4111사단 지휘부와의 통화를 마치고 수화기를 통신병에게 건넸다. 칠판을 바라보니 방금 전에 끝난 전투에서 또다시 15명의 사상자가 새로 발생하여 숫자가 바뀌어 있었다.

사면초가에 놓인 4111사단의 유일한 보급로는 이제 오드리 강줄기밖에 없었다. 오드리 강 하구에 위치한 스위노우치에가 유럽 연합군에 넘어가면 슈체친은 유일한 보급로를 잃어버리는 것과 마찬가지였다.

"지원병이 내일 아침 일찍 떠난다는군."

"천마도 옵니까?"

대대 작전참모가 지원병이란 말에 반색하며 물었다. 하지만 그건 희망 사항에 불과했다. 천마를 이곳까지 운반할 선박이 슈체친에 있을 리 만무했기 때문이다.

"무슨 수로 천마를 끌고 오겠나? 중대장들에게 오늘 밤만 버티라고 알려. 4111사단도 이제 겨우 숨통이 트인 모양이야. 지원 병력이 오면 한동안 쉴 수 있겠지. 그나마 저놈들이라도 있어서 다행이야."

안종순은 하구에 떠 있는 300톤짜리 소형 해안 순시선 2척을 바라보았다. 50미리 포 1문이 유일한 무장인 연안 함선이었지만 6614함과 6620함은 대대가 믿을 수 있는 듬직한 대형 화기였다. 6614함과 6620함은 발틱 해와 오드리 하구에 만들어진 거대한 호수를 오가며 흩어져 있는 해병대대를 지원하고 있었다.

"발틱 함대가 보급품 수송에 매달리지만 않았어도 이곳을 지키기는 어렵지 않았을 텐데 말입니다."

작전참모가 아쉬워하는 것은 당연했다. 원래 이곳 방어는 자신의 부대와 발틱 함대가 같이 맡아야 했다. 하지만 부족한 보급품을 단치히를 거쳐 바르샤바로 나르기 위해서 발틱 함대가 총동원되고 있었기에 이곳에는 달랑 두 척만이 남겨졌다.

"오늘 밤은 그냥 넘어갔으면 좋으련만. 지뢰 지대 다시 확인하고 정찰병 내보내. 오늘은 보름달이 빵빵하게 뜨려나?"

안 대령의 바람이 통했는지 구름 한 점 없는 맑은 밤하늘에 둥근 보름달이 걸렸다. 해가 바다 너머로 사라지며 북쪽에서부터 차가운 밤공기가 대지를 뒤덮었다. 바람 소리 가득한 호수 위를 6620함이 떠다니며 초계 임무에 나서고, 섬 안에서는 대대 전 병력이 참호에 투입되어 선잠을 청했다.


"기관장입니다. 아무래도 잠시 정선을 해야겠습니다."

6620함이 회귀점을 지나 북상을 시작한 지 2시간이 지날 무렵, 기관장의 요청이 들어왔다.

"이번에는 어디가 문제야?"

"윤활유만 교체하면 됩니다. 이번이 마지막 윤활유입니다. 내일도 보급품이 오지 않으면 큰일입니다."

"내일 온다고 했으니 오겠지. 떽 본 김에 제사 지낸다고 한 시간 동안 휴식이다. 모두들 편히 쉬도록."

함장의 휴식 명령에 10명의 승무원들이 갑판 위에 그대로 널브러졌다. 일부는 좁은 선실로 들어가 잠을 청하기도 하고 50㎜ 기관포를 책임지고 있는 수병들은 마른 헝겊으로 포신을 닦으며 하늘에 떠 있는 별들을 바라보았다.

―6614함이다. 전방에 다수의 범선 출현. 계속해서 늘어난다. 수십

척이 넘을 것 같다. 6620함 지원 바란다. 현재까지 육십여 척.

오랜만에 주어진 휴식을 즐기고 있는 6620함 갑판에 공용주파수를 타고 6614함 함장의 다급한 목소리가 들려왔다.

"이게 무슨 소리야?"

—여기는 물개다. 주파수 308. 지금 다수의 국적 미상 범선들이 오드리 강 하구로 다가오고 있다. 6620함은 현 위치를 알려달라!

어리둥절해 있는 사이 삼각주에 주둔 중인 해병대대에서 통신이 들어왔다. 주파수를 308로 바꾸고 물개와 통신을 마친 6620함 함장은 함에 비상을 걸고 최고 속도로 북북진을 시작했다.

6614함은 계속해서 수평선을 넘어오는 범선의 숫자를 세고 있었다. 그 숫자가 순식간에 1백을 넘어섰다.

"완전 개 떼처럼 몰려오는구만. 힘들겠어……."

150까지 숫자를 세다 그만둔 함장은 불안감을 떨쳐 버리려 연신 떠들어댔다.

새까맣게 몰려드는 유럽 연합 함대는 발틱 해를 가득 메운 채 오드리 강 하구로 다가왔다.

때를 같이해서 육지에서도 해병대대 방어선에 대한 공격이 재개되었다. 해상과 육지에서 동시에 시작된 공격은 해병대대의 능력을 한참 상회하고 있었다.

"가장 앞에 놈부터 조준!"

기관포 사정 거리에 연합 함대의 선두가 들어왔다. 연합 함대 선두에 배치된 함에서도 6614함을 발견했는지 진형을 넓혀가며 포위하려는 형태로 움직였다.

펑펑펑!

해전이라고 부르기도 어색한 전투가 연합 함대의 선공으로 시작되었다.

"충격에 대비하라! 기관포 발포!"

두두두—

사방에서 포탄이 날아와 6614함을 위협하다가 바다 속으로 떨어져 내렸다. 거리가 가까워지면서 지근탄이 발생하며 바닷물을 갑판으로 쏟아냈다.

6614함장은 6620함이 올 때까지 버틸까 했지만 6620함이 온다고 해도 별수가 없을 듯 보였다. 저지해야 할 적선은 너무 많았고 보유하고 있는 포탄은 한정되어 있었다. 더군다나 50㎜ 기관포로는 적선에게 피해를 줄 수는 있어도 침몰시키기에는 부족했다.

"천천히 후퇴하며 적에게 최대한의 피해를 준다!"

함을 뒤로 천천히 물러나게 하면서 함장은 물개를 호출했다. 자신만으로는 도저히 적 상륙을 막을 수 없다는 것을 알려줘야 했다.

"우린 천천히 수로 입구까지 후퇴하겠다. 적 상륙에 대비하라!"

—최대한 시간을 벌어주기 바란다. 가급적 남쪽 해안으로 유도하라. 한 시간 안에 6620함이 지원할 수 있다.

꽈과과광!

물개와 통신을 마치고 6614함이 천천히 뒤로 물러나고 있을 때 유럽 연합 함대 중간에서 폭발음이 들려오며 화염이 하늘 높이 치솟았고 서너 척이 폭발에 휩싸여 단번에 침몰하고 있었다.

"잠수함이다! 모두들 힘을 내라!"

함장은 폭발의 강도로 봐서 잠수함에서 발사된 대구 어뢰가 폭발한 것이라 생각했다. 신항을 모항으로 하고 있는 발틱 함대 잠수함전대 소속 잠수함들은 대서양으로 나가는 해로가 봉쇄되자 오드리 강 주변에 몰려 있었다.

안종순 중령은 6614함과 통신을 끝낸 뒤로 적의 예상 상륙 지점을 생각해 봤다. 하구 삼각주라 어디라도 상륙이 가능했다.

"전방의 공격을 막기도 급급한데 상륙까지 허용한다면 끝장이다. 동쪽 해안을 맡고 있는 3중대를 서쪽으로 이동시켜."

그나마 가장 압력이 덜한 3중대를 해안 방어선으로 옮기려 했지만 그것마저도 여의치 않았다. 그의 명령이 전달되기도 전에 3중대에서 비명 섞인 보고가 들어왔다.

―대대장님, 호수에 배가 나타났습니다. 50척이 넘습니다. 지원 바랍니다.

―무슨 소리야? 호수에 배가 어떻게 들어와?"

"모르겠습니다. 하지만 엄청 몰려옵니다.

안 중령은 머리가 멍해졌다. 유럽 연합 함대 일부가 호수에 들어왔다면 만일의 경우 이용할 후퇴로조차 위협받고 있다고 봐야 했다.

"어떻게든 막아! 상륙을 허용해서는 안 된다! 알겠나?"

서둘러 무선을 끊은 안 중령은 4111사단을 호출해 상황을 설명하며 후퇴 준비를 하겠다는 일방적인 통보를 해버렸다. 4111사단장이 길길이 날뛰었지만 안 중령이 보기에 더 이상 이곳을 사수하기는 힘들어

보였다. 적은 수천 문의 포대를 보유한 대규모 병력이었다. 안 중령은 어차피 지키기 힘들다면 부하들의 목숨이라도 챙겨야 하는 게 자신의 의무라 생각하고 있었다.

"어떻게든 막아야 되는데… 참모장은 후퇴로를 찾아봐. 상륙을 저지하는 데 실패하면 대대 전체가 후퇴를 해야 할지도 모르니까."

대충 어림잡아도 대대 전방에 수천 명이 포진하고 있었고, 발틱 해에서 오는 대규모 함대에서는 적어도 1만 명이 상륙할 것으로 보였다. 아무리 잠수함전대가 공격을 하고 있다지만 서서히 한계를 보이고 있었다. 동쪽 호수에서도 5천 명 남짓은 덤벼들 듯 보였다.


## 이스탄불 황궁

김원중 신임 주터키 대한제국 대사가 무라도 4세의 은밀한 연락을 받고 하렘에 숨어들었다. 하렘은 철저히 외부와 단절된 곳이기에 김원중 대사가 들어올 수 없는 곳이지만 무라도 4세가 유일하게 자유로울 수 있는 곳이기도 했다.

"저를 보시고자 하셨사옵니까?"

"그렇소. 일전에 전임 대사께서 한 말이 생각나서 말이오."

김원중은 무라도 4세가 무엇을 말하는지 알고 있었다.

"어렵지 않겠습니까? 저희 대한제국은 타국의 내정에 간섭하는 것을 달갑지 않게 생각하고 있습니다. 더군다나 천륜지간의 일에 끼여들 만한 명분도 없거니와 그 위험을 감수하면서까지……."

"그럼 전임 대사가 내게 한 말은 다 무엇입니까? 지금 대한제국이 나를 가지고 희롱하는 것입니까? 일전에 반역자를 하와이로 보낸 것을 뭐라 말하겠습니까?"

말이 밖으로 새어 나가지 않게 음성을 죽였지만 황제의 목소리에는 무거운 노기가 짙게 깔려 있었다.

"그런 것이 아니오라 명분이 없다는 것입니다."

"명분이라면 내가 곧 명분이 아닙니까? 비록 허수아비이긴 하지만 엄연히 제국의 황제이며 이슬람 교도의 수장입니다. 내가 원하는 것보다 더 큰 명분이 필요하십니까?"

"정녕… 어머니와 반목하실 생각이십니까?"

"그렇소!"

황제의 대답은 단호했다. 대한제국이 부추긴 점도 있지만 황제는 스스로가 강력히 원하고 있었다. 그는 이제 친정을 하고 싶었던 것이다. 거기에는 재상에 대한 알 수 없는 중오도 한몫하고 있었는데 무라도 4세는 이번 기회에 재상을 없앨 생각을 가지고 있었다.

그렇게 친정을 위해 힘을 모으던 황제는 세상이 온통 전쟁으로 어수선한 틈을 타 황궁을 장악할 계획을 꾸미기 시작했고, 대한제국이 협력자로 끼여들면서 계획이 실행 단계로 옮겨질 참이었다.

황제와 밀담을 나누고 관저로 돌아가는 길 내내 김원중은 터져 나오는 웃음을 참지 못하고 실실 웃음을 흘렸다. 태후 타라한이 유럽과 접촉을 강화하고 대한제국을 멀리하면서부터 대한제국은 황제에게 관심을 기울였다. 그러던 차에 운하가 봉쇄되고 보급로가 막히면서 새로운 보급로를 찾아야 했던 대한제국은 그 대안으로 아프리카 남단에 보급

기지를 건설하는 것과 흑해와 아조프 해를 장악하는 것을 동시에 추진하기 시작했다.

"이제 재상이 황후를 만나는 날만 알아내면 되는 건가? 무라도 4세도 급하긴 급했군. 작은 미끼를 덥썩 물어버리다니. 그나저나 정말로 이번 사건에 태후가 관련되었을까?"

흔들거리는 마차 안에서 이번 운하 사고의 보고서 내용을 떠올렸다. 보고서는 외부에서 가해진 힘에 의해 방향타가 망가졌으며 가해진 힘은 화약 폭발로 추정된다 라고 사고 원인을 분석하고 있었다. 또한 정보 내부 문건은 유럽 연합 측에 협조하는 세력이 터키 내부에 존재한다는 것과 그 배후에 타라한이 있을지도 모른다는 조심스러운 추측을 포함하고 있었다.

### 지중해 함대 흑해 분함대 사이레 기지

사이레 대한제국 해군 기지 부근에서 잡일을 하던 압둘 하지즈는 매일 아침 새벽이면 바다가 훤히 내려다보이는 언덕 위로 올라왔다. 하지즈는 언덕 위에서 바다를 바라보며 가벼운 운동을 하면서 한 시간 이상을 언덕에서 머물곤 했다.

끼룩거리며 날아다니는 갈매기를 쫓아가던 하지즈는 바다 위에 떠 있는 배들이 눈에 들어오자 유심히 살펴보았다. 너무 멀어서 조그맣게 보였지만 기지를 출항한 대한제국 함대가 어디론가 가고 있는 것이 분명했다. 깜짝 놀란 하지즈는 구석에 삐죽 솟아난 바위 밑을 파내 찾아낸 망원경을 꺼내고는 바닥에 엎드렸다. 수평선 너머로 사라지는 함대 함선의 숫자를 세던 하지즈는 서둘러 망원경을 접고 언덕을 내려왔다.


이스탄불

"대한제국 사이레 함대, 새벽에 기지를 떠남. 방향 불분명."

무할라비 재상이 뒷짐을 지고 집무실을 서성댔다. 엉덩이에 닿아 있는 오른손에는 사이레에 심어놓은 첩자에게서 넘어온 암호 해독문이 들려 있었다. 한참을 서성대던 재상이 의자에 털썩 주저앉았다.

똑똑똑!

문 두드리는 소리 뒤로 터키제국의 정보와 군대를 책임지고 있는 황궁 친위 정보장교가 들어왔다. 무할라비는 의자에서 벌떡 일어나 정보장교를 반갑게 맞이했다.

"그래, 추가 정보가 들어왔나?"

"네, 사이레 함대가 보스포토스 해협을 통과한다고 알려왔습니다. 그리고 크레타 기지에서도 거의 전 함대가 기지를 떠났습니다. 지금 크레타 기지는 소형함만이 외항을 순찰 중입니다."

"크레타 기지에서도? 움직일 여력이 없을 텐데?"

"북유럽 상황이 많이 불리한 모양입니다. 대한제국이 발틱 해를 상실했다는 소문이 파다합니다."

재상은 운하가 봉쇄되면서 대한제국 지중해 함대가 움직일 수 없다고 알고 있었다. 그럼에도 지중해 함대가 움직였다는 것은 그만큼 대한제국이 심각한 상황에 놓여 있다고 봐야 했다. 대한제국이 드디어 마지막 카드를 빼 들었지만 불안하기만 했다. 지중해에서 발틱까지는 자그마치 15일 이상이 걸렸다. 왕복 한 달이고 크레타 함대가 발틱 해에서 머무르는 기간까지 합치면 크레타 기지는 앞으로 최소 두 달은 속빈 강정에 불과했다.

"그리고 며칠 전에 대한제국 대사가 황제 폐하를 만나고 갔습니다."

"그래? 무슨 일로?"

"황제 폐하 처소에서 은밀히 만나고 간 터라 확인에는 시간이 걸리고 있습니다."

"알았네. 토머스 로 경에게 적당히 포장해서 전달하게. 아무래도 황태후 폐하를 만나러 가야겠어."

재상은 대한제국이 유럽 연합에 패할 수도 있다는 생각이 들었다. 지금까지 확인된 바로는 대한제국 육군이 거의 500㎞를 후퇴하고 있었고, 막강한 해군 전력은 전쟁에 아무런 역할도 하지 못하고 있었다.

"이렇게 되면 유럽 연합의 제안을 받아들여도 괜찮을려나?"

무할라비는 타라한이 유럽 연합의 제안에 관심을 보였던 것을 기억해 냈다. 그들은 그라나다 지역을 터키제국에게 넘겨주는 대신 대한제국과의 동맹을 파기하고 유럽 연합에 들길 요청하고 있었다. 만약 그렇게 되면 그의 두 아들이 그라나다를 통치할 가능성이 높았다. 재상에게는 더할 나위 없는 좋은 기회였지만 먼저 타라한을 확실히 설득해야만 했다.

"좋긴 합니다만 대한제국이 호락호락 물러나겠습니까? 대한제국과 우리는 국경을 맞대고 있다는 점을 생각해야 합니다. 그냥 지금처럼 양쪽에 협력하는 것이 좋겠습니다."

타라한은 재상의 말에 입맛을 다셨다. 그라나다와 대한제국을 저울질 하던 타라한은 유럽 연합보다는 대한제국에 무게를 더 주어야만 했다. 그만큼 대한제국은 타라한에게 두려운 존재였다. 수에즈 운하를 봉쇄하는 데 협조했던 것은 대한제국의 힘을 약화시키기 위한 방편이었지 대한제국과 완전히 등을 돌리려던 것은 아니었다.

"대한제국이 패하면 그때는 그 화살이 우리에게 돌아올 수도 있습니다. 폴란드 전투에서 대한제국은 싸워보지도 못하고 후퇴에 후퇴를 거듭하고 있다고 합니다. 여름 안에 모스크바까지 밀린다는 소문이 파다합니다."

"설사 모스크바까지 밀린다 해도 대한제국은 절대로 지지 않습니다. 그렇게 보고도 모르십니까? 대한제국의 힘은 우리의 상상을 초월하고 있어요. 유럽 연합 측에는 그냥 중립으로 남겠다고 하는 게 좋습니다. 유럽 연합과 대한제국이 오랫동안 싸우면 그만큼 우리에게는 이익이죠. 우리는 그저 유용한 정보를 계속 제공해서 유럽 연합이 이번 전쟁을 좀 더 오래 끌도록 도와주기만 하면 됩니다. 그사이 우리도 힘을 키워 나간다면 대한제국도 우리 터키제국을 무시하지 못할 겁니다. 대한제국이 유럽 연합을 제압해 나간다 싶으면 우리도 동맹군의 일원으로 유럽을 치고 나가면 됩니다. 그리 아시고 이 이야기는 여기서 그만두시는 게 좋겠습니다."

재상은 타라한의 말을 들으며 고개를 끄덕였다. 확실히 그녀는 자신보다 한 수 위임에 틀림없었다.

"그보다 술상을 봐두라 일렀습니다. 자리를 옮기시지요."

이야기를 마친 두 사람은 그들만의 은밀한 일을 위해 밀실로 자리를 옮겨 작은 술잔을 마주 보고 앉았다.

그렇게 시간은 덧없이 흘러갔다.

"너무 늦었사옵니다. 그만 일어나야겠습니다."

재상이 침실에서 일어나며 타라한을 바라보았다. 그의 양 뺨은 열기로 빨갛게 달아올라 있었다. 속이 훤히 보이는 망사 옷을 입고 침대에 누워 있던 타라한 역시 홍조를 띠고 있었다.

바닥에 떨어져 있는 옷을 주섬주섬 들어 올리던 재상은 밖에서 들려온 시녀의 목소리에 하마터면 들고 있던 옷을 떨어뜨릴 뻔했다.

"황태후 폐하, 황제 폐하 납시셨습니다."

야심한 밤에 황제가 황태후의 침소에 올 일은 없었다. 그보다 황태후의 처소에는 설사 황제라 하더라도 들어오지 못하게 되어 있었다. 황태후의 처소를 지키는 경비병은 황태후의 허락없이는 설령 황제라 해도 출입을 허락하지 않았기 대문이다.

그럼에도 잠시 후 시녀의 떨리는 목소리가 다시 들려왔다.

"황태후 폐하, 황제 폐하 납시셨습니다."

"무슨 일인지 여쭈어보고 급한 일이 아니면 내일 아침에 오시라 여쭈어라!"

일순 당황했던 타라한은 침착하게 말하며 옷을 입기 시작했다. 그러나 옷을 다 챙겨 입기도 전에 시녀의 몸뚱이가 밀실 문을 뚫고 들어왔다. 뒤이어 밀실 문이 와장창 뜯겨져 나갔다.

"이게 무슨 짓이냐? 감히 여기가 어디라고!"

만일의 경우를 대비해 비상 통로로 다가가던 재상이 너무 놀라 그대로 엉덩방아를 찧었다.

방 안으로 들어선 황제는 반쯤 올라간 재상의 바지 자락과 어머니의 옷매를 번갈아 바라보았다.

타라한이 버럭 소리를 질렀다.

"썩 나가지 못할까! 감히 어머니의 침실에 허락도 없이 들어오다니… 내 이 일을 묵과하지 않을 터. 황제는 썩 물러나라!"

평소 같으면 황태후의 작은 소리에도 움츠러들었을 황제의 두 눈이 활활 불타올랐다. 허리춤에 칼을 차고 들어선 황제는 이전의 나약했던 모습이 아니었다.

"어머니, 지금 무슨 죄를 범하고 계신지 아십니까? 과부나 결혼하지 않은 여자가 남자와 정분을 통하면 사형이라는 것을 모르고 계셨습니까? 여봐라, 저 죄인을 당장 끌고 가라!"

황제가 소리치자 황제 뒤에 있던 병사들이 우르르 달려들어 재상을 묶으려 했다.

"내 이놈들! 당장 물러서라! 난 이 나라의 재상이다! 황태후 폐하? 황태후 폐하?"

아직도 사태 파악이 되지 않은 재상이 고래고래 소리쳤지만 이내 잠잠해졌다. 병사 하나가 긴 창으로 재상의 머리를 후려쳤기 때문이다. 피보라가 밀실 사방으로 튀자 황제에게 밀려들어 온 시녀가 바들바들 떨며 바닥에 주저앉았다.

"저에게 넘겨주십시오. 그럼 이 일은 불문에 붙이겠습니다. 하지만 당분간 이곳을 벗어나실 순 없습니다. 어떻게 하시겠습니까? 내일 조레 때 발표하시겠습니까?"

"누구냐? 누가 너를 도왔더냐?"

자신의 정인이 피를 뿌리며 바닥에 쓰러지고, 아들에게 자신의 치부를 들켰음에도 타라한은 기세를 굽히지 않으며 오히려 황제를 몰아세웠다.

"상인 연합입니다."

"그래? 상인 연합이 너를 도왔단 말이냐?"

한동안 무라도 4세를 쏘아보던 타라한이 눈을 감았다.

"그래, 상인 연합이란 말이지? 대한제국만 아니면 되었다. 어느새 이렇게 훌쩍 컸구나. 그만 나가거라. 내 너의 뜻을 충분히 알았으니 내일 아침 내가 알아서 하겠다. 알아들었으면 그만 물러가거라."

"안 됩니다. 어머니는 저와 함께 가셔야 합니다."

타라한은 지금 상황이 부끄럽기도 했지만 한편으로는 어린아이인 줄 알았던 아들이 어엿한 제국의 황제로 거듭나게 되었다는 것에 어머니로서 뿌듯한 마음이 들었다. 기쁜 마음으로 아들에게 통치권을 넘겨줄 수 있을 것 같았다.

하지만 아들은 어머니에 대한 신뢰나 존경심을 버린 지 오래였다. 황제가 움직인 병력은 기껏해야 100여 명이 넘지 않았다. 이럴 때 황태후를 여기에 혼자 놔둘 수는 없었다. 대한제국군이 황궁으로 들어오기 전까지는 황후전을 외부와 철저히 격리시켜야 했다. 그렇기에 황제는 황후전에 있는 사람들을 모조리 죽이라는 명령을 내려놓고 대한제국군이 날아오길 기다리고 있었다.

모두들 단잠에 빠져 있을 이른 새벽, 언제나 그렇듯 교황은 같은 시간에 자리에서 일어났다. 세면을 마친 교황은 4명의 수행원들과 함께 성 베드로 대성당의 정문을 받치고 있는 12개의 기둥을 지나 성당으로 올라가는 계단에 발을 올렸다.

웅웅웅웅— 타타타타—

그때 멀리서 은은한 소리가 들려왔다. 교황의 발걸음이 멎자 일행 역시 그 자리에 멈춰 섰다.

우르바누스 8세는 새벽 공기를 가르며 들려오는 소리에 고개를 뒤로 돌렸다. 교황의 눈에 각 기둥 꼭대기에 올려져 있는 12성인의 조각품이 들어왔다. 바닥에서 성당 꼭대기 십자가 상까지의 높이가 자그마치 133m에 달하는 기독교인의 총 본산인 성 베드로 대성당은 그 웅장함에서도 세계 최고를 자랑했다.

"무슨 소리지? 환청인가?"

궁금증이 일어난 교황은 성당 안으로 들어가려다 말고 분수대가 있는 광장으로 내려섰다. 그 자리에서 한 바퀴를 빙 돌며 하늘을 살펴보았다. 하지만 소리 이외에는 아무것도 보이지 않았다. 그저 소리가 점점 소음으로 다가와 새벽 광장을 시끄럽게 울려댈 뿐이었다.

성당 지붕 반대 편에서 밝은 빛을 뿜는 이상한 물체가 불쑥 솟아오른 것은 순간이었다. 사방에서 바람이 회오리치며 광장을 휘감아 돌아나갔다. 불빛 몇 개가 교황을 비추자 교황은 일순 눈앞이 캄캄해지며 눈을 제대로 뜰 수 없었다.

그때 교황 일행 바로 위에서 굉음을 내며 정지한 물체로부터 동아줄이 내려오더니 대한제국 특수부대원들이 광장으로 뛰어내렸다.

"2소대는 왼쪽 건물을 확보한다. 옥상에 저격병 배치하고 3소대는 광장에 저지선 깔아."

교황은 간간이 들려오는 사람의 소리에 실눈을 떴다. 자신에게는 관심이 없다는 듯 비행체에서 내린 악마들은 사방으로 흩어졌다. 까만 두건을 쓰고 두 눈만 반짝거리는 대한제국 전략기동군 공수여단 병력들의 모습은 교황에게 악마 그 자체로 보여졌다.

"주여! 사탄아, 물러가라! 어찌 저희에게 저런 악마를 보내셨나이까? 주여! 불쌍한 어린 양을 굽어 살펴주시옵소서."

"사탄아, 물러가라!"

묵주와 성경을 앞세우며 공수여단 3대대 2중대장에게 다가간 교황이 십자가를 들이밀었다. 절대선의 상징인 십자가와 자신의 믿음이 악마를 물리칠 것이라 확신하는 듯 교황의 몸짓에는 힘이 들어가 있었다.

"이 노인네가 지금 뭐라고 하는 거야? 이곳 사람들은 잠도 없나? 어이, 소하리 병장. 이 사람들 한쪽으로 치워. 도망가지 못하게 하고."

2중대장은 지금 자신 앞에 있는 사람이 교황이란 사실은 꿈에도 모른 채 작전에 걸리적거리는 노인네들을 한쪽으로 치워 버리라고 명령하고 있었다.

2중대 병력을 내려놓은 잠자리들은 대성당을 넘어왔던 곳으로 사라졌다. 이번 작전에는 크레타 기지에 주둔 중인 전략기동군이 보유하고 있는 모든 잠자리들이 동원되었지만, 여단 병력을 한 번에 실어 나르기에는 60대의 잠자리로도 턱없이 부족했다. 결국 잠자리들은 티레니아 바다에 떠 있는 항모와 바티칸 사이를 앞으로도 십여 번 넘게 왕복해야만 했다.

"대대장이다. 2중대는 현 지점을 3중대에게 넘기고 교황의 신변을 확보하라. 교황은 아직 침실에 있을 것으로 예상된다. 가급적 살상을 피하고 획득한 포로들은 광장으로 이송시키도록!"

12개 건물을 장악하는 것을 목표로 투입된 3대대 병력은 바티칸의 핵심 건물을 장악하고 내부를 수색해 나갔다. 광장은 추기경들과 주교들, 그리고 하인들로 금세 가득 찼다. 건물 수색이 끝나갈 무렵, 여단장과 함께 1대대 병력이 바티칸으로 내려와 로마 시내로 흩어지기 시작했다. 바티칸의 경비는 의외로 허술해서 지금껏 총소리 몇 번 나지 않고 있었다.


"충성!"

"고생했어. 차가운 바닥에 저렇게 내버려 두면 병 생겨. 건물 안으로 수용하지?"

여단장은 3대대장의 경례를 받고는 광장에 무릎 꿇려져 있는 사람들을 보았다. 몇몇은 끌려 나오면서 병사들에게 구타를 당했는지 머리에서 피를 흘리고 있었고, 어떤 이는 속옷 차림으로 오들오들 떨고 있었다.

"알겠습니다. 소낸스키 대위, 저 사람들 건물 안으로 들여보내고 잘 감시해."

"근데 교황은 어디 있나?"

대대장은 여단장의 물음에 머뭇거렸다. 이번 작전의 목적은 교황을 사로잡는 데 있었지만 아직까지 교황을 잡지 못했기 때문이다.

"아직 찾지 못했습니다. 침실에는 없었습니다. 지금 수색 중이니 조만간 찾아낼 수 있을 것입니다. 외부로 빠져나간 흔적은 없습니다."

"그래? 해뜨기 전에 꼭 찾아내게. 이곳은 오랜 역사가 깃든 도시야.

비상 통로쯤은 다 있을 거라고. 지하실을 다시 한 번 수색해 보도록. 어디 포로들 심문이나 한 번 해볼까?"

여단장의 말투에서 오랜만에 소풍 나온 어린아이의 들뜬 기분이 느껴졌다.

성당 안으로 들어선 여단장은 사람들이 모두 십자가를 향해 기도를 올리고 있는 모습에 눈살을 찌뿌렸다. 진지한 분위기를 깨기 위해 헛기침을 했지만 고개를 돌리는 사람은 단 하나도 없었다.

"대단하군."

여단장은 성당 내부의 화려한 조각에 연신 감탄사를 토했다. 원형 천정과 벽화들을 둘러보던 여단장은 무리 중에 확연히 눈에 띄는 사람을 발견하고 그에게 관심을 가졌다.

"저기 저 사람은 누군가?"

"네, 가장 먼저 붙잡힌 포로입니다. 신분은 파악하지 않았습니다."

"그래? 먼저 저 사람부터 심문할 테니 데려오게."

"알겠습니다."

부관이 경비병에게 손짓을 하자 여단장이 지목한 노인에게 병사 둘이 다가갔다.

그러자 빨간 옷을 입은 사람들이 병사들을 가로막으며 노인을 둘러쌌다.

"형제들이여, 성하를 보호하라!"

"물러가라, 악마의 자식들아! 하나님의 노여움이 두렵지 않느냐!"

기도에 열중하던 사람들이 순식간에 노인을 가운데에 두고 병사들의 접근을 방해했다. 예상치 못한 상황에 당황한 병사들이 총을 고쳐 잡자 심상찮은 분위기를 감지한 여단장이 급히 소리쳤다.

"총 쏘지 마!"

그때 부관이 라틴어를 여단장에게 번역하며 성하라는 말을 강하게 발음하자 여단장의 얼굴이 몰라보게 환해졌다. 그 범상치 않은 노인네가 교황인 것 같았다. 심문을 해봐야 확실하겠지만 그 노인을 성하라고 지칭했다면 거의 틀림없었다.

부관은 그중 유독 온몸을 오들오들 떨고 있는 사람에게 다가가 작은 목소리로 누가 교황인지를 물었고, 겁에 질려 오줌을 질질 싸고 있던 사람은 여단장이 지목한 노인을 손가락으로 가리켰다.

"항모전단장에게 지급으로 연락하도록. 내용은 일 단계 임무 완료. 이 단계로 돌입한다. 확보한 물건을 인수해 가라."

지시를 내린 여단장이 투덜거렸다.

"일이 너무 쉽게 끝나 버렸네. 소풍치고는 밋밋해. 나머지는 3대대에게 맡기고 옥상으로 한번 올라가 볼까?"

일차 작전은 싱겁게 끝났지만 정작 지금부터가 시작이었다. 아침이 밝아오고 바티칸이 대한제국에게 넘어갔다는 소식이 전해지면 이곳을 구원하기 위해 유럽인들이 벌 떼처럼 몰려들 것이 분명했다.

성 베드로 대성당 옥상 위에 올라간 여단장은 탁 트인 사방을 둘러보았다. 1,200년 세월을 지켜낸 고도 로마는 아직도 깨어나지 않고 있었다.

여단장은 나침반을 들어 동쪽이 어딘가를 찾았다. 아직 해가 뜰 시간이 아닌지 동쪽 하늘은 까맣게 물들어 있었다.

"서쪽 통로만 열어두고 나머지 도로는 주변 건물을 폭파해서라도 다

막아. 이곳 성당에 여단 지휘부를 설치하고 해뜨기 전에 옥상에 잠자리 착륙장을 하나 만들어. 대충 정리가 끝나면 병사들에게 휴식을 취하게 하도록. 이제부터 시작이야. 적 심장부에서 얼마나 버틸 수 있나 한번 보자고."

지시를 내린 여단장이 하늘을 향해 두 팔을 들어 올리고는 난데없이 고함을 질러댔다.

"아아아아아!"

여단장의 고함 소리가 로마 구석구석까지 퍼져 나가며 아침을 재촉했다.

# XIV 토르의 망치

프랑스군으로 구성된 유럽 연합군 1군단을 이끌고 있는 마지 장군은 요즘 미칠 지경이었다. 빌라봉 성에서 당한 치욕을 갚을 수 있게 해달라며 루이 13세에게 무릎 꿇고 빌면서까지 얻어낸 자리가 1군단 사령관 직이다.

그러나 그는 아직도 슈체친을 함락하지 못하고 있었다. 연합 함대의 지원을 받으면서도 슈체친을 함락하지 못하고 있으니 그를 1군단장에 앉힌 루이 13세에게 면목이 서질 않았다.

수 차례 포병을 위시한 대규모 공격을 했지만 대한제국군이 쌓아 올린 시멘트 방벽은 바위성보다 더 튼튼해 프랑스 포병대가 쏘아 올린 수십 발의 포탄을 잘 견뎌내고 있었다.

"워싱턴 사령관님께서 보낸 전령이 도착했습니다."

쾅!

"들어오라고 해!"

부관의 말에 마지 장군은 책상을 발로 걷어찼다. 듣지 않아도 알 것 같았다. 1군단을 제외한 다른 모든 군단이 오드리 강을 넘어 진격에 진격을 계속하고 있었으니 질책이 들어오는 건 당연한 일이었다.

부관의 안내를 받아 들어온 우군(右軍) 사령관의 전령이 두루마리 하나를 마지 장군에게 건네주었다. 전령에게서 받은 두루마리에는 유럽 연합군 1군단, 2군단, 3군단을 총괄하는 워싱턴 사령관의 불만이 그대로 드러나 있었다. 워싱턴은 은근히 1군단장을 교체할 뜻을 밝히고 있었다. 이번 전쟁에서 특별한 전공을 만들지 않으면 굳이 워싱턴이 아니더라도 루이 13세가 그를 가만히 둘 리 없었다.

"젠장! 다른 놈들은 전투다운 전투라도 했냔 말이야! 난 이게 뭐야! 정말 운이 지지리도 없지! 연대장 급 이상 장교들 다 모이라고 해! 당장!"

사령관 전령에게 문서를 받았다는 확인 서명을 해준 마지 장군은 신경질적으로 소리를 질렀다.

"우군 사령부에서 새로운 명령이 내려왔다. 조미니 장군은 보병 이만 명과 함께 여기 남아 슈체친을 포위하여 적들이 움직이지 못하게 한다. 기병부대와 나머지 보병부대는 단치히까지 앞으로 이십 일 안에 도착할 수 있도록 쾌속 진군한다. 12시간 안으로 부대 이동 준비를 끝내고 보고하도록. 이상!"

"장군님, 보병만으로 이곳을 함락시킬 수 없습니다. 대한제국군이 보유한 철마라는 것이 어떤 놈인지 잘 아시지 않습니까?"

"알고 있어. 누가 함락하라고 했나? 그냥 포위만 하고 있어. 조미니 장군은 그것도 못하겠나? 이쪽에서 가만히 있으면 저쪽도 움직이지 않을 거야. 그리고 그 철마라는 그놈. 그놈 그림자라도 봤으면 소원이 없겠다. 이곳 공격은 다른 방법으로 이루어진다. 다른 질문 없으면 해산!"

기분이 상할 대로 상한 마지 장군은 이곳에 남게 될 조미니에게 화풀이를 하고 있었다. 모든 것이 뜻대로 되지 않았다. 슈체친의 대한제국군이 고립되긴 했지만 후미에 대규모 적을 남겨두고 진격하려니 영 뒤끝이 개운하지 않은 점도 작용했다.


이탈리아 반도 로마


바티칸을 되찾으려는 교황령 영주들과 토스카나 대공의 명령을 받은 피렌체 군대가 로마로 몰려들었다.

바티칸을 점령한 공수여단은 2천 명 로마 시내를 장악하는 것을 포기하고 바티칸 주변에 거대한 차단막을 형성한 채 방어에 나섰다.

"034방향에서 로마로 접근하는 무리가 발견되었다. 가까이 접근해서 확인하겠다."

항모에서 이륙한 꼴뚜기 편대 제비호 2대가 곧게 뻗은 대로를 따라 움직이는 행렬을 발견하고 고도를 낮췄다.

얼마 후, 티레니아 해 상공에서 24시간 대기하며 항모와 공수여단 간의 통신을 연결하고 있는 봉황에게서 확인 요청이 들어왔다.

─꼴뚜기 편대, 상황 확인 바란다.

"여기는 꼴뚜기 편대. 야포를 동반한 일천여 명의 기병부대가 로마로 접근하고 있다. 타격 편대를 보내주기 바란다."

─알았다. 독수리 편대가 발진하기 시작했다.

꼴뚜기 편대는 로마를 정점으로 반지름 100km의 원을 그리며 로마로 접근하는 군대를 감시했다. 대부분의 군대는 발견 즉시 항모전단에서 발진한 독수리 편대들이 제지하고 나섰고, 그 뒷처리를 공수여단 1개 중대가 잠자리를 타고 와서 깔끔하게 처리했다.

"우린 할 일이 없구만."

성 베드로 대성당에서 봉황과 꼴뚜기 편대 간의 통신을 듣고 있던 공수여단장이 하품을 해댔다. 첫날에 잡아들인 포로들의 심문이 끝나고 방어선이 굳건해지자 여단장은 더 이상 할 일이 없었다. 가끔 야음을 틈타 바티칸 주변까지 진입에 성공한 적들의 산발적인 공격이 있지만 그런 산발적 공격은 공수여단을 귀찮게 할 뿐이었다.

"전단지가 빨리 만들어져야 잠잠해질 텐데."

여단장은 항공모함으로 이송된 교황이 마음을 바꿔 대한제국에게 협력하길 바라고 있었다. 하지만 은갖 협박과 감언이설로 교황을 설득하려 했지만 5일째 완강히 버텼다. 그래서인지 전단장은 새로운 교황감을 찾아보라는 이상한 명령까지 내려놓고 있었다.

## 단기 3960년 이른 봄, 슈체친 기계화사단 사령부 저녁 무렵

오드리 강 하구가 유럽 연합군에 넘어가면서 완전히 고립된 4111 기계화사단은 초긴장 상태로 버티기에 들어갔다. 4111사단을 지원하기 위해서는 먼저 바닷길을 열어야만 하는 원정군 사령부로서는 4111 사단에게 기동 행위를 중단하고 거점 방어만을 하도록 명령해 놓고 있었다. 다행히 슈체친은 두어 달간은 충분히 버틸 수 있는 보급품을 챙겨두고 있었다.

"저것들을 그냥 밀어버리면 좋겠구먼. 안 그래, 박 대위?"

김병한 대위가 큰소리로 떠들며 대대 전술 회의실에 들어섰다.

"좋지. 자네가 한번 나가 보겠나? 내친 김에 파리까지 갔다 오라구."

회의실에서 중대장들을 기다리고 있던 대대장이 김 대위의 잡담을 들은 모양인지 불쑥 농담을 꺼냈다.

"충성!"

대대장을 발견하고 놀라 눈이 커질대로 커진 김병한 대위가 경례를 올렸다.

"여단장님은 내게 맡기고 자네는 천마 정비나 해놔. 오늘 한번 나가 보자구."

대대장의 농담에 다른 중대장들이 애써 웃음을 참고 있었고, 김병한은 어쩔 줄 몰라 하며 눈을 내리깔았다.

오드리 강 하구를 점령한 유럽 연합군은 해군까지 동원하여 슈체친을 공략했지만 천마로 무장한 4111 사단이 지키고 있는 슈체친은 한 달 이상을 버티고 있었다. 4111사단을 적지 한가운데에 버려두고 비스와 강 방어선까지 썰물처럼 후퇴한 원정군은 숨을 고르며 봄이 오길 기다리고 있어 지원도 기대하기 어려웠다.

"다시 본론으로 돌아와서, 조만간 우리 사단에 기동 임무가 부여될 거라는 소식이다. 그때를 대비해서 천마를 잘 손질해 놓도록. 한 대라도 고장나는 중대는 각오하라는 사단장님의 엄명이 계셨다. 우리 대대 소속 천마가 고장나면 그 소속 중대장, 소대장은 물론이고 천마 구성원 모두를 강제 퇴역시켜 버릴 거니까 불명예 제대하고 싶으면 알아서 해. 그리고 각 중대 보급계는 보유 보급품 목록을 다시 한 번 점검해서 보고하도록. 그리고 대공 초소에 감시병을 배치하고."

"네, 알겠습니다."

대대장의 말이 끝나기가 무섭게 김병한이 고함치듯 대답했다. 그런 김병한을 대대장은 엷은 미소를 흘리며 바라보았다.

땡땡땡! 때대대대대—

"일급 경보! 공공삼 오공!"

경보음과 더불어 사령부 전투지휘실에서 접근하고 있는 적의 정보를 알려왔다. 1대대가 맡고 있는 북쪽으로 범선 5척이 강을 거슬러 올라오고 있었다. 범선들은 4111사단이 가지고 있는 중기관총의 사거리 밖에서 함포를 쏘아대곤 해서 큰 위협이 되진 않았다. 가끔 사거리 안으로 들어온 범선은 중기관총에 작신 두들겨 맞고 하구로 떠내려갔다.

"또 시작이군. 눈먼 탄에 맞지 않도록 조심하도록!"

대대장의 그만 나가보라는 손짓에 중대장들이 경례를 하고 뛰어나갔다.

## 스몰렌스크 주변 공군기지

만주 평야에서 국영 농장을 지원하던 윤형식 중위가 투덜거리며 활주로를 걸어갔다. 스몰렌스크 전투비행 사단으로 배속된 이래 4개월간 폭격 훈련을 마치면서 전장에 투입되는 줄 알았다가 다시금 기총 훈련 과정을 밟으라는 명령을 접수했기 때문이다.

"불쌍한 놈. 이런 걸 달고 있으면 괜히 거추장스럽기만 하지."

자신의 애기를 어루만지던 윤형식은 날개 상부에 볼썽 나쁘게 삐죽삐져 나온 20㎜기총을 바라보며 중얼거렸다.

대한제국 공군이 보유한 비행기는 제비호를 제외하고는 기총을 장착하지 않고 있었다. 하지만 바르샤바 보급창이 유럽군이 운용하는 기구에 의해 공격당하자, 공군은 부랴부랴 신형 천붕에 20㎜기총을 장착하고 시험 운행에 들어갔다. 유럽 연합의 기구를 이용한 공격 방법은 발각된 이상 이제 자살 공격과 다름없게 되었지만 앞으로 똑같은 자살 공격이 없으리란 보장이 없었다.

그런데 신형 천붕에 장착된 기총은 내장형이 아니라 스몰렌스크 공군기지에서 개수된 기총을 외부에 장착한 것이라 조종사와 정비사들은 이번 조치에 불만이 많았다. 윤형식 중위도 그중 하나였다.

"계기 점검 다했나?"

"아, 아닙니다. 지금 하려 했습니다."

기장 이무민 소령이 다가와 묻자 잠시 딴생각에 빠져 있던 윤형식 중위는 얼른 사다리를 타고 후위석에 앉았다. 이후 이무민 소령이 앞자리에 앉아 서로 계기판을 점검하기 시작했다. 이무민이 계기판과 수십 개의 장치들을 일일이 호명하면 윤형식은 그 이상 여부를 확인하는 식이었다.

10분 동안의 계기판 점검을 마친 이무민 소령은 관제탑에서 이륙 허가를 받았다. 주변 활주로에서도 신형 천붕 10대가 이륙 준비를 하며 천천히 앞으로 나아갔다. 곧 이어 굉음을 내며 10대의 천붕이 땅을 박차고 하늘로 날아올랐다.

─이번이 처음 훈련이라 생소할 것이다. 하지만 착륙할 때쯤이면 모두들 저격수가 되어 있을 것으로 확신한다. 10호기부터 진입하라!

편대장의 목소리가 끝나고 10번기가 훈련 공역으로 진입해 갔다. 때맞춰 지상에서 대기 중이던 요원이 커다란 풍선을 매달고 있는 줄을 끊었다. 수소를 가득 채운 지름 1m의 풍선이 하늘 높이 올라가며 천붕의 표적이 되어주었다.

타타타타타─

'잘 안 되네.'

첫 번째 기총 사격에서 무수한 총탄을 허공으로 날려 버린 윤 중위는 계속 올라가는 풍선을 허무하게 바라보았다.

"이번에는 잘 해봐."

이무민 소령은 윤 중위를 격려하며 기체를 상승시켜 선회하기 시작했다. 조준간에 풍선이 들어오길 기다리던 윤 중위는 빨간 풍선이 십자선 안에 들어오자 순간적으로 방아쇠를 당겼다. 순식간에 총탄 수십 발이 총신을 빠져나가 빨간 풍선을 뚫고 지나갔다. 풍선이 펑 터지며 화려한 불꽃이 피어올랐다.

"좋았어!"

10대의 천붕이 하늘을 어지럽게 날아다니며 풍선을 뒤쫓아다녔다. 천붕이 놓친 풍선은 일정 상공까지 계속 상승하다가 스스로 터져 나갔다.

전투비행사단의 전장 투입이 임박해 올 무렵 아프리카 남단에 배치된 대한제국의 또 다른 항모 전단이 북상을 시작했다.


### 유럽 연합군 총사령부

거의 600km를 쉬지 않고 달려온 유럽 연합군은 비스와 강을 앞두고 대한제국군의 강력한 저항에 주춤거렸다. 40만의 유럽 연합군이 비스와 강으로 몰려들었고, 그들을 막기 위해 대한제국 5군단과 6군단을 주축으로 한 대한제국 15만 명과 폴란드 북부군 1만 명이 방어선을 형성한 채 유럽 연합군을 화끈하게 맞이했다.

"곳곳에서 강력한 저항을 받고 있습니다. 전선이 고착되면 저희에게 불리합니다. 연합 함대를 움직여야 합니다."

오드리 강을 넘어 계속 진격했던 지난 겨울 동안 유럽 연합군 총사령부는 축제 분위기였었다. 그러던 것이 비스와 전선에서 고전을 면치 못하자, 점점 분위기가 암울해졌다. 그런 와중에 토스카나 공국에서 날아온 바티칸 점령 사실은 유럽 연합군 총사령부를 더욱 곤혹스럽게 만들었다.

"신항을 바로 치고 싶나?"

영국 출신 총사령관 헤럴드 알렉산더가 리즈 백작에게 물었다.

"아닙니다. 신항은 바다를 향한 해안포만 일백 문이 넘을 정도로 방어가 튼튼해 해군 단독으로 공격해 들어갈 수 없습니다. 하지만 단치히는 가능합니다. 지금 당장 오드리 강 하구에 있는 연합 함대를 단치히 공격에 투입하시기 바랍니다. 더불어 마지 장군의 경질을 요구합니다."

리즈 백작의 발언에 모두들 놀란 얼굴로 헤럴드 알렉산더 총사령관을 바라보았다. 아무리 영국의 강력한 후원을 받고 있는 리즈 백작이라고 해도 이건 너무 심한 발언인 듯싶었기 때문이다.

"다른 의견은?"

"딱히 마지 장군을 해임할 이유가 없습니다. 1군단이 고전한 것은 사실이지만 다른 군단은 전투다운 전투를 치르지 않았습니다. 지금 1군단장을 해임하면 다른 군단장 역시 해임해야 한다는 결론입니다. 그리고 함대는 먼저 슈체친을 공격해야 합니다. 지금처럼 산발적인 공격으로는 절대 함락시킬 수 없습니다."

유럽 연합군의 인사를 담당하고 있는 프엥카레 참모는 리즈 백작의 의견에 반대하고 나섰다. 직책은 신무기 개발 및 정보참모에 불과한 리즈 백작이 연합군 총사령부를 좌지우지하고 있다는 느낌에 다른 참모들 역시 프엥카레의 의견에 동조하는 눈빛을 사령관에게 보냈다. 하지만 총사령관은 지그시 눈을 감으며 다른 참모들의 시선을 외면했다.

"맞습니다. 후미에 강력한 적 철마부대를 남겨놓는다는 것 자체가 잘못된 생각입니다. 후환을 남겨두는 것과 같습니다. 단치히를 치기 전에 먼저 슈체친을 쳐야 합니다. 함대가 가지고 있는 신형 함포를 동원하면 슈체친은 단숨에 무너집니다."

"안 됩니다. 그건 전혀 불필요한 일입니다. 단치히를 함락시키고 전선을 돌파하면 슈체친은 얼마 버티지 못합니다. 우리는 불필요한 화력을 낭비할 여력이 없습니다. 슈체친에 있는 철마가 움직이지 못하는 것은 바로 연료가 없기 때문입니다. 그렇지 않았다면 지금쯤 1군단은 전멸했을 것입니다. 움직이지도 못하는 적을 공격하기 위해 귀중한 장비를 노출시킬 필요는 없습니다. 슈체친은 다른 방법으로 공격할 것입니다."

"그것이 뭡니까?"

"갈릴레이 교수가 만들었다는 것을 이용할 생각입니다."

리즈 백작과 참모진 간의 설전을 말없이 듣고만 있던 총사령관이 감았던 눈을 떴다. 그가 고개를 들어 각국에서 파견된 참모진을 바라보았다.

주위가 조용해지길 기다린 알렉산더가 조심스레 말문을 열었다.

"마지 장군에게는 미안한 일이지만, 해임하게. 후임으로 코르테스 장군을 임명하도록. 이 사실을 다른 군단장들에게도 알리고 전 전선에서 총공격을 준비하라는 명령을 내려놓게. 이번에 비스와 전선을 뚫지 못하면 더 이상 기회가 없을지 몰라. 그리고 연합 함대에게 단치히 공격을 명령하고, 연합 함대의 단치히 공격과 때를 맞춰 모든 군단은 전 전선에서 돌파를 시도한다."

조용이 울리던 사령관의 목소리는 말을 더해 갈수록 힘이 들어갔다. 그는 마지 장군을 희생양으로 삼고자 하는 리즈 백작의 마음을 읽고 있었다.

"추가 병력 모집은 잘되고 있나?"

"계속해서 후속 병력이 전선으로 이동하고 있습니다. 그런데 지급할 무기가 턱없이 부족합니다. 그렇다고 쇠스랑을 들려줄 수도 없는 노릇이니 큰일입니다."

"일단 뭐든 들려 전선으로 보내. 각 군단장에게 재량권을 주고 무기 제작에 더욱 박차를 가하게. 리즈 백작이 수고 좀 해줘야겠어. 그나저나 큰일이군. 이 사실이 알려지기 전에 빨리 바티칸을 회복해야 하는데……."

이런 중요한 때에 범기독교 연합의 정신적 지주가 적의 수중에 있다는 사실에 마음이 착잡했다.

"계속 로마를 공격하고 있으니 조만간 좋은 소식이 올 것입니다."

"그래야지. 아무튼 이 사실을 가능하면 숨기도록 해야겠습니다. 이럴 때 아라곤 함대를 지원해 줄 함대가 없다는 것이 못내 아쉽군요."

유럽 연합 측은 수에즈 운하를 봉쇄하기에 앞서 모든 함대를 발틱으로 집결하도록 이동 명령을 내려놓았던 것이다.

"리즈 백작님은 빈과 뮌헨을 다녀오셔야겠습니다. 그쪽 무기 생산 공장에 한번 들러주십시오."

"알겠습니다."

리즈 백작이란 사람은 이국적인 풍모를 물씬 풍겼지만 군사 지식을 비롯한 다방면에 탁월한 지식을 소유한 사람으로 알려져 있었다. 아주 짧은 시간에 그는 유럽의 유명 인사가 되어 있었지만 그에 대해서 자세히 아는 사람은 거의 없었다. 단지 영국의 명망있는 가문의 후계자로 많은 공부를 했다는 것이 전부였다.

## 단치히 항구

발틱 함대 기함 전투함 2418함과 초계함 6503, 6502함이 외항에 정박하자 그 주위로 수십 척의 물자 수송선과 해양 순시함이 몰려들었다.

슈체친 하구를 기습 공격을 당해 잃어버린 발틱 함대는 이번에는 먼 바다까지 봉황을 띄워 바다로 접근하는 함대를 감시하고 바다 속에서는 잠수함 전대가 눈에 불을 켜고 돌아다니도록 하는 등 경계에 만전을 기했다.

해안가에 바짝 붙어 단치히로 이동하는 연합 함대를 처음 발견한 것은 역시 광범위한 정찰 능력을 보유한 봉황이었다. 불과 하루 거리에서 움직이는 대규모 함대를 놓칠 리 없었다. 수백 척의 연합 함대가 봉황의 감시망에 들어오자 그 소식은 바로 단치히에 있는 4121 기병사단 사령부와 발틱 함대 기함에 전달되었다.

"최소 삼백 척이란 말이지?"

안사협 대령은 발틱 함대의 화력을 가늠해 보았다. 기함과 초계함 두 척을 제외하면 모두 300톤 내외의 소형 선박으로 적 범선 300척을 상대하기에는 무리가 있어 보였다. 발틱 함대에 4척의 잠수함이 있다는 장점이 있었지만 4척의 잠수함이 상대할 수 있는 적함은 많이 잡아야 40척에 불과했다.

"전 함정에 전투 명령! 4군 사령부에 항공 지원 요청하도록. 각 잠수함은 개별 공격에 들어간다. 수송선들은 신항으로 신속히 회항하도록.

적함이 단치히 근처에 오지 못하게 막아야 한다."

아군 함대가 수적 열세에 놓여 있다지만 탁월한 기동성과 타격력을 믿어볼 수밖에 없었다.

바다에 나온 안사협은 유럽 연합의 대함대의 위용에 숨이 탁 막혀왔다. 얼마나 많은 배를 끌고 나왔는지 함교에 있는 레이더 화면이 온통 하얀 점으로 가득 찼다.

"그새 레이더 성능이 향상됐나?"

이격 거리 20㎞였는데도 유럽 함대는 특이하게도 2418함에서 쏘아대는 레이더 조사파를 확실히 반사하고 있었다. 두 함대가 가까워질수록 그런 현상은 더욱 두드러졌다. 목선에서는 볼 수 없는 현상이었기에 안사협 대령이 레이더 사관을 바라보았다.

"아닙니다. 목선이 아닐 수도 있습니다. 또 밀집 대형이라 그럴 수도 있습니다."

"일단 부딪쳐 보면 알겠지. 항공 지원은? 그리고 봉황은?"

"스몰렌스크 기지에서 이륙한다는 전문이 도착해 있습니다. 최고 속도로 이동하면 한 시간 이내에 도착합니다. 늦어도 한 시간 삼십 분 내에는 상공에 도착할 것으로 보입니다. 현재 봉황은 함대 후미에 있습니다."

"예상 일몰 시간은?"

"두 시간 뒤입니다."

부사령관이며 2418함을 맡고 있는 정운재 중령의 이야기를 들으며 안 대령은 유럽 함대와의 교전에 들어갈 시간을 가늠했다. 아무래도 교전이 시작되기 전에 천붕이 도착하기는 불가능해 보였다.

"함대 정지. 교전 중 절대 독자 행동을 삼가한다. 고립되면 당한다.

항상 주변에 있는 전우를 보살펴라. 소형함은 세 척씩 짝을 지어 함대 고속전을 실시한다. 우리가 다 죽더라도 상륙만은 막아야 한다."

함대 통신망을 개방한 안사협 대령의 목소리가 떨려왔다. 지금 단치히에는 한 개 군단이 한 달간 사용할 물자가 하역을 완료하고 이동 대기 상태에 놓여 있었다. 유럽 함대의 함선 중 단 한 척이라도 침투에 성공해서 함포를 쏘아대면 모든 것이 물거품이 될 판이었다.


"30척이라… 그것도 세 척만 빼고 전부 소형이란 말이지? 너무 적군."

아우스트리아 함대 사령관은 자신을 마중 나온 대한제국 함대에 대한 보고에 의아함을 느꼈다.

"총사령부에서 내려온 정보 문건에 의하면 발틱 함대는 주력이 소형 함정입니다. 대형 함정 세 척만 처리하면 나머지는 별 위협이 되지 않습니다. 다만 함포 사거리에 있어서는 우리와 비등합니다. 모르긴 몰라도 지금 전방에 나타난 함대가 대한제국이 가용할 수 있는 전체 함대 전력이라고 보셔도 될 것 같습니다."

넬슨 제독이 사령관의 이해를 돕기 위해 나섰다.

"그 정보 문건이 맞다면 그렇겠지. 각 함정은 대공화기 점검하고, 넓게 산개하며 공격에 들어간다. 적 함대를 중앙으로 몰아라!"

함대 사령관 기함에서 발해진 불빛 신호가 각 함에게로 전파되었다. 그 뒤 수많은 범선들이 무리를 지어 흩어지며 발틱 해를 가득 메웠다. 사방이 온통 유럽 함대 소속 범선으로 가득 찼다.

펑! 꽈광!

벌써 교전 거리에 들어왔는지 대한제국의 함포탄이 작렬했다. 확실히 대한제국 함포는 자신들의 것과 차이가 났다. 선두에서 함대를 이끌던 소형 갈레온선 하나가 함포를 뒤집어쓰고 불타올랐다. 마스트가 꺾여 바다로 떨어지는 것이 단안경에 잡혔지만 선도함은 계속해서 앞으로 전진해 갔다.

"아이런 애로우 준비!"

영국에서 설계하고 신성로마제국과 이탈리아에서 생산된 신형 함포, 아이런 애로우가 포탄을 장전하고 발사 대기 상태에 들어갔다. 종이로 싼 작약을 사용하여 장전 속도와 비거리를 향상시킨 아이런 애로우는 족히 4마일은 날아갔다.

"발포!"

꽈과과광!

기함에서 아이런 애로우가 발포되는 것을 시작으로 연합 해군에서도 함포가 발사되었다. 순식간에 스백 발의 함포탄이 발틱 함대 진영에 떨어져 내리며 무수한 물기둥을 만들어냈다.


"소형 함대 발진!"

안사협 대령은 적 함포에서 발사된 함포가 함대 진영에 정확히 떨어지는 것에 적잖이 놀라고 있었다. 적의 함포 사거리가 초계함의 75㎜ 함포와 거의 동급이었다. 소형함이 장착한 50㎜ 함포는 기껏해야 3㎞를 날아갈 뿐이었다.

"잠수함은 어디 있는 건가? 잠수함에 공격 명령!"

이상하게도 바다 속에 있을 4척의 잠수함은 아직까지 움직이지 않고 몸을 사렸다. 함포전이 시작되었다는 것을 모를 리 없을 텐데 아직까지 어뢰 공격이 이루어지지 않았다. 요동치는 바다 속으로 공격 명령이 전달될지 의문이었지만, 소리장은 연신 공격을 알리는 신호를 물속으로 쏘아댔다.

"6703함 피격!"

신항에서 세 번째로 건조된 소형함이 최초로 적 함포에 피격되며 피해가 발생했다. 가장 선두에 있던 6703함은 3발의 명중탄을 맞고 검은 연기를 뿜어댔다.

"6703함 피해 보고. 2명 사상, 5명 부상. 기동력 상실. 하지만 침몰할 때까지 싸우겠다. 50㎜ 기관포는 아직 멀쩡하다."

"6703함을 보호하라!"

안사협 대령의 눈시울이 뜨거워졌다. 10명 승무원 중 7명이 전투력을 상실했지만 나머지 3명이 기관포로 끝까지 저항하겠다는 뜻을 알려온 것이다. 6703함의 통신 내용은 함대 공용 통신망으로 들어와 전 함대에 그대로 전해졌다.

함대 사령관의 명령에 앞으로 달려가던 소형함 전대 하나가 6703함 주변으로 몰려들었다.

"모든 화력을 집중해서 적의 중앙을 공격한다."

"사령관님, 적 함대가 우릴 포위하려 합니다."

"알고 있다. 하지만 아직 물러날 수 없다. 좀 더 버티다 천천히 후퇴한다."

"6614함 피격!"

앞으로 내보낸 소형함 전대의 피해가 계속해서 들어왔다. 함포에 불타오르는 전함은 유럽 측이 월등히 많았지만 시간이 갈수록 소형함 전대의 피해도 늘어났다.

꽈과광! 꽈과과광!

양쪽 함대가 급속히 가까워지자 2418함의 127㎜ 함포가 연신 명중탄을 만들어냈다. 기함이 맹공을 펼치는 사이, 좌우로 나란히 항진하는 초계함에서도 75㎜ 주포 3문과 부포가 불을 뿜었다. 불꽃이 일며 피탄된 적함에서 불기둥이 솟았지만 침몰하는 함은 극히 드물었다. 함대 최전방에서 연신 50㎜ 함포를 발포하던 소형함들이 계속되는 피탄을 이기지 못하고 하나 둘씩 침몰하기 시작했다.

"6708함이 대형을 이탈해 안으로 진입합니다."

"뭐야?"

안사협 대령은 쌍안경을 들고 범선 진영 안으로 급속도로 들어가는 6708함을 찾아 나섰다. 지그재그로 움직이며 교묘히 포탄을 피해가던 6708함이 범선 진영으로 완전히 모습을 감추었다.

"6708함 호출해서 당장 빠져나오라고 해!"

"저쪽에서 호출에 응하지 않습니다."

"야! 윤재용이 당장 나와! 너 이 새끼, 빨리 안 나와!"

안 대령이 호출기를 뺏어 들고 소리쳤지만 아무런 응답이 없었다.

─사령관님, 윤재용 대위입니다. 적함은 장갑을 둘렀습니다. 고폭탄으로는 침몰시키기 어렵습니다. 공성탄을 사용하십시오. 총병이다! 고속 전진! 으악!

"재용아! 재용아!"

그것으로 끝이었다. 사령관이 애타게 불렀지만 6708함에서는 더 이상 대답이 들려오지 않았다. 2418함의 함교에서는 모두 말이 없었다.

"정신 차려! 포술장, 나 함장이다. 당장 공성탄으로 교체하라! 함 미속 후진!"

정운재 중령이 버럭 소리치며 함을 제어해 나갔다. 잠깐 동안이지만 넋을 놓았던 요원들이 다시금 전투에 몰두하기 시작했다.

그때 유럽 함대 후미에서 수십 개의 불기둥이 솟아오르며 요란한 폭음이 들려왔다. 함대 후미로 빠져나간 잠수함 전대가 전방 전투에 신경이 쏠린 유럽 함대를 어뢰로 공격하기 시작한 것이다.

"적의 기동을 최대한 저지한다! 한 방에 한 놈씩! 무장관은 조준 잘하도록!"

잠수함 387함 함장은 보유하고 있는 15기의 피라미 전부를 쏟아 부었다. 피라미 한 기로는 1,500톤 급 범선을 침몰시키기 어려울지 몰랐지만 최소한 속도를 현저히 줄일 수는 있었다. 동료함들도 대구 어뢰와 피라미를 연속 발사하며 수면 위에 모습을 드러냈다.

"함장님, 잠수해야 합니다!"

"대기! 아직 다섯 기가 남았다."

387함 부장은 위치가 노출되었다는 것을 직감했다. 앞서가던 전열함 5척이 급히 방향을 바꾸며 포구를 자신에게로 돌리고 있는 것이 눈에 들어왔다.

"함장님!"

―어뢰 장전 완료!

"발사!"

핑! 핑! 핑!

800m 이격 거리에 있던 오색찬란한 전열함을 향해 피라미들이 함을 빠져나갔다.

"잠수! 잠수각 최대! 최대 심도로!"

펑펑펑!

387함이 잠수를 시작함과 동시에 주변에 포탄이 떨어지기 시작했다. 폭음에 잠수함 선체가 심하게 흔들리며 파편들이 선체를 두드렸다. 연속해서 떨어진 포탄 중 하나가 387함의 갑판을 때리며 폭발했다. 언제 유럽이 작렬포탄을 개발했는지 387함의 갑판이 충격을 이기지 못하고 심하게 일그러졌고 뒤틀린 강판 사이로 해수가 무서운 속도로 침투하기 시작했다.


"11시 방향! 사선으로 적함을 겨냥해라!"

6503함 포술장은 고폭탄에서 공성탄으로 탄종을 바꾸고 나서 첫 제물을 찾았다. 공성탄의 위력을 알고 있는 포술장은 측면을 공격하는 것보다 선수나 선미를 공격하는 것이 더욱 효과적이란 것을 잘 알고 있었다. 측면 공격은 자칫 포탄이 목표를 뚫고 지나가 버릴 수도 있었다.

"발포!"

직접 3문의 75㎜ 함포를 제어하그 있는 포술장의 목은 점점 쉰 목소리를 내고 있었다.

3발의 공성탄을 맞은 목표가 폭발과 함께 그대로 가라앉았다. 함을 뚫고 지나가던 포탄이 중앙에서 연속으로 터지며 위아래로 압력을 가했고, 연속 압력을 견디지 못한 함의 용골이 부러지며 함이 침몰하고 있었다.

"1130, 거리 1,500, 발포!"

꽈광!

포술장은 이질적인 폭음과 함께 뜨거운 열기가 덮쳐 오자 본능적으로 허리를 굽혔다. 생전 처음 맡아보는 화약 냄새와 피비린내가 코끝을 자극했다. 고개를 이리저리 돌리던 포술장은 자신의 눈을 믿을 수 없었다. 3번 주포가 산산조각 났고 3번과 2번 주포를 운용하던 요원들이 피투성이로 나뒹굴어 있었다. 포술장은 달려가 살펴보고 싶은 마음이 굴뚝같았지만 우선 함교로 연결된 전화기를 들어 올렸다.

"함교 나와라! 갑판 피탄! 응급조치반과 의료반 지원 요망! 예비 주포 운용 요원 갑판으로!"

"1008, 거리 1,400, 발포!"

목으로 넘어오는 핏물을 꿀꺽 삼킨 포술장이 악 받친 소리를 질러댔다.


단기 3960년 늦겨울, 우크라이나 리보프


우크라이나 전역에 흩어져 있던 4군단 전 병력 4만 명이 4군 사령관의 이동 명령에 따라 주둔지를 벗어나 크라코프로 이동을 시작했다.

관할 구역을 3군단에게 넘겨준 4군단 사령관 황보민 중장은 한결 홀가분한 마음으로 지휘차량에 올라탔다. 카르파티아 대간의 처마 자락에서 겨울을 보낸 4군단은 크게 날갯짓을 하며 하늘 높이 날아오를 준비를 시작했다.

"유럽 연합군의 대대적인 공격이 전 전선에 걸쳐 시작되었다. 사십만 유럽 연합군 공격에 맞서 대한제국군 4군 휘하 장병들은 싸우면 반드시 이긴다는 투철한 군인 정신으로 무장하고 지금 이 시간에도 혈투를 벌이고 있다. 수많은 우리의 형제들이 피를 흘리며 적과 싸우고 있다는 것을 잊지 마라. 이제 우리 막강 4군단에도 임무가 주어졌다. 우리는 크라코프를 탈환하고 지중해 아드리아까지 앞만 보고 진격 또 진격해 나간다. 우리를 막는 적은 오로지 죽음뿐이다! 가자! 4군단은 진격하라!"

군단장의 진격 명령에 4군단이 환호성을 지르며 장장 1,200km의 대장정을 시작했다. 기병사단을 선두로 4411 기계화사단과 포병여단이 그 뒤를 따라갔다. 4군단 특수여단의 호위를 받으며 보급품을 실은 수송부대가 출발하자 보병사단이 최후미에서 크라코프로 행군을 시작했다.

4군단의 진격로에는 유럽군 3개 군단 12만 명의 진격로와 보급로가 놓여져 있어서 반격이 만만찮을 것으로 예상되었지만, 막강 4군단의 행로를 막을 수 있으리라고는 아무도 생각하지 않았다.

"경계선을 넘어갑니다."

천마로 무장한 장갑 정찰중대와 기병대대가 폴란드와 우크라이나의 경계선을 넘어가고 있었다.

실질적인 교전 지역에 들어선 장갑 중대장은 상체를 밖으로 내밀고 주변을 두리번거렸다. 사방에는 잔설이 그대로 얼어붙어 있었고, 어디에도 적의 그림자는 보이지 않았다.

"광범위한 정찰을 실시한다. 차 간 간격을 더욱 넓혀라. 좌우 오백 미터, 앞차와의 간격 일백 미터. 진격 속도 일십!"

대대장의 말에 천마—4 16대가 넓게 산개하며 평원을 느릿하게 훑고 지나갔다. 차장들은 기관총을 붙잡은 채 사방을 경계했고, 승무원들은 차체의 움직임에 몸을 맡긴 채 개인화기를 손질했다. 그렇게 한동안 16대의 천마가 내뿜는 굉음이 평원 가득 울려 퍼졌다.

"110 지점. 일단의 행렬 발견. 비무장으로 보이지만 숫자가 수백 명에 달한다."

—1소대는 즉각 110 지점을 확보하고 보고하라!

경계선을 넘어 대략 30㎞를 들어왔을 무렵, 카르파티아로 움직이는 사람들의 행렬이 나타났다. 기대했던 적이 아니란 보고에 중대장은 실망하는 눈치였다.

그러나 기병대대장은 그들이 크라코프를 탈출한 사람이 아닐까 하는 생각에 1소대보다 먼저 민간인 행렬에 다가갔다. 조봉민 대령의 특별 지시를 받은 바 있는 대대장은 민간인들을 찬찬히 뜯어보았다. 애석하게도 그가 아는 사람은 아무도 없었다.

"우린 대한제국 군대다. 너희들은 누구냐?"

"저희들은 크라코프에서 탈출한 소치니 교도들입니다."

"그래? 그럼 시장님은 어디 계시는지 아느냐?"

대대장의 짐작대로 크라코프 시민이라는 것이 밝혀지자, 엘브롱그의 소식을 먼저 물었다. 무리를 인솔하고 있는 듯한 자는 대답을 머뭇거렸다.

"구교도 놈들이 들어오고 제일 먼저 한 것이 소치니 신부님과 시장님을 화형시킨 일입니다. 교회는 완전히 불타 버렸고, 시내 곳곳에서 방화가 있었습니다. 그 와중에 많은 사람들이 죽었죠. 크라코프는 완전히 폐허나 다름없습니다. 대한제국 기병연대가 떠날 때 떠났어야 했는데… 흑흑흑!"

대대장은 크라코프에서 무슨 일이 일어났는지 짐작이 가고도 남았다. 카르파티아 산자락으로 숨어들 거라는 피난민들은 대대원들이 나눠 주는 모포와 먹을 것을 가슴에 힘껏 품고는 멈췄던 발걸음을 다시 뗴었다.


### 단치히 상공


밝게 빛나던 동그란 해가 하루 일과를 마치고 서쪽 하늘을 발갛게 색칠하며 어기적어기적 넘어갔다 그 가운데 1만 5천미터 상공을 날고 있는 전투비행사단 2개 연대가 도망가는 태양을 쫓아 빠르게 서쪽으로 날아갔다.

"적이 해안가로 가는 것을 막아라! 절대 상륙을 허용하지 마라!"

—6503함 피탄! 주포 상실! 부포로 계속 공격합니다!

—6711함 침몰!

"천붕이 도착했다! 전 함정은 혜역을 최대 속도로 이탈하라!"

지지직!

—3대대 상황 보고하라!

이병훈 준장이 타고 있는 천붕은 향후 봉황을 대체할 기체로 개발된 광역 전선 통제기로 불사조로 불렀다. 봉황보다 한 단계 발전된 장비를 장착한 불사조는 천붕 기체에 각종 통신 장비와 관측 장비, 그리고 레이더를 장착했다. 80개의 주파수를 한꺼번에 통제할 수 있는 통신기기에서는 발틱 함대의 처절한 몸부림과 단치히를 방어하는 4121사단 예하부대 간의 통신이 쉴 새 없이 들어왔다.

"장군님, 30초 후 목표 상공에 도착합니다."

바다 위를 탐색하고 있는 레이더에 잡힌 발틱 함대는 겨우 10척도 되지 않았다. 단지 바다에 떠 있는 것이 그랬다. 그중 몇 척이 기동 가능한지 알 수 없었다.

불사조가 해전이 한창인 상공을 지나칠 때, 그 뒤를 따라온 50대의 천붕이 속도를 줄이고 하강하기 시작했다.

"1연대부터 폭격에 들어간다. 아군 함정이 근접 거리에 있다. 먼저 정밀 폭격에 들어간다. 발틱 함대와 적을 분리시키고 난 뒤 무차별 폭격에 들어간다."

500㎏ 고폭탄 50개와 대형 모자탄 두 개를 실은 신형 천붕이 구름을 뚫고 그 모습을 드러냈다. 길이만 54m가 넘는 천붕은 항속 거리 12,000㎞를 자랑하는 대한제국이 보유한 최신형 폭격기다. 제비호처럼 고기동이 불가능하다는 단점이 있었지만, 설계자들은 천붕이 격추된다고는 생각하지 않았기에 단점으로 보지도 않았다.

"투하!"

이무민 소령은 천붕을 완만하게 하강시키며 거의 수평 비행에 들어갔다. 해수면과 가까워질수록 이무민은 조종간을 잡고 있는 손에 힘을 주었다. 후방 좌석에서 폭탄 투하 임무를 맡고 있는 윤형식 중위가 폭탄창을 열고 고폭탄 하나를 떨어뜨렸다.

"잘한다. 아주 농약 뿌리듯 골고루 잘 뿌린다. 최소한 반타작은 해야지."

윤 중위는 유럽 함대 머리 위를 지나면서 총 8개의 폭탄을 떨어뜨려 3개를 명중시켰다. 그렇게 연습을 했음에도 명중률이 형편없었다.

이무민 소령의 핀잔을 들으며 윤 중위는 자신의 머리를 톡톡 쳤다. 기체가 상승하며 왼쪽으로 크게 선회하기 시작했다.


"플라잉 애로우 발사!"

"갑판 총병은 대공 사격하라!"

넬슨은 윤 중위가 소속된 비행대대가 다 지나고 나서야 대공 사격을 명령했다. 해전에 온통 신경을 쓰고 있던 연합 함대는 하늘에서 내려오는 공격에 수십 척의 배가 반파되거나 완파되고 있었다. 우왕좌왕하던 대공포 담당 수병들이 영국군 티장의 무기를 하늘 높이 날려보냈다. 각 전열함의 앞뒤 양 옆에 고각으로 고정된 포대에서 쏘아 올려진 포탄이 길게 꼬리를 달고 하늘 높이 올라가 폭발했다.


거의 저고도 수평 비행을 하고 있던 천붕 사이사이로 수십 발의 포탄이 올라와 터졌고 파편들이 1연대 후속으로 폭격 코스에 진입했던 2연대 3대대를 스치듯 지나갔다.

투다닥! 타타타타탁!

도리깨에 터져 나가는 콩깍지 소리가 5908 기체 안으로 전달되었다.

5908이란 숫자가 선명한 천붕의 왼쪽에서 하얀 연기가 뿜어졌다.

양익에 두 개씩 장착된 4기의 엔진 중 하나에서 연기가 나며 힘차게 돌아가던 프로펠러가 멈춰 선 5908기가 급격히 추력을 상실하며 추락하려 하자 조종사는 수평을 유지하려 애를 썼다.

─5908. 모든 폭탄을 버려라! 무게를 줄이란 말이야! 5908 들리나? 5908!

전혀 예상치 못한 공격에 적잖이 놀란 듯 이병훈 준장이 소리치는 소리가 5908의 통신기를 타고 흘러들었다.

대답할 여유도 없이 기체 안정에만 신경을 쓰던 5908 조종사가 이병훈 준장의 말대로 폭탄창을 열어 모든 폭탄을 떨어뜨리기 시작했다. 일시에 30톤의 폭탄이 바다 위로 떨어져 내렸다. 한결 기체가 가벼워진 5908이 점점 상승하기 시작했다.

꽈과광!

동시다발적인 폭발음이 또다시 들리고 폭풍이 상승하는 기체의 꼬리를 뒤흔들었다. 가까스로 상승하려던 5908이 또다시 기체를 휩쓴 폭발에 휘말려 양력을 상실하고 그대로 곤두박질치며 추락했다.

─모든 편대는 폭격을 중지하고 안전 고도 일만 미터까지 상승한다.

그사이 또 다른 천붕 하나가 추락하고 있었다. 좌익을 관통한 포탄에 좌익이 너덜너덜했다. 좌익이 동체에서 떨어져 나가면서 날개 꺾인 천붕 한 기가 그대로 바다를 들이받았다.

2연대 2대대 후미를 따르던 천붕이 머리를 하늘로 향하며 급격히 고도를 높였고, 저고도로 선회하던 1연대도 상승을 시도했다. 대열이 흐트러진 천붕들이 하늘을 난잡하게 날아다녔다.

"모든 천붕은 신속히 사각 편대를 구성하고 무차별 폭격을 위한 정지 비행을 준비한다. 피해를 입은 기체는 공역을 이탈해 030 지점에서 대기하라!"

불사조 승무원들은 난잡한 하늘을 바쁘게 정리해 나갔다. 동체와 날개 부분에 피해를 본 7기의 천붕이 더 이상 고도를 올리지 못하고 공역을 이탈하기 시작했다.

10여 분 동안 선회와 자리 바꿈을 계속하던 천붕들이 고고도에서 대형 4각 편대를 구성하며 다시금 해역에 나타났다. 고고도에서 활강하듯 천천히 내려오는 모습은 밑에서 보면 마치 하늘에 정지해 있는 착각을 불러일으켰다.

"준비된 편대부터 진입한다. 모자탄을 먼저 보낸다. 모두 쏟아 부어라!"

가로세로 3대씩, 총 9대로 구성된 4각 폭격 편대가 폭탄창을 열고 5톤짜리 대형 폭탄 2개를 떨어뜨렸다. 총 18개의 모자탄이 해상 500m에서 외피를 깨고 수천 개의 아이 머리통만한 자폭탄을 사방으로 흩뿌렸다. 가로세로 3km 지역에 골고루 뿌려진 자탄의 충격 신관이 작동하며 터져 나갔다.

이어 500kg 폭탄이 줄줄이 떨어졌다. 눈먼 폭탄들이 우수수 떨어지며 유럽 함대를 무차별 유린했다. 발틱 함대를 포위하기 위해 넓게 산개되어 있었음에도 불구하고 총 3번에 걸쳐 시행된 폭격에 대부분의 함이 불타올랐다.

모자탄은 배에 불을 지르고 갑판에 있는 수병들을 살상했지만 고폭탄은 낙하하는 무게만으로도 배 밑바닥까지 뚫고 지나갈 만한 위력을

발휘했다. 어떤 폭탄은 장갑에 튕겨 올랐다가 공중에서 폭발하기도 했
는데 일단 맞은 배는 침몰을 면하지 못했다.

"3연대가 십 분 후에 공역에 들어옵니다. 1, 2연대 폭격을 마치고
대기 중입니다."

구형 천붕을 보유한 3연대는 늦게 출격한 데다 속도도 느려서 이제
야 도착하고 있었다. 항속 거리도 짧은 구형 천붕은 공역에 오래 지체
할 시간도 없었다.

"3연대는 해안가로 이동하고 있는 적함을 공격하도록. 그리고 030
에 대기하고 있는 기체를 단치히 외곽으로 이동시켜 4121사단을 지원
하도록. 1, 2 연대는 고고도에서 대기 후 3연대가 폭격을 마치면 기총
훈련을 실시한다."

이병훈은 3연대가 도착하면 유럽 함대는 곧 궤멸될 것으로 생각되었
다. 한 고비를 넘겼다고 생각한 그는 자리에서 일어났다. 냉수를 마시
려다 녹차로 생각을 바꾼 이병훈이 뜨거운 물을 잔에 따르고 잠시 기
다리며 레이더 상황판을 둘러보았다.

"이건 뭔가?"

이병훈은 남쪽에서 반짝이고 있는 점을 가리켰다. 거의 움직이지 않
고 있었지만 슈체친 상공에 뭔가 떠 있는 것 같았다.

"봉황인가?"

"모르겠습니다. 하지만 그곳에 봉황을 투입한다는 전문은 받지 못했
습니다."

"그래도 모르니 4군 사령부에 문의해 보고, 만일을 대비해서 1연대
를 슈체친으로 이동시켜!"

이병훈은 바르샤바 보급창을 공격한 기구가 아닐까 하는 생각이 스치고 지나갔다.

"저것이 진짜 그놈들이라면 하늘이 누구 것인가를 확실히 보여줘야지."


## 슈체친 남쪽 10km, 600m 상공

베를린 외곽에 떠오른 기구에는 유럽 연합군 공군 소속 병력이 한 사람씩 타고 있었다. 지름 10m 기낭에 가스와 뜨거운 공기를 가득 채운 기구는 비록 일회성이었지만 최초 출격에서 예상외의 전과를 올렸다. 이번이 두 번째 출격인 기구 부대는 슈체친을 폭격하기 위해 이동 중이었다. 그들 사이에는 갈릴레이가 만든 대형 비행선이 한 척 떠 있었는데 운없게도 이 비행선이 불사조의 감시망에 걸려든 것이다.

대형 비행선 아래에 매달려 있는 바구니에는 윈스턴 소총으로 무장한 병력 십여 명이 자리한 채 주의의 기구들을 감시 중이었다.

"바람이 아주 좋군. 하나님에게 영광을! 이대로 조금만 가면 슈체친 상공이다."

태양이 모습을 감추고 땅거미가 내려앉았다. 지나간 하루가 아쉬운 듯 동쪽 하늘에 여운이 남아 있었다. 단안경으로 아래를 내려다보던 이그나시오 가리도는 어둠 속에 가려지는 오드리 강줄기를 바라보며 중얼거렸다. 처음에 자신이 탄 바구니가 땅에서 멀어질 때는 두려움이 밀려왔었지만, 지금은 적응이 되어 하늘을 날고 있다는 생각에 마음이 한껏 들떠 있었다.

"하늘을 나는 것도 별 거 아니군. 난 이제 어디든 갈 수 있다!"

유럽 연합 측에서는 목숨을 걸고 기구에 탈 사람을 모집하고 있었고, 밀라노 교회 종교 감옥에서 사형 날짜만을 기다리던 그는 흔쾌히 기구에 타겠다고 자원했다. 잘만 하면 살 수 있는 길이 열리기 때문이다.

"얼마나 많은 성인들이 성스러운 역사에 참여했던가? 게다가 난 교황 성하의 축복까지 받은 몸이다."

중얼거리던 가리도가 무릎을 꿇고 하늘에서 이 거룩한 역사를 지켜보고 계실 그분을 위해 기도를 올리기 시작했다. 어차피 기구는 자신이 가만히 있어도 알아서 움직였고, 자신은 부대장이 나눠 준 양초 같은 것에 불을 붙여 떨어뜨리기만 하면 되었다. 그리고 이 임무가 끝나면 어디든 갈 수 있었다. 이번 임무를 이행하지 않고 도망치면 하나님의 노여움을 받을 거라는 협박을 받긴 했지만, 이번 일만 끝나면 떳떳하게 살 수 있었다. 신부님으로부터 면죄부를 받았기 때문이다. 어쩌면 영웅으로 칭송받으며 성하를 뵈옵는 영광을 가질 수도 있었다.

"성령을 믿사옵니다. 저를 굽어 살펴주시옵소서."

ㄷㄷㄷㄷㄷㄷㄷㄷ―

"헉!"

기도가 끝나기가 무섭게 기구가 급격히 아래로 추락했다. 어찌 된 일인지 기구 상층부에 몰려 있는 수소 가스에 불이 붙어 있었다.

"으악! 살려줘! 살려줘!"

바닥에 엎드린 가리도는 도저히 일어날 수가 없었다.

"그래, 무게를 줄어야 돼!"

무거워서 떨어진다고 생각한 가리도는 눈에 보이는, 손을 뻗어 닿는 모든 것을 밖으로 내던지려 마음먹었다. 그러나 의지와 몸이 따로 놀고 있는 동안에 기구는 급격히 땅과 가까워졌다.

"모조리 추락시켜!"

1연대장은 셀 수 없을 만큼 많은 수의 기구와 비행선이 발견되었다는 선도기의 보고를 받고는 기도 안 챘다.

그 뒤로 급히 달려온 25기의 천붕은 기구를 발견하자 병아리를 발견한 독수리처럼 달려들었다.

피스톨 몇 자루가 방어력의 전부인 기구들은 가을비에 젖은 낙엽이 떨어지듯 우수수 곤두박질쳤다. 20㎜ 총탄이 기구 상층부를 뚫고 지나가면 어김없이 불길이 치솟았다. 기구 상층부를 채우고 있는 수소 가스가 총탄이 지나가는 열에 불이 붙으면서 기낭으로 사용된 가죽과 종이를 한순간에 불태웠다. 불길을 매달고 땅으로 추락한 기구들은 여지없이 작은 폭발을 일으켰다.

"도망가야 한다! 아니, 착륙시켜! 아니, 도망가야지! 아아악!"

기구 부대를 이끌고 있는 조셉 미셸은 갑자기 나타난 천붕으로 인해 정신적 공황에 빠져들었다. 번개같이 나타났다가 멀어지는 천붕의 공격에는 그야말로 속수무책이었다. 그가 할 수 있는 일은 고함치는 것밖에 없었다.

## 바르샤바 남쪽 80km 지점

5군단 후미에서 화력 지원을 해주던 5군단 예하 포병여단이 전 포문을 열어 포격을 시작했다. 과거를 거울삼아 고 중장은 포병을 한곳으로 모아 대기시켰다가 5군단이 맡고 있는 방어선으로 유럽 연합군 4군단과 5군단 병력 8만 명이 몰려들자 곧바로 화력 지원을 시행했다.

"보이기 전에 격결한다."

고수석 중장은 적의 이동이 탐지되자 곧바로 기계화사단을 보병 참호선 앞으로 전진시켰다. 그리고 천포가 가지는 최대 유효 사거리인 5km 안에 적이 들어오자 지체없이 포격을 명령했다.

거리가 멀다는 이유로 마음의 여유를 갖고 접근하던 유럽군 선두 그룹 위로 모자탄이 쏟아져 내렸다. 유럽군 4, 5, 6군단을 지휘하는 중군 사령부는 즉각적인 돌격 명령을 내렸고, 기보병 혼성부대가 속보 돌격에 들어갔다. 그에 발맞추어 유럽 연합군 포병에서도 포격을 시작했다.

5군단 예하 2개 보병사단 전체가 투입된 참호선에 포도탄이 떨어져 내렸다. 유개호를 만들지 못한 보병들이 참호에 웅크린 채 적이 소총 사거리에 들어오길 기다렸다.

"우리 포병은 뭐 하는 거야? 포병은 포병이 잡아야 할 것 아냐? 그 새끼들 제대로 하는 일이 없어!"

대대 참호에 몸을 숨긴 무병술 중령은 참호 주위로 떨어지는 포탄 소리를 들으며 포병여단을 싸잡아 욕했다.

하지만 무병술이 지휘하는 대대를 지원하는 포병은 애초에 존재하지 않았다. 유럽 연합군은 각 연대 별로 포병대를 대동하고 공격에 나섰지만, 5군단은 포병 세력을 한곳으로 집중시켜 놓았기에 20km의 방어선에서 포병 지원을 받을 수 있는 곳은 채 반절이 되지 않았다. 대신 포병 지원을 받지 못하는 곳에는 천마 2개 대대가 있어 부족한 화력 지원을 담당했다.

드드드드드―

"거리 이천 미터!"

대대 전방에 덩그라니 멈춰 있던 천마 4대에서 기관총을 발사하기 시작했다. 떼거지로 몰려드는 연합군을 향해 총신이 벌겋게 달아오를 때까지 사격이 계속되었다. 그리고 천마에서 하차한 보병들이 천마 주위에 포진하고는 사격 자세에 들어갔다.

펑펑펑!

유럽군 포병대가 먼저 천마를 공격하기로 마음먹었는지 포탄이 천마 주위로 쏟아져 내렸다.

"전원 승차! 고속기동전에 돌입한다!"

전차장은 보병들을 다시 불러들이고는 즉시 자리를 이탈해 앞으로 100m를 전진하더니 이내 방향을 구십 도 바꿔 좌우로 움직였다.

―적 기병대 출현! 천마는 참호선까지 후퇴하고 화기소대는 지원사격 준비하라!

봉황에서 넘어온 정보가 대대 본부를 통해 예하부대로 신속히 전달되어졌다.

그리고 정보가 전달되기 무섭게 1천 기의 기병대가 천마를 뒤쫓아 왔다. 기병대는 유럽에서 생산되는 다양한 소총을 들고 기관총을 난사하는 천마 전차장을 겨냥했다.

천마 전차장 심상돈 하사는 기병대가 코앞까지 다가오자 기관총 사격을 포기하고 차 내로 들어와 자신의 소총을 잡았다. 가로세로 5cm 총안구에 소총을 집어넣고 시야에 기병대가 들어오길 기다렸다.

탕!

천마와 나란히 달리던 기병 하나가 총안구를 향해 총을 쏘았다. 깜짝 놀란 심 하사가 방아쇠를 당겼지만 총알은 허공으로 날아갔다. 다른 승차원들도 사격을 시작하면서 천마 안에는 화약 연기로 가득 찼다.

"박 상병, 최고 속도로 대대 참호 쪽으로 후퇴! 차내 환기!"

틱틱틱—

"으악, 나 맞았다! 으악! 사람 살려!"

총알이 차체에 튕기는 소리와 함께 누군가의 비명 소리가 들려왔다. 누군가 작은 총안구로 들어온 총알에 맞은 모양이었다. 비명 소리는 이제 막 막내 티를 벗어난 이 일병에게서 터져 나왔다.

"저 새끼 조용히 시켜! 어디에 맞은 거야?"

"어깨에 총알이 박혔습니다!"

"그걸로 안 죽는다! 조용히 해!"

계속 비명을 지르는 이 일병의 모습이 전 승차원들의 혼을 빼앗아 갔는지 모두 어떻게 해야 할지를 몰라 쩔쩔매고 있었다.

앉은걸음으로 이 일병에게 다가간 심 하사가 소총 개머리판으로 철모를 세게 내리쳤다. 어깨에서 전해져 오는 통증보다 더 심한 뇌를 울리는 어지러움에 이 일병의 비명이 뚝 그쳤다.

"거리 일천오백."

관측병이 적 기병대와의 거리를 가늠하며 외쳤다. 화기 소대장은 대대 참호 주변에 배치되어 본부 중대장의 사격 명령을 기다렸다. 적 기병대는 운이 없게도 대대 참호 정면으로 달려오고 있었다.

"대기!"

"거리 일천!"

"사격!"

최대 유효 사거리 2,000m를 자랑하는 12.5㎜ 기관총 12정이 일시에 불을 뿜었다. 참호선으로 후퇴하는 천마를 포위할 기세로 달려오던 기병대가 기관총 사격에 고스란히 노출되었다.

드드드드—

몇십 초 안에 200발을 쏟아내고 다시 연결된 탄창이 빠르게 비워져 갔다.

"총열 교환! 기병대가 흩어진다! 대대 사격!"

기다리던 대대장의 명령이 떨어지자 참호에 웅크리고 있던 대대원들이 일제히 소총을 참호 밖으로 내밀고 사격을 시작했다. 밀집 대형으로 돌격하던 기병대는 기관총의 집중 포화에 걸려 반수 이상을 잃어버리고는 넓게 흩어졌다.

탕탕탕!

꽝!

4대의 천마가 속도를 줄여 작은 원을 그리며 회전할 무렵, 총안구 사각을 따라온 기병들이 들고 있던 보따리에 불을 붙여 천마를 향해 던졌다. 보따리는 천마 바닥에서 굉음을 내며 폭발했다. 회전력에 폭발

력이 더해지며 천마가 균형을 잃고 옆으로 쓰러지더니 궤도가 벗겨지
며 그대로 멈춰 섰다.

"적 보병이 접근합니다."

천마 4대가 동시에 파괴되는 장면에 넋을 잃고 바라보던 대대장은
보병들이 접근한다는 소리에 쌍안경을 집어 들었다.

"저건 또 뭐야?"

이미 1,000m 이내로 접근한 보병들 사이사이에 거대한 검은 상자들
이 나타났다. 나무 바퀴가 달려 있는 검은 상자는 느리지만 꾸준히 앞
으로 다가왔다. 그 뒤에는 수천여 명의 보병들이 몸을 숨긴 채 뒤따라
왔다.

"연대 본부 호출해서 지원 요청해. 아무래도 이쪽이 적 주공인 것
같아."

바르샤바 원정군 사령부

해질 녘에 시작된 유럽 연합군의 공격은 자정이 될 무렵 잦아들고
있었다. 간혹 온기가 느껴졌던 바람도 점점 차가운 칼바람으로 바뀌어
갔다.

"지독한 놈들!"

김상태 대장은 참모 작전 회의실에 들어오며 치를 떨었다. 중기관총
앞으로 무작정 달려드는 연합군은 끝이 없었고 그로 인해 수만 명이
광범위한 전선의 벌판에 쓰러져 있었다. 그렇게 연합군은 총알받이 그

이상도 이하도 아닌 병사들을 앞세우면서 5군단이 형성한 참호선 전방 50m까지 진출했다.

"그땐 아찔했지. 그 무식하게 생긴 놈들을 밀고 왔을 때는 말이야. 내일은 또 뭐가 나올지 궁금하단 말야. 유럽 놈들은 아주 재미있어. 신기하지만 쓸모없는 것들을 만들어내는 데 재주가 탁월해."

김상태는 유럽군이 앞세운 철판을 두른 마차를 떠올렸다.

포병의 지원을 받으며 재차 시도된 유럽 연합군은 생소한 물건을 끌고 나타났다. 소총탄으로 뚫을 수 없는 두터운 철판을 댄 수레를 끌고 진격해 온 유럽군은 거의 참호선을 넘을 뻔했다. 하지만 수류탄이 터지면서 나무로 된 바퀴가 깨졌고, 멈춰 선 수레는 급히 이동된 중기관총의 사격을 받아 구멍이 숭숭 뚫리면서 무용지물이 되었다.

"2138사단이 스몰렌스크에 도착했다는 소식이다. 3군에서 지원 병력을 보낸다는 소식도 있다. 더 이상 기다리다가는 곰은 재주가 부리고 박수는 3군이 차지할 것이다. 그래서 이번 천붕 폭격이 끝나면 방어전에서 공격전으로 나서기로 했다. 최단 시간 내에 노출된 적 진지를 점령한다. 천마여단을 전면에 배치시켜 적 사령부로 진격해 간다. 5군단이 프라하로 먼저 움직이고, 6군단은 뤼베크를 거쳐 베를린으로 진격한다. 그리고 슈체친에 있는 4111사단에게 공격 명령을 하달하도록. 이곳의 공격에 맞춰 적 포위망을 궤멸시키고 유럽 연합군의 후퇴로를 장악하도록. 올해 안에 원정군 선두가 지중해에 도달한다는 목표로 움직인다. 천붕의 예상 도착 시간은?"

"네, 현재 민스크 상공을 지나고 있습니다. 앞으로 삼십 분 이내에 바르샤바를 통과할 것으로 예상됩니다."

"각 예하부대 상황을 다시 한 번 점검하도록!"
"네, 사령관님!"


### 우치 남쪽 20km 지점 유럽 연합군 중군 사령부

그날 밤의 하늘은 유난히 밝았다.

수만 명의 사상자를 내고도 대한제국군의 방어선을 넘지 못하고 진지로 후퇴한 유럽 연합군 중군(中軍) 사령부는 침통하기 그지없었다.

"다시 한 번 공격해야 합니다. 지금쯤 연합 함대가 단치히를 함락했을 것입니다."

유럽 연합 함대의 궤멸을 알 리 없는 중군 사령부 참모들은 사령관에게 재차 공격을 종용했다. 한번 빼어 든 칼이었다. 지든 이기든 끝장을 봐야 한다는 것이 참모들의 중론이었다. 하지만 사령관의 생각은 달랐다.

"우리가 밀리면 어떻게 될지 생각해 봤나? 이번 전투에서 사상자만 삼만이야. 좌군과 우군이 전선 돌파에 성공했다고 해도 포위당할 수 있어. 내일 아침이면 각 군에서 보낸 전령이 도착할 거네. 좌우군의 상황을 먼저 파악해야 돼. 좌우군이 전선 돌파에 성공했다면 우리도 다시 한 번 공격한다. 하지만 그렇지 않다면 여기서 지원군을 기다려야 할 거야."

"오히려 대한제국군이 좌군과 우군에 포위당할 수도 있습니다. 행여 우리만 뒤처지지 않을까 염려됩니다. 총사령부에서 마지 장군을 해임시킨 것은 무조건 공격하라는 압력입니다. 이번 일로 우리의 입장이 난처해질 수 있습니다."

중군 사령관의 부관인 카보트는 다음 공격에서 얼마나 많은 사람이 죽을지는 걱정하지 않았다. 다만 전쟁에서 승리했을 경우 자신들이 차지할 것이 적어질 것을 우려하고 있었다.

"카보트 부관의 말씀이 맞습니다."

중군 사령부가 재공격에 대한 결정을 내리고 있지 못하고 있을 무렵, 유럽 연합 함대를 괴멸시킨 스몰렌스크 전투비행사단이 재무장한 채 바르샤바를 넘어 연합군 진영에 폭탄을 떨어뜨리기 시작했다.

그렇게 전 전선에 걸친 공습이 끝나고 나자 원정군이 보유한 모든 포병 세력의 포격을 시작으로 15만의 병력이 일제히 방어선을 넘어 야간 공격에 들어갔다. 대한제국군 공격의 선봉에 선 천마부대는 적 보병이나 기병부대를 상대하지 않고 곧바로 중군 군단 사령부로 몰려갔다.

"사령관님, 적의 대대적인 공격입니다. 파죽지세로 밀고 내려옵니다. 우치에 있는 5군단 사령부가 괴멸되었습니다. 이쪽으로 철마들이 몰려옵니다."

둥— 둥— 둥—

뛰쳐 들어온 피투성이 전령의 말이 끝나기 무섭게 멀리서 포성이 은은히 들려왔다.

"무슨 소리야? 다시 한 번 말해 봐! 언제 공격을 당했다는 거야? 우치에 자그마치 삼만 명이 있었다. 그들이 전멸했다는 거냐?"

전령의 말을 믿을 수 없었던 사령관은 전령에게 바짝 다가갔다. 전령의 제복은 너덜너덜 헤어졌고 얼굴과 팔다리에는 검붉은 핏자국과 까만 딱지가 내려앉은 것이 성한 곳이 없어 보였다.

"모두들 잠들어 있었사온데 갑자기 하늘에서 불벼락이 쏟아져 내렸습니다. 하늘에서는 아무것도 보이지 않았습니다. 거대한 악마의 불기둥이 땅속에서 올라와 군단장님과 병사들을 집어삼키고 모든 것을 불태웠습니다. 하늘에서 지옥불이 떨어져 내리고 얼마 지나지 않아 철마가 들이닥쳤습니다. 저는 소식을 전해야겠다는 일념 하나로 말을 달려 이곳까지 왔습니다. 하나님의 보살핌이 없었다면 저는 이곳까지 오지도 못했을 것입니다."

"포대는 뭐 하고? 플라잉 애로우들은?"

"너무 순식간에 벌어진 일이었습니다. 미처 확인하기도 전에 당했습니다."

5군단이 당했다면 4군단이나 6군단도 공격을 받았을 가능성이 높았다. 하지만 그쪽에서는 전령이 도착하지 않고 있었다. 미처 전령을 보내기도 전에 당했거나, 공격을 막아냈거나 둘 중 하나였다.

중군 지휘 막사를 나온 사령관은 북쪽 하늘을 바라보았다. 은은한 포성과 함께 북쪽 하늘이 저녁노을처럼 붉게 물들어 있었다.

"우군에 지원 요청하고 전 군단에 비상을 걸어. 플라잉 애로우 부대를 최전방으로 이동시키고."

"플라잉 애로우 부대는 대공 부대입니다."

"알고 있어. 지금 드래곤이 문제가 아니라 철마가 문제야. 여기서 우치까지 겨우 십 마일이야. 시간이 없어!"

전령의 말이 사실이라면 지금쯤 대한제국군이 근처까지 접근해 왔을 가능성이 높았다. 아니나 다를까 중군 사령부 외곽 경비를 담당하던 기병대에서 보낸 전령이 하얗게 질린 얼굴로 달려왔다. 적은 사령부가 어디에 있는지 정확히 알고 있는 듯했다.

"사령관님, 일단 피하셔야 합니다. 돌아가 브로츠와프에 도착한 지원병을 이끌고서 다음을 노려야 합니다."

재촉하는 카보트를 빤히 쳐다보던 사령관은 어이가 없었다. 방금 전까지만 해도 공격해야 된다고 주장하던 자가 이제는 도망쳐야 한다고 나서고 있었다.

"그 어중이떠중이들로? 낫 하나 달랑 들고 식량만 축내는 놈들을 가지고?"

꽈광! 꽝!

플라잉 애로우 부대가 철마를 공격하고 있는지 가까운 곳에서 폭발음이 들려왔다. 그와 함께 이제는 익숙한 기관총 소리가 사방에서 울려 퍼졌다. 점점 소리가 가까워지자 카보트의 얼굴이 점점 흙빛으로 변해갔다. 불사조에서 떨어뜨린 조명탄이 중군 사령부 지휘 막사 주변을 환히 비추자, 참모들이 사방으로 흩어졌다. 벌판에 혼자 남은 사령관은 그 자리에 털썩 주저앉았다.


단기 3960 여름, 파리 상공

강렬한 태양 빛이 센 강물에 보석을 갈아 뿌렸다. 반짝이는 강물 사이로 물고기들이 튀어올랐고, 파리 시내 곳곳에서는 오물 썩는 냄새가 진동했다. 수백 년 동안 프랑스의 정치와 상업의 도시로 부침을 반복하던 파리의 1만 5천 미터 상공에 천붕 한 기가 소리없이 지나갔다.

"이게 전쟁이야? 전쟁이면 폭격 임무는 아니더라도 최소한 정찰 임무라도 맡아야 하잖아! 신형 천붕을 탄다고 좋아했더니 딱 두 번 폭격 임무에 투입되고는 허구한 날 이런 종잇장이나 뿌리고 다니다니!"

중위에서 대위로 승진한 윤형식 대위는 또다시 농약 뿌리는 것과 진배없는 전단지 뿌리는 임무를 맡게 되자 투덜거렸다. 지지리도 운이 없었다.

"이봐, 박 중위. 보면 뭐 아나? 뭐라고 쓰여 있어?"

후방 좌석에 앉아 있는 박 중위가 프랑스어로 쓰여진 전단지를 읽고 있자 핀잔을 주었다. 그 자신은 프랑스어를 모르고 있었다. 물론 알 필요도 못 느꼈다. 당연히 박 중위도 그럴 거라 생각했지만 박 중위의 대답은 뜻밖이었다.

"제가 프랑스어를 조금 알고 있죠. 로마 교황이 우리를 천군으로 인정했다는군요. 천군에 적대시하는 것은 곧 하나님에 대한 불경죄에 해당하니 천군을 천사처럼 경외하랍니다. 언제일지 모르지만 하늘에서 천사가 내려온다네요. 완전히 웃기는 이야긴데 이게 먹혀들 거라고 생각하는 정보부 애들이 불쌍합니다. 그리고 이거 집어 든 사람 중에 글을 읽을 줄 아는 사람이 얼마나 될까요?"

"맞는 말이야. 그럼 다음번에는 천사 수백 명을 태우고 와야 하는데 웃기지도 않는다. 나도 낙하산 타고 떨어지면 졸지에 천사되는 건가? 근데 이거 진짜야?"

"여기 교황의 직인이 찍혀 있지 않습니까? 그런데 어떻게 교황을 설득했는지 이럴 때는 정보부 애들도 일을 하긴 하는 것 같네요. 하지만 이번에 있지도 않은 비선 조직이 있다고 설쳤던 걸 보면 또 영 못 미덥고."

"비선 조직! 그거 있었지. 그냥 조용히 처리한 것뿐이야. 유럽 연합 쪽과 선이 닿은 사람들은 모조리 조사를 받았어. 혐의가 인정된 사람만 천여 명에 달한다는 풍문이야. 그런데 조용히 처리했어. 의외로 쉽게 전투가 진행되다 보니까 천군부에서도 아량을 베푼 거지. 아니면 이중 첩자라도 있었던가 했겠지."

대대적인 공격이 개시되고 유럽 연합군 정규군 40만이 와해되자 유럽은 무주공산이나 다름없었다.

오드리 강에서 잠시 전열을 가다듬은 대한제국 4군 원정군은 하루 50㎞씩 쾌속 남진하였고 4군단은 이미 이탈리아 반도 북부까지 진격해 있었다. 수에즈 운하가 재개통되고 지중해 함대의 보급에 숨통이 트이면서 크레타 기지에 주둔 중인 전략기동군이 로리앙을 다시 탈환하고 프랑스를 압박하는 상황이었다.

"파리 상공입니다."

"좋아, 오십만 장만 뿌리고 다음 도시로 이동하자구."

평소에는 40톤의 온갖 폭탄을 싣고 있어야 될 폭탄창에 전단지가 가득 차 있었다. 폭탄창이 열리자 오십만 장의 전단지가 눈송이처럼 떨어져 내렸다.

"그런데 이제 지구상에서 전쟁이 사라지는 겁니까?"

유럽전은 대한제국의 승리라는 결말을 향해 다가가고 있었다. 소문으로는 특수부대가 유럽 연합군 총지휘부를 사로잡았다는 소식도 들려왔다.

"어차피 유럽 군대는 해산될 거고, 대한제국에 맞설 힘이 있는 나라는 없으니 그럴 수도 있지. 그런데 이놈의 인간들은 아무리 생각해도 전쟁을 즐기는 듯하단 말이야. 나도 그렇고. 박 중위는 안 그렇나? 유럽 함대에 폭탄을 쏟아 부을 때는 부풀어오르는 희열에 머리가 하얗게 되는 줄 알았다니까? 아무래도 난 미쳤나 봐."

"맞아요. 기장님은 전쟁에 중독되셨어요."

"뭐? 중독?"

"아니, 말이 그렇다는 거죠. 이번 임무 마치면 공수 작전에 투입된다고 하던데 맞습니까?"

박 중위는 윤 대위가 과잉 반응을 보이자 화제를 바꾸는 게 좋겠다고 생각했다.

"공수 작전 좋아하시네. 완전 사기 작전이지. 공수여단 애들에게 천사복 입혀서 떨어뜨린단다. 총 든 천사 봤냐? 갈수록 가관이야. 그냥 밀고 들어가면 얼마나 화끈하고 좋아. 건설 회사 육성 차원에서 다 때려부수고 새로 만들면 되잖아. 그리고 포로들 공짜 밥 주니 일이라도 시켜야지."

"그래도 유럽 놈들 단순하다니까 진짜로 믿을지도 모르죠."

박 중위와 윤 대위의 잡담은 끝이 없었다. 그러면서도 그들은 유럽 곳곳에 전단지를 뿌리며 다녔다. 고공에서 뿌려진 전단지는 바람에 날려 사방으로 흩어졌다.

## 단기 3960년 가을, 북해 심해 대한제국 잠수함 단군호

브뤼셀을 떠난 작은 배를 조용히 뒤따르던 단군호 함장은 잠망경으로 바깥을 살펴보고 있었다. 잠망경에 잡힌 배는 너무 작아서 파도 위를 위태위태하게 넘어가고 있었다.

"저 배가 우리가 기다리던 배인가?"

함장이 묻자 정화사령부에서 파견 나온 장교가 시계를 한번 쳐다보고는 함장의 양해를 얻어 잠망경에 눈을 가져다 댔다.

"맞습니다. 조금 있으면 신호가 올 겁니다."

영국 방향으로 움직이는 배에는 서너 명이 뱃전에서 서성댔다. 그 가운데 갈색 코트를 입고 있는 사람이 유독 눈에 띄었다.

'저 사람인가?'

신호를 기다리던 장교는 그를 계속 주시했다. 아직 해가 지려면 두어 시간이 더 필요했다. 북해에서 누군가를 데려오라는 단군의 명령을 받은 단군호는 무작정 기다린 지 3일 만에 작은 배 하나를 포착했다. 돛 하나를 달랑 달고 노를 저어가는 돛단배는 너무 작아서 처음 발견했을 때는 그 배가 기다리던 배인지 의심이 갈 정도였다.

그때 반짝이는 빛이 몇 번 깜빡였다.

"신호가 왔습니다. 이쪽에서 신호를 보낼까요?"

"아니, 잠시 대기. 다시 한 번 확인한다. 주변에 다른 배는 없나?"

"모두 조용합니다."

갑판에 있던 사람은 한참 바다를 바라보다 다시 손전등으로 신호를 보내왔다. 이쪽에서 대답이 없자 그는 방향을 180도 바꿔 아무도 없는 바다를 향해 신호를 보냈다.

"맞습니다. 여러 번 확인했습니다. 약속된 신호가 분명합니다."

"우리는 한 명만 데려오라는 명령을 받았다. 그런데 갑판에는 최소 네 명이 있다."

함장이 정화사령부 장교를 바라보았지만 그도 결정을 내리지 못하고 있었다.

"일단 확인을 해보죠. 그때 가서 아니다 싶으면 어쩔 수 없이 제거해야겠습니다."

마침내 단군호에서 응답이 가자 범선의 돛이 내려지고 멈춰 섰다. 해류와 파도에 몸을 맡긴 범선이 조용히 출렁거렸다.

탕탕탕!

단군호가 바다 위로 떠오르기 직전, 범선에서 세 발의 총성이 울려 퍼졌다. 단군호에서 범선을 향해 불빛을 비췄다. 갑판에는 세 명의 사람들이 쓰러져 있었고, 단 한 사람만이 단군호의 불빛을 온몸으로 받아들였다. 단군호가 천천히 범선에 다가갔다. 갑판에 설치된 기관포가 언제라도 범선을 침몰시킬 준비를 마친 채 명령을 기다렸고 수병들은 소총을 들어 사격 자세를 잡았다.

"토르의 망치."

"트로이 목마."

암구어를 확인한 장교가 손짓하자 무기를 쥐고 있던 갑판 요원들이 손에서 힘을 뺐다.

"당신이 목마입니까?"

"그렇습니다."

"범선에 폭약을 설치하도록!"

자신을 목마라고 밝힌 사람이 단군호로 넘어오자 대기 중이던 병사들이 가방 하나를 열어 시계를 조절하고는 범선 갑판에 집어 던졌다. 단군호가 범선으로부터 멀어지고 얼마 후 작은 폭발음이 있었다.

펑! 펑!

이내 바다 위에서 범선은 사라지고 작은 나무 조각들만이 파도에 이리저리 휩쓸려 다녔다. 단군호 안으로 들어가기 전 사방을 둘러본 함장이 갑판을 내려가자 갑판 위에 거치되었던 기관포가 제거되고 수병들이 사라졌다. 텅 빈 갑판 위로 바닷물이 넘실대더니 이내 바다 밑으로 조용히 사라졌다.


단기 3960년 겨울, 르 아브르 항 항공모함 2102함 갑판


태극기를 휘날리는 대한제국 항공모함 2102함이 수십 척의 호위함, 지원함을 대동하고 센 강 하구에 그 위용을 내보였다. 서너 대의 잠자리들이 연이어 해안가와 항공모함을 오갔고, 제비호가 주변 상공을 초계 비행했다.

"4군 사령관님께서 도착하셨습니다."

김상태 대장을 태운 잠자리가 갑판에 사뿐히 내려앉자 갑판에 도열

해 있던 항모전단장과 함장, 그리고 많은 장병들이 부동 자세를 취했다.

잠자리 문이 열리고 참모진들이 빠져나온 뒤 김상태 사령관이 잠자리 날개를 주의하며 조심스럽게 내려왔다. 별 4개가 선명한 모자가 잠자리 밖으로 나오자 군악대의 환영 연주가 시작되었다.

"차렷! 경례!"

"승선을 환영합니다, 사령관님!"

"고맙소, 제독. 고생이 많았습니다."

간단한 인사가 끝나자 김상태 사령관은 전단장의 안내를 받으며 선실로 들어갔다.

"다 모였습니까?"

"영국은 끝내 오지 않았습니다. 이번 유럽 연합 사령부의 항복에 불복한 많은 사람들이 도버 해협을 넘어 영국으로 건너가고 있습니다."

"그 밖에는요?"

"영국을 제외하고는 모두 모였습니다."

김상태 사령관이 선실 4층에 있는 회의실 문 앞에 잠시 섰다. 이 문을 열고 들어가면 유럽 연합국 황제나 왕이라 칭했던 자들, 또는 그 자식들이나 전권을 위임받은 대리인들을 모두 볼 수 있었다. 그중에는 대한제국이 내세운 꼭두각시도 반수 이상이나 되었다.

심호흡을 크게 한 김상태가 고개를 끄덕이자 경비병이 문을 열었다.

"이미 통보해 드린 바와 같이 우리의 조건은 다음과 같습니다. 첫째 각국의 군대는 해산한다. 둘째 모든 국가는 대한제국에게 전쟁 배상금을 앞으로 한 달 이내에 지불한다. 스페인 황금 천만 파운드, 프랑스 이천만 파운드, 신성로마제국 천오백만 파운드, 영국 이천만 파운드, 네덜란드 오백만 파운드, 덴마크 오백만 파운드 그 외 공히 백만 파운드. 셋째 각국은 지구 연합에 가입하며 지구 연합에서 제정하는 연합법에 따른다. 넷째 쥬신 대륙은 원래 대한제국의 영토이기에 각국이 쥬신 대륙에 건설한 식민지는 대한제국에 이양한다. 이상입니다. 모두들 다 읽어보셨으리라 믿고 서명하시기 바랍니다."

항복 문서가 참석자들 앞에 가지런히 놓여졌다. 프랑스 왕 루이 13세는 자신의 앞에 놓여진 항복 문서를 들쳐 보다가 이내 울음을 터뜨렸다. 프랑스가 지불해야 될 전쟁 배상금 황금 이천만 파운드는 프랑스 국토를 다 내주어도 모자랄 판이었다. 전쟁 배상금을 빙자한 영토 지배권을 이양받겠다는 속셈이 뻔했지만 그나마 왕권과 목숨이라도 부지하려면 어쩔 수 없었다. 회의실에 모인 사람들은 모든 것을 다 빼앗기고도 이의를 제기하거나 소란을 피우지 않았다. 루이 13세가 울음을 그치고 펜을 들어 서명을 마치자 모두들 자리에서 일어나 조용히 회의실을 나갔다. 경비병들이 그들을 에워싸고 갑판으로 이동시켰다.

"불쌍한 놈들."


단기 3961년 초 영국 런던


대한제국에 쫓겨 도버 해협을 넘은 유럽 연합군 잔존 세력들이 속속 영국으로 모였다. 패잔병들은 찰스 1세의 지휘 아래 대한제국을 유럽에서 몰아내겠다고 설치고 다녔고, 일부는 신대륙으로 새 삶을 찾아 떠났다.

"리즈 백작은 아직도 소식이 없나?"

총사령부가 대한제국 특수부대에 의해 와해되고 지휘부가 뿔뿔이 흩어졌다. 일부는 붙잡히고 일부는 사살되었지만, 일부는 탈출에 성공해 런던에 와 있었다. 유럽 연합군을 재건하는 데 없어서는 안 될 인물이 리즈 백작이었기에, 찰스 1세는 그의 행방을 백방으로 수소문하고 있었다.

"브뤼셀에서 배를 타고 떠난 것까지 확인되었습니다만 그 이후로 행방이 묘연합니다."

"영지에 보낸 전령은 도착했겠지?"

"네, 그곳에도 리즈 백작은 없었습니다. 그랜드 성은 집사와 하인들이 지키고 있었다고 합니다."

"그렇겠지. 영국에 왔다면 내게 제일 먼저 소식을 전했을 사람이야. 무슨 일을 당한 것은 아닌지 그게 걱정이군."

유럽에서 건너온 기술자들과 영국 기술자들이 새로운 무기를 개발하기 위해 혼신의 힘을 기울이고 있었지만, 리즈 백작이 없어서인지 신통치가 않았다.

이미 유럽의 모든 제국이 대한제국에게 무릎을 꿇고 치욕적인 항복 문서에 서명했다는 소문이 파다했다. 조만간 영국을 공격할 거라는 이야기는 영국 전역에 퍼진 지 오래였다.

"리즈 백작, 그대는 어디 있나?"

단기 3961년 봄, 스몰렌스크 공군기지 아침

50만 평의 대지에 건설된 스몰렌스크 공군기지는 10개의 활주로와 5개의 비상활주로를 가지고 있으며, 150기의 각종 비행기가 주둔하는 4군 최대의 공군기지였다.

"관제탑, 5918번 모든 계기 점검이 끝났다."

―알았다. 9번 활주로에서 대기하라.

이륙 허가를 받은 5918기가 천천히 9번 활주로에 들어섰다.

좌우를 둘러본 이무민 중령은 손을 흔들어 보였다. 8번 활주로로 진입하는 6001호에 탄 윤형식 대위가 손을 흔들었다.

―5918호 이륙!

"5918호 이륙!"

곧게 뻗은 은빛 날개를 활짝 펴고 천붕 5918호가 활주로를 질주했다. 굉음을 울리며 활주로를 이탈한 5918호가 사뿐히 날아올라 고도 1만 미터까지 상승하기 시작했다. 그 뒤를 이어 9대의 천붕이 날아올랐다.

"이번 작전은 토르의 망치로 명명되었다. 옛 신화에 보면 토르가 가진 망치로 두드리면 부서지지 않는 것이 없었다고 한다. 우린 서쪽에 떠 있는 작은 섬 하나를 침몰시킬 생각이다. 다시 한 번 말하지만 정확한 목표 지점에 떨어뜨려야 한다. 그리고 일단 폭탄이 투하되면 공역을 이탈해 전속력으로 집결 좌표에 모이기 바란다. 알겠나?"

―네, 편대장님, 그런데 안경은 꼭 써야 합니까?

"아참, 안경은 꼭 써야 한다. 밖을 내다보지 않으면 아무 문제 없다.

이번에 적재된 폭탄은 강력한 빛을 수반한다. 그 빛에 노출되면 잠시 시력을 잃을 수 있다. 무슨 말인지 알겠나?"

—네, 편대장님, 그런데…….

"또 뭔가, 윤 대위?"

—이 폭탄 이름이 뭡니까?

"몰라도 된다. 실은 나도 모른다. 알려고 하지도 마라. 이번 작전은 극비 중의 극비이며, 향후 이 작전에 대해서는 입도 뻥끗해서는 안 된다."

편대장도 모르는 폭탄이 실려 있다는 것이 선뜻 이해가 되지 않았지만 편대장의 엄포에 윤 대위의 입이 실룩거렸다.

10기의 천붕이 모스크바를 지나 북극해로 이동하더니 항로를 서쪽으로 바꿨다가 대서양 상공에서 다시 남쪽으로 바꿔 내려왔다.

아침에 기지를 출격한 10기의 천붕은 그날 오후 늦어서야 기지로 돌아왔다. 천붕에서 내린 사람들의 표정은 하나같이 굳어 있었고 누구도 말문을 열지 않았다. 말 많기로 소문난 윤 대위조차 그 일이 있은 후 며칠 동안 입이 열리지 않았다.

# XV 뫼비우스의 띠

지구력 400년

끊임없는 우주 개척에 나선 지구 탐사대는 지난 40년 동안 우리 은하를 이루는 별들을 탐사하고 우리 은하계를 항해하는 데 지장이 없을 정도의 정보를 축적했다.

그동안 우주과학의 눈부신 발달로 각 행성 간의 이동이 훨씬 빨라져서 우리 은하의 끝에서 끝까지 약 7만 광년의 거리를 일 년 안에 주파할 수 있는 기술을 보유하게 되었다.

이는 우주가 갖고 있는 독특한 공간의 흐름을 발견하지 못했다면 불가능한 일이었다. 새로운 우주 여행의 개념은 기존의 속도 개념을 완전히 뒤집어놓은 것으로 인류가 기계력에 의존했던 것을 부분적으로 탈피하는 계기가 되었다.

인류의 우주에 대한 연구가 거듭되고 알지 못했던 많은 지식을 습득하게 됨에 따라 과학자들은 우주가 하나의 거대한 에너지라는 가정을 세우고 에너지의 흐름에 대한 연구에 착수하게 되었다. 이 이론은 우주에서의 무한한 에너지원을 발견하는 데 지대한 영향을 미쳤다.

그 이론에서 더욱 진일보하여 일단의 과학자들은 모든 행성과 은하계 성단들은 완벽하지는 않지만 일정한 어떤 흐름에 의해서 공전과 자전 운동을 하고 있고 응축과 폭발이 반복적으로 일어나 행성 운동을 방해한다는 사실을 확인했다. 응축과 폭발은 공간을 뒤틀리게 만들었고, 이 뒤틀린 공간은 다른 공간과의 거리를 순식간에 좁혀줄 거라는 생각에서 착안하여 결국에는 아공간을 이용한 공간 이동 방법을 찾아내는 데 성공한다.

이는 우리 은하의 모든 행성들에 대한 움직임과 그에 소속된 많은 혜성, 소행성들의 움직임을 연구하던 박은경 황립 우주연구소의 수석 연구팀장이 이끄는 팀원들에 의해 처음 세상에 소개되었다.

그녀는 지난 인류가 기록해 놓은 수천 년의 별들의 움직임과 지금의 움직임을 비교 분석하던 중 100년에 한 번씩 은하계에 특이한 움직임이 있음을 알게 되었다. 행성의 위치가 조금씩 틀어졌다가 다시 제자리로 돌아오곤 하였는데 최근 100년간의 기록에서는 거의 매일 그런 현상이 관측되고 있었다. 그 변이가 너무 미미하였기에 과거의 관측 기술로는 큰 변화들만이 관측되어 기록되곤 하였을 것이라는 추측이 가능했다. 그녀는 각 행성들을 비정상적으로 움직이게 하는 힘이 무엇인지를 밝혀내기 위해 전 은하계에 관측장비를 보내어 정보를 수집하게 된다.

그 후 10년간의 연구와 실험을 거듭하여 마침내 우주는 마치 생명체처럼 숨을 쉰다는 가정을 설정하고 그 가정을 입증하는 데 성공하였다. 이 우주의 독특한 숨 쉬기 운동은 에너지의 응집과 분산으로 표현되며, 각 행성은 본연의 힘으로 이를 우주 공간에 만들어내고, 행성이 모여 이룬 태양계를 비롯한 하나의 공간도 그들만의 또 다른 공간을 만들어낸다는 것을 의미하기도 했다. 이들 공간은 상호 유기적으로 움직이며 때로는 한 행성의 공전을 방해하기도 하였다.

그녀는 우주가 자신의 공간에 만드는 공간을 아공간이라 칭하고 이 아공간의 유기적 움직임을 이용하여 공간 이동이 가능한 우주 좌표를 찾아내는 데 성공한다. 공간 안에 존재하는 아공간은 시간과 공간에 대한 제약을 받지 않고 상호 연결된 아공간으로 이동할 수 있다는 것이 발견되면서 우주 여행은 새로운 전기를 맞이하게 된다. 시간이 흐를수록 더 많은 아공간이 발견돼고 그들의 운동 법칙이 발견되면서 우주 좌표들은 점점 늘어나고 있었다.

각각의 우주 좌표는 짧은 시간 동안 열렸다 사라지는 아공간을 나타내고 있었고 시간 대 별 좌표의 이동과 아공간의 끝 지점을 밝히는 데 사용되어졌다.

그녀의 팀은 이 이론을 개발한 공로로 열 번째로 발견된 지구와 비슷한 제10지행성의 이용 권한을 99년 동안 받게 되었다.

이런 아공간은 우주에 셀 수 없이 많이 퍼져 있었고 하나의 우주가 생길 때마다 무수히 생겨나거나 사라져 갔다. 첫 아공간의 발견 이후로 새로운 아공간을 찾아 나섰던 천인단에서는 우리 은하계가 만들어낸 새로운 형태의 아공간을 발견하게 되었다. 이 공간은 은하의 중심부에 위치하고 있어서 그동안 발견되지 않았으나, 인류의 우주선들이 우주 에너지를 이용하면서부터 은하계 중심에 뭉쳐져 있는 에너지가 일으키는 소용돌이의 힘을 이겨낼 수 있게 되자 자연스레 발견될 수 있었다. 하지만 이것은 인류에게 또 하나의 숙제를 제공했다.

새로운 아공간의 발견은 은하계 간의 이동을 순식간에 해결해 줄 것으로 여겨졌으나, 박은경 박사가 제창한 이론으로는 도저히 이 공간의 움직임을 설명할 수 없었다. 완벽한 혼돈의 공간이 인류에게 나타나 버린 것이다. 은하 중심이 만들어낸 아공간의 성질이 지금까지 은하계 간 이동에서 사용되어져 왔던 아공간과는 너무나 상이한 특성을 가지고 있었고 아공간이 가지는 어떠한 규칙성도 발견할 수 없었다.

그래서 천인단과 천군부에서는 가장 손쉬운 방법을 택하기로 하였다. 그것은 직접 들어가 보는 것이었다.


화성 부근 지구 탐사대

"10분 후면 화성에 도착합니다."

항법사의 목소리가 조종실에 울려 퍼졌다. 창밖으로 무수한 별들이 반짝였고 멀리 화성이 화면 가득 잡혔다. 많은 수송선들이 드나들고 있는 화성 공역은 상당히 복잡했다.

"예정보다 30분 늦었군. 항로 유지하고 속도를 반으로 줄인다. 화성

방위사령부와 통신을 연결하도록."

언제나 그렇듯 마사동 함장은 그 자리에 앉아서 적절한 명령을 내리고는 마치 자신과는 상관없다는 양 눈길을 창밖으로 돌렸다.

"화성사령부. 여기는 대전함이다. 5분 후에 지정된 장소에 도착한다."

—화성에 온 걸 환영한다. 1—2—8 지점에서 대기하라. 화물은 준비를 마친 지 오래다.

"알았다."

사령부와 교신을 마친 마사동 함장은 함 내부와 연결된 스피커를 켰다.

"나 함장이다. 예정보다 조금 늦었지만 조금 있으면 화성에 도착한다. 화물 선적을 위한 준비를 한다. 도착이 늦었기 때문에 화성에 착륙하지 못하고 곧바로 다음 지역으로 이동한다. 이상."

대전함이 격납고를 활짝 열자 우주 공간에서 대기하고 있던 소형 수송선들이 안으로 들어왔다. 갑판 요원들은 수송선을 지정된 위치에 집어넣고 대원들을 숙소로 안내하느라 분주히 움직였다.

각 수송선에는 전차와 수륙양용 장갑차가 한 대씩 들어 있었고, 공강병 1개 분대가 탑승해 있었다. 소형 수송선 1천 대를 수용할 수 있는 대전함 같은 대형함은 행성에 착륙해서 중력권을 벗어나는 데 엄청난 에너지를 소모했다. 그래서 대부분의 대형 수송함은 소형 수송함의 모함으로 사용되어져 왔다.

"모두 다 실었습니다, 함장님, 소형선 팔백 척에 공강병 일만 명입니다. 그 외 각종 장비를 실은 중형 수송선 열 척입니다."

"다른 수송선은?"

"부산함은 우리보다 먼저 도착하여 준비를 마쳤습니다. 서울함이 지구에서 출발한다는 통신이 방금 전 들어왔습니다. 우리보다 먼저 호위함대와 합류할 것 같습니다.

"호위함대는 어디쯤 있나?"

"태양계 밖에서 수송대를 기다리고 있습니다."

"최종 점검하고 완료하는 대로 출발한다."

"네, 함장님!"


태양계 외곽을 방어하는 태양계 방위함대는 지구방위사의 최전방 함대였다. 달에 모기지를 보유한 지구방위사령부는 각 행성에 기지를 마련하고 총 7개의 함대를 운영 중이었는데 모두 대형 전투함으로만 구성되어 있어서 지구 전력력의 5할을 차지한다. 각 함대는 모함 1척에 전투함 10척, 지원함 3척 총 14척으로 구성되었다.

기함인 태양 급 전투모함은 우주전투기 500대와 대기권에서 작전이 가능한 300대의 전투기를 보유하고 있었고 사거리 20만 km를 자랑하는 대형 에너지포 1문과 근접화기를 장착하고 있었다. 이 함은 내부 피라미드 엔진에서 발생하는 강력한 에너지막으로 보호되었다.

모함의 외곽을 담당하는 전투함은 핵융합 미사일 200기와 대형 에너지포 2문, 중형 에너지포 10문을 장착했다. 지원함은 함대에 필요한 물자를 공급하며, 통신 및 강습병을 보유했다. 타격력이 낮은 대신에 방어력만큼은 모함을 능가했다.

태양계 밖으로 은하 탐사대 소속 함정들이 속속 도착했다. 대전함을 끝으로 함대 구성이 완료되자 옹기종기 모여 있던 함정들이 정렬하기 시작했다.

"대한민국은 드넓은 우주로의 확장을 시도하였고, 작은 결실을 거둔 것도 사실이다. 하지만 여전히 우리 앞에 놓여진 우주는 미지의 세계로 남아 있다. 그 미지의 세계가 신혼 첫날밤 신랑의 손길을 기다리는 처녀의 설레이는 마음으로 우리를 기다리고 있을지, 아니면 그 반대의 경우일지 우리는 알지 못한다. 하지만 우리의 선조들은 우주를 개척하라는 유언을 남겼고 우리는 그 유지를 받들어 오늘에 이르렀다. 우리가 이룬 성과는 비록 작을지라도 우리의 후손들은 우리를 기억하게 될 것이다. 이 땅에 오신 천인들은 으리의 미래를 위해 자신들을 희생하셨다. 이제 그 보답으로 우리의 후손들에게 우리를 희생할 때이다. 모두들 이해하고 있겠지만 우리가 천인 일만 인의 이름을 기억하듯 누군가는 우리의 이름을 기억할 것이다. 우리는 고향으로 돌아가지 못할지도 모른다. 하지만 두려워 마라. 바로 내 옆에 내 동지들이 있기 때문이다. 제군들의 건투를 빈다."

탐사대 사령관의 장황한 연설이 끝나자 서울함을 선두로 대전함과 부산함, 여수함이 이동하기 시작했다. 4척의 수송대가 움직이자 4척의 전함도 각자의 자리를 맡아 움직였다.

그들의 항진을 제7함대가 예포를 쏘며 배웅해 주었다. 이번 출정은 전 태양계에 생중계되고 있었다.

펑! 펑! 펑!

오색찬란한 불꽃들이 우주 공간에 수를 놓았다.

"자, 가볼까?"

왕건 소장이 우두둑 소리를 내며 손가락을 풀어주었다.

그의 명령에 8척의 우주선이 광속기를 가동하고 암흑의 바다로 빨려들어갔다. 그들이 있었던 자리에는 8줄기의 빛줄기가 남았다가 순식간에 어둠 속으로 파묻혔다.

"잘 가시게나. 부디 다음에 만날 수 있기를."

7함대 사령관 이종식 소장이 사라진 자들을 향해 거수경례를 올리자 이순신함의 함교에 모인 장교들이 손을 관자놀이에 올렸다. 수많은 희망자 중에 엄선된 일만의 용사들이 죽음을 담보로 머나먼 길을 떠난 것에 대한 부러움과 안도감이 그들의 마음속을 교차했다.

탐사대의 출발을 지켜보던 국무위원들은 말없이 자리를 떴다. 오직 천군부 장관과 천인단 단장만이 까만 우주를 비추고 있는 화면을 계속 응시했다.

"그만 일어나시지요."

천군부 장관이 의자를 밀며 일어났다.

"그럴까요. 오늘은 오랜만에 청계천이나 한번 나가볼까요. 동동주에 파전이나 먹으러 갑시다. 아직도 그런 걸 파는 데가 있다고 하던데."

"그렇지요. 제가 가끔 들르는 곳이 있는데 오늘은 제가 모시죠."

"오래 살고 볼일이네요, 장관이 내는 술도 마셔보고. 하하하."

장관은 짠돌이로 소문이 나 있었다. 그는 마누라에게 완전히 잡혀 살고 있어서 개인적인 일에는 절대로 주머니를 열지 않았다.

"전 함대 정지!"

왕건 소장은 함대가 은하계 중심부의 인력권 외곽에 다다르자 함대를 세웠다. 각 우주함은 피라미드 엔진과는 별도로 극소형 태양이라 불리우는 핵융합 라이트를 가지고 있었다. 이 핵융합 라이트는 각 함에 설치된 생명 유지 시스템의 기초 에너지원으로 작용한다. 식물, 동물, 인간, 각종 미생물 등으로 이루어진 거의 완벽한 먹이 사슬이 생명 유지 시스템의 핵심이었으며 미생물과 식물을 키우는 태양 에너지를 이 핵융합 라이트가 발생시키게끔 되어 있었다.

"우리는 앞으로 이곳에서 한 달 동안 본 함대 앞에 있는 아공간에 대한 정보 수집을 행할 우주 기지를 건설한다. 혹여 우리가 나중에 이곳으로 돌아오더라도 우리가 알 수 있게끔 말이다."

시간에 대한 개념은 우주에서는 별 의미가 없었다. 오직 기록을 위해서만 시간이 존재했다. 한 달이라는 시간은 순식간에 지나갔다.

"이제 가볼까. 미지의 세계에 첫발을 내딛는다는 것은 언제나 경이로운 일이야."

탐사대가 한 달간의 준비 운동을 마치고 서서히 아공간으로의 진입을 시도했다.

"사령관님, 아공간에 특이한 움직임이 관측되고 있습니다. 점점 공간 입구가 좁아지고 있습니다."

"화면을 나타내 봐."

화면에 나타난 공간이 급속도로 줄어들고 있었다.

"전 함대 최고 속도로 아공간에 진입한다!"

왕 소장이 결단을 내리자 8척의 우주선이 광속으로 공간에 빨려들었다.

"점점 우주선 속도가 떨어집니다. 외부에서 어떤 반작용이 일어나는 것 같습니다. 이러다가는 아공간에 진입하기도 전에 공간이 닫힐 것 같습니다.

"모든 에너지포 전방을 향해 발사하라!"

왕건 소장의 명령에 4척의 전함에서 주포가 발사되었다. 소리없이 아공간으로 다가간 에너지탄이 어떤 반탄력에 의해 사방으로 튕겨 나갔다.

"전함의 속도가 점점 회복되고 있습니다. 앞으로 5초 후면 진입합니다. 다시 속도가 떨어집니다. 공간으로 접근할수록 전함이 받는 압력이 위험치를 넘어서고 있습니다."

"모든 함대는 가용한 모든 공격력을 전방에 퍼부어라! 지금 당장!"

다시 한 번 에너지포가 연속 발사되고 핵융합 미사일에서 심지어는 근접지원 화기까지 불을 뿜었다. 그렇게 몇 초가 지나자 탐사대는 아공간으로 빨려들어 갔다. 그렇게 탐사대가 아슬아슬하게 공간으로 들어간 지 정확히 1초 후에 아공간은 사라졌다.


20xx년 제주도 남쪽 해상

"사령관님, 긴급 통신입니다. 함대 전방에 미상의 에너지막이 형성되어 있으니 우회해서 항진하라는 조기 경보기의 보고입니다. 그 에너지막 때문에 필리핀에서 북상하그 있는 태풍 기러기가 올라오지 못하고 방향을 동쪽으로 틀었습니다."

"미상의 에너지막이라니? 무슨 소리야?"

조준옥 사령관은 뜻밖의 상황에 어리둥절해하고 있었지만 일단은 함대의 진행을 우회하도록 지시했다.

"함대 항로 변경! 침로 050! 속도는 유지한다!"

"항로 변경! 침로 050! 속도 유지!"

복명 복창이 뒤따르고 명령이 각 함정으로 전파되었다. 최전방에 나가 있는 함을 시작으로 모든 함이 방향을 오른쪽으로 틀었다.

"아직 모르겠답니다. 에너지막 때문에 중국 함대가 항로를 바꿔 상해로 가고 있답니다. 이러다가 일본 함대와 지나치게 가까워질 수 있습니다. 현재 함대 간 거리 우현 250킬로미터!"

"조기경보기에 더 정확한 정보 요청하고 오키나와 기지와 연락 가능한지 다시 시도해 봐."

"미군과는 교신이 안 되고 있습니다."

"앗! 긴급 전문입니다."


20xx년 4월

함내의 경고등이란 경고등은 모조리 불이 들어오고 삑삑거리는 소리에 정신을 잃을 지경이었다. 순식간에 탐사대는 아공간을 빠져나왔지만 왕건 함대 앞에는 거대한 항성이 이글거리며 자신들에게 다가오고 있었다.

　"함대 020방향으로 항성의 인력권에서 벗어난다."

　공간 이동 후 갑자기 나타난 거대한 항성(恒星)의 인력에 함대 방어막이 점점 약해져 왔다. 아공간에 진입하기 전에 입었던 피해가 겹친 터라 심각한 지경이었다.

　어렵사리 함대가 어느 정도 항성으로부터 멀어지자 모두들 안도의 한숨을 내쉬었지만 함대는 만신창이가 되어 있었다.

　"꼭 태양과 같은 항성이군. 엄청 뜨거운데? 그런데 아공간이 이런 곳으로 연결되어 있을 줄이야. 자칫 잘못하다간 항성의 인력에 끌려가 흔적도 남지 않을 뻔했군."

　왕 소장이 투덜거리고는 고개를 천문관에게 돌렸다.

　"천문관, 이곳의 위치를 알 수 있겠나?"

　"지금 비교 중입니다. 잠시만 기다리십시오."

　"그렇군. 각 함대는 피해 보고하라!"

　왕건의 명령에 각 함에서 피해 보고가 올라왔다. 대부분 외곽 에너지막을 형성하는 부위가 손상되어 수리가 필요했고, 어떤 함은 거의 한 달간의 입거 수리가 필요해 당장의 기동에 문제가 될 것 같았다.

　"사령관님!"

　각 함의 보고가 끝나기를 기다린 천문관이 왕건을 찾았다.

　"그래, 알아냈나? 이곳이 어딘가?"

"그것이 이상합니다. 혹시나 하고 몇 번을 다시 비교했지만 우리는 지금 우리 은하 태양계의 중심에 있습니다. 보십시오. 주위의 별들이 정확히 일치합니다. 부분적으로 약간의 차이가 생기긴 합니다만 거의 대부분 똑같습니다."

천문관이 화면에 바깥의 항성과 컴퓨터에 내장된 자료를 합성시키자 거의 일치하고 있었다. 사소한 차이는 소멸과 생성하는 우주의 광대함에 비하면 무시해도 좋았다.

"태양계만 축소해서 보여 드리겠습니다."

화면에 가득 찬 태양계를 중심으로 한 0.5광년 천체도가 사라지고 태양계 천체도가 나타났다.

"다시 한 번 확인해 봐. 컴퓨터가 착오를 일으키고 있는지도 모르니. 먼저 중앙회로부터 검사하고 다른 모든 시스템도 철저히 검사해. 다른 함에도 똑같은 지시를 한 뒤 다 끝나면 내게 보고하도록."

지시를 마친 왕건이 혼자서 투덜거렸다.

"이게 뭐야? 죽을 고생을 하고 왔더니 다시 원점이란 말이야?"

왕건의 명령에 모든 요원들이 동원되어 각 함의 운영 시스템을 밑바닥에서부터 샅샅이 점검해 보았다. 그러나 이상이 없는 것으로 밝혀졌다.

"아니지. 그렇다면 이미 천군부에서도 알고 있겠군. 우리가 이곳에 있는 걸 말이야. 천군부에 통신을 넣어봐, 부관."

그러나 그의 지시는 간단하게 거부당했다.

"사령관님, 이곳은 우리가 알고 있는 태양계가 아닙니다. 주위를 둘러보십시오. 태양계를 오가는 우주선 한 척 없습니다. 주위 1초 광년 이내에는 말입니다."

부관의 말에 머쓱해진 왕건은 사령실 주위를 돌아보았다. 모두들 자신을 뚫어져라 쳐다보고 있었다.

"앞으로 한 시간 후 주요 지휘관 회의를 연다. 각 지휘관들은 지금부터 함의 수리를 최우선으로 하여 처리하고, 함의 기동성을 되살려 놓기 바란다. 난 잠시 쉬어야겠다. 부관이 사령실을 맡는다."

자신의 방으로 돌아온 왕건은 잠을 청하기 위해 침대에 누웠다. 얼굴을 이리저리 돌리던 그의 눈에 이제는 봐도 될 것 같은 물건이 하나눈에 들어왔다. 집어 들어 홀로그램 재생기에 집어넣었다.

"탐사는 잘되고 있나, 왕건 소장."

홀로그램에서 천인단 단장과 천군부 장관이 나타났다. 그들은 왕건과 마지막으로 만난 자리에서 천군의 역사에 대한 이야기를 나누었고헤어지면서 공간 이동 후 어느 정도 안정이 되면 보라는 당부와 함께한 장의 재생용 미디어를 왕건에게 건네주었다.

홀로그램에 나타난 천인단 단장과 천군부 장관은 이 내용이 초대 천인들의 유언에 의해 작성된 것임을 밝혔다.

"우리 천인단 단장과 천군부 장관은 초대부터 지금까지 남들이 모르는 비밀을 간직하고 있었네. 초대 천인단 단장께서는 자손들에게 몇개의 숙제를 남기고 가셨는데 오늘 왕건 소장에게 전하는 것은 마지막숙제였네. 초대 천인들은 그들의 자손들이 위대한 업적을 이룰 때마다그 시기에 해결해야 할 문제를 남겨두셨는데 우리가 어제 열어본 마지막 봉투에는 이렇게 써 있었네. '위대한 천인의 자손들이여, 그대가 우주의 공간을 지배하게 될 때 이 봉투를 열어보아라'. 그리고 그 봉투에는 어떻게 천인들이 이곳에 오게 되었는지, 그들의 고향이 어디인지에 대한 자세한 설명이 첨부돼 있었지. 우리는 자네가 어디로 가는지 모르네. 다만 그대들이 우주의 반대 편으로 간다면 그들을 만날 수 있지 않을까 해서 이 일을 그대에게 말하는 것이네. 하지만 모든 것은 그대들에게 달려 있으니… 어디에 도착했든 위대한 천인임을 잊지 말아주시길 부탁하네."

그 외에도 홀로그램은 무척 많은 정보를 왕건에게 보여주었다. 초대 천인 시대의 시대 상황이며 무기, 기타 등등 초대 천인이 알았던 모든 정보들이 수록되어 있었고, 천인들의 지금까지의 기록이 일목요연하게 정리되어 있었다. 아마도 역대 천인단 단장과 천군부 장관의 일기가 매일매일 저장되어 있는 듯했다.


기독교력 20xx년 수성 부근


은하계 아공간 탐사대를 이끌고 있는 왕건 소장은 이런 일이 벌어지리라고는 상상도 못했다. 조사된 결과를 보면 은하 중심에 있던 아공간은 은하계 반대 편에 있는 또 다른 우주로 가는 통로임을 나타내 주고 있었다.

"사령관님, 회의 시간이 얼마 남지 않았습니다."

각 지휘관 회의를 5분 앞두고 방 안의 컴퓨터가 만들어낸 홀로그램 비서가 사령관에게 회의 시간임을 알려주었다.

"다들 대기하고 있나?"

"서울함 외에는 모두 정위치입니다."

"알았네."

왕건이 자리에서 일어나자 홀로그램 비서가 사라졌다. 각 장교들에게 지급되는 홀로그램 비서는 휴대용 쌍방향 대화형 컴퓨터로 여러모로 유용했다.

왕건이 지휘실에 들어서자 화상이 차례로 켜지면서 사람들이 나타났다.

"시작하지!"

"네, 그럼 지금부터 현 상황에 대한 간단한 설명을 천체장교로부터 듣도록 하겠습니다."

회의는 컴퓨터에 의해서 진행되었다. 때문에 왕건은 대부분 묵묵히 들을 준비와 정확한 판단력만 유지하고 있으면 되었다.

"지금으로부터 정확히 한 시간 전, 함대는 우리 은하 중앙의 아공간을 통과하여 새로운 은하계로 이동했습니다. 적어도 주위 행성을 관측하기 전까지는 그렇게 믿었습니다. 최초 위험에서 벗어난 후 주변을 관측한 결과에 의하면 현재 우리는 우리 은하와 완전하게 동일한 은하계에 와 있으며 그것도 태양계 중심에 와 있습니다. 이는 수천만 번 확인한 것으로 거의 모든 것이 일치합니다."

"다음은 정보부서의 설명입니다."

컴퓨터는 천체 장교의 말이 끝나자 발언권을 정보장교에게 넘겼다.

"우리는 지적 생명체나 전파를 추적하던 중 지구에 떠 있는 수백 개의 인공위성에 접속하여 지구에 살고 있는 지적 생명체들의 정보를 함대 보조기억장치로 옮겨와 분석했습니다. 잠시 화면을 봐주십시오. 이 것이 오늘 일어난 사건들을 종합한 소식인 것으로 추측됩니다. 그들이 주로 사용하는 언어는 우리 세계에서는 오래전에 사라진 앵글로색슨 족이 한때 사용했던 섬족어로 보입니다. 지금 보시게 되는 화면의 목 소리는 컴퓨터가 한글로 번역해 덧입힌 음성입니다."

정보장교가 손가락을 움직이자 모든 화상의 오른편에 손톱만한 화 면이 떴다. 왕건이 화면을 건드리자 화면은 홀로그램화되어 입체 화면 을 만들어냈다. 입체 화면은 미군과 아랍 연맹군 간의 치열한 교전과 대한민국 함대의 실종 사건을 교차하며 보여주고 있었다.

"한 가지 흥미로운 것은 고대 한글을 사용하는 전파도 간간이 잡힌 다는 것입니다. 그리고 행성에 있는 가장 강력한 정치 체제인 미국 중 앙정보국 주컴퓨터에 들어 있는 내용에 따르면……."

정보 부서의 발언은 그 뒤로도 30분이 넘게 계속되었다. 지금 지구 의 상황과 역사, 그리고 최근에 일어난 일들, 한글을 사용하는 나라에 대한 것들을 설명했다.

"이쯤하면 상황 파악은 되었겠고. 현재 각 함의 상태는 어떤가?"

왕건이 컴퓨터 회의 진행자를 제지하고 상황 보고를 요구했다. 수송 선의 방어력은 전투함을 능가하기 때문에 기함의 피해 상황을 비춰보 건대 큰 피해는 없을 거라 예상했던 왕건은 수송선 4척 모두가 심각한 피해를 입었다는 보고에 의아해했다.

"그럼 서울함은 대략 한 달간의 수리가 필요하단 말인가?"

"그렇습니다. 달 기지라면 오 일이면 충분합니다만 모든 것이 부족 한 이곳에서는 한 달도 최단 기간입니다."

수송선 중 가장 큰 서울함의 기관장이 화면에 나왔다.

"일단 함대를 달로 이동시킨다. 지구에서 관측이 불가능한 항로를 잡아 이동하도록!"

달은 지구에 언제나 한쪽 면만을 보여주었다. 다른 면은 공전과 자전의 오묘한 이치로 지구에서는 볼 수 없었다. 지금 함대는 지구에서 관측이 불가능하도록 수성의 그림자 속에 숨어 있느라 계속 엔진을 가동하고 있었다.

명령이 떨어지자 회의가 진행되는 사이에도 함대는 천천히 달을 향해 움직였다.

"그렇다면 제2의 지구는 서기 20XX년이란 말이군. 천군 신화가 여기서 시작되었다고 보는 건가?"

"그렇습니다. 우리 고대사와 지구 고대사가 상당 부분 일치합니다. 우리가 이동하기 전 쏘아낸 에너지탄의 힘으로 인해 아공간에 굴곡이 생겨서 아공간의 위치가 바뀐 것 같습니다. 지금 대한민국에서 떠들고 있는 함대 실종은 그 때문에 생긴 것으로 추측됩니다."

"그렇다면 현존 은하 중심에 아공간이 존재할 거라는 이야기군. 그리고 그곳을 통해 우리 세계로 귀환도 가능하고?"

"이론상으로는 그렇습니다. 하지만 지금이 서기 20XX년이라면 단기 4XXX년이라는 것을 상기하고 싶습니다."

"단기 4XXX년?"

왕건은 그것이 무엇을 의미하는지 생각해 내고는 몸서리를 쳤다. 동전이 양면을 이루듯 은하계도 양면이 존재한다면 앞으로 정확히 200년 후에는 지구와 외계인과의 전쟁이 일어난다는 것을 의미했다.

"음! 랩타크렉인들!"

왕건이 작은 신음 소리와 함께 내뱉은 말에 화상에 나타난 이들의 얼굴에 당혹감이 스쳐 지나갔다. 그들은 그들의 조상들이 치른 랩타크렉인들과의 전쟁을 잘 알고 있었다. 지금이야 보급만 충분하다면 왕건 함대만으로도 충분히 방어할 수 있겠지만 외계인 침공 당시는 그렇지 못했다. 문제는 제2의 지구에 살고 있는 지구인들의 기술력이 앞으로 200년이 지난다 해도 별 발전이 없어 보일 것 같다는 데 있었다.

"지금의 지구인들은 이백 년 후에 전멸할 수도 있겠군."

"지금으로서는 그렇습니다. 하지만 더 문제가 되는 것은 그들이 지구를 무력으로 병합하고 언젠가는 우리 은하계로 들어올 수도 있다는 것입니다. 우리가 아공간을 발견했다면 그들도 발견할 것이 분명하기 때문입니다."

"그렇다면 자네는 지구인과 힘을 합쳐 랩타 인들을 청소해야 한다는 것인가?"

"적어도 지구인들의 힘을 키워줘야 합니다."

"어려운 일이군. 이건 내 단독으로 처리하기에는 무리가 있는 사안이야."

"수리하는 동안 전투함 한 척을 은하 중심부로 보내 아공간의 존재를 확인하고 돌아오도록 하고 그사이 좀 더 지구라는 행성을 관찰하도록 하지. 일반병들에게는 정보를 차단하도록. 오늘 회의 기록은 특급으로 분류한다."

회의하는 동안 함대가 달 중력권에 도달하고 있었다. 도시 하나 크기의 수송선들이 차례대로 달 표면에 내려앉았다.

## 20XX년 달

　왕건 함대가 달에 정착한 지 한 달이 지나자 모든 우주함들의 수리가 완료되었다. 이제는 뭔가 결정을 내려야 할 때가 온 것이다. 그사이 비밀 유지를 한다고 했는데도 회의 내용이 함대의 모든 구성원들 사이에서 공공연한 비밀이 되어 있었다. 보이는 천체가 고향과 일치하는 데서 오는 의구심으로 인해 개인적으로 지구와 통신을 시도하는 병사들도 생겨나고 있었다.

　"작전부에서 마련한 작전안은 총 세 가지입니다. 첫째는 우리 은하로 귀환해서 지금 상황을 설명하고 위원회의 결정을 기다리는 것. 물론 이 방법은 모든 것이 추측과 가설을 토대로 세워진 것이기에 함대가 은하 아공간을 통과하더라도 우리가 왔던 곳으로 갈 것이라는 보장은 없습니다. 잘못하면 아무것도 하지 못한 채 우주의 미아로 남을 수 있습니다. 둘째는 지구에 정착해서 이백 년 후를 준비하는 것입니다. 170개국도 넘는 나라 중 어디에 정착하느냐 하는 문제가 남습니다. 우리와 유사한 대한민국이라는 나라와 조선 민주주의 인민공화국이란 나라가 있긴 합니다만, 아무래도 지금 가장 강력한 미국의 도움을 받는 것이 좋을 듯싶습니다. 셋째는 지구를 침공해서 지구의 각 나라들로부터 항복을 받아 지구연방을 수립한 후, 랩타 인들의 근거지를 역으로 공격해서 전멸시켜 버리는 것입니다."

　작전부의 보고를 받은 왕건은 어떤 방법을 택할 것인가를 놓고 한동안 고심하기 시작했다.

"이 일을 전체 투표에 붙이는 것은 어떤가? 아무리 군대라지만 지금 우리가 처한 상황이 내가 단독으로 처리할 만한 건 아닌 것 같군. 그리고 합의가 이루어지지 않으면 나중에 이탈자가 생길 수도 있어."

"그게 좋을 듯싶습니다. 스스로 결정한 일에는 책임이 따르기 마련이니까요."

"좋아, 그럼 전 장병들에게 우리가 처한 상황을 설명하고 그들의 결정을 지켜보도록 하지. 더 좋은 의견이 나올지도 모르지 않나?"

그렇게 해서 결정된 향후 방향에 대한 투표가 삼 일 후 진행되었다. 두 번째나 세 번째가 유력하리라 생각했던 지휘부의 판단과는 다르게 투표 결과는 절대 다수가 첫 번째 안을 찬성하고 나섰다. 모두들 귀환이라는 단어가 주는 매력을 떨쳐 버리지 못하고 있었다.

"장병들이 원한다면 어쩔 수 없지."

하지만 왕건은 자신들의 조상들이 랩타 인에게 공격당할 것을 생각하니 걱정이 되었다. 후손으로서 알 수 없는 끈끈한 정을 느낀 그는 뭔가 해줘야만 할 것 같았다.

며칠을 고심하던 왕건은 달 기지를 폐쇄하기 시작했다. 그리고 기지에 출입할 수 있는 열쇠를 3개 만들었다. 이후 아무도 모르게 공간 이동을 통해 지구의 서울이라는 도시에 내려온 그는 최고 권력자로 알려진 대통령의 침실을 방문하여 열쇠 3개와 작은 저장 매체 하나를 건네주었다.

"나중에 우리가 남겨놓고 간 달 기지에 들어오게 되면 당신네 나라는 많은 것을 얻을 수 있을 겁니다."

대통령이 자신의 말을 믿든 믿지 않든 그것은 중요하지 않았다. 기회를 잡을 준비가 되어 있다면 잡을 것이고 아니면 흘려 보내게 되는 것이 운명이었다.

대통령과의 짧은 만남을 끝낸 황건은 함대를 랩타 인들이 거주하는 은하계 외곽 행성계로 이동시킬 것을 명령했다.

"우리는 이제 그만 집으로 돌아간다. 하지만 그전에 랩타 인들에 대해 선조의 복수를 하고 가도록 한다. 그들이 그곳에 살고 있을지 모르지만 일단 랩타 행성계로 이동해서 살펴보도록 한다. 그 연후에 은하계 중심부로 이동하여 귀환한다."

이대로 떠날 수는 없었다. 랩타 인들을 전멸시키거나 아니면 최소한 그들에게 심대한 타격을 줘서 문명의 발전 속도를 늦추게 해야 했다.

한 달 동안 머물던 달 기지를 이륙한 함대가 찰나에 광속의 10배에 해당하는 속도로 태양계를 벗어났다. 그들의 움직임을 포착한 몇몇 우주센터가 소란스러워졌고 불가사의한 우주 현상이라는 결론을 내기까지 몇 개월을 소비해야만 했다.

한편 대한민국 대통령은 지구인과 똑같은 모습의 우주인으로부터 열쇠와 저장 매체를 받은 이후 유인 우주선 개발 계획을 세우고 매년 막대한 세금을 퍼부었다. 거센 국민적 저항까지 감수하며 묵묵히 프로젝트를 실행한 대한민국은 수없이 많은 실패를 거듭하는 십 년을 보낸 뒤에야 유인 우주 왕복선 천군호를 달에 보낼 수 있었다. 그러나 10일 간의 우주여행을 마치고 돌아오던 천군호가 불의의 사고로 동해 앞바다에 추락하고 우주인 전원이 사망하자 대한민국은 공식적으로 우주개발의 잠정적 중단을 선언하고 만다.

30년 후, 태백산맥 어느 지하 기지

지하 200m까지 파 내려가 건설된 지하 기지에는 하얀 옷을 입은 사람들로 북적대고 있었다.

"이제 겨우 20프로 정도 해독하는 데 성공했습니다. 기술력의 차이가 너무 나서 완전 해독하는 데 앞으로 몇십 년이 걸릴지 모르겠습니다."

"그들이 주고간 작은 저장 매체만으로도 대한민국은 이미 모든 면에서 최고를 달리고 있지 않습니까? 아직 세상에 발표하지는 않았지만 말입니다. 하지만 훗날에 있을 우주인의 침략에서 살아남으려면 아직도 부족합니다."

"그래서 불철주야로 연구에 매진하고 있는 것 아닙니까?"

노란색 봉황이 수놓아져 있는 옷을 입고 있는 두 사람이 대화를 나누며 중앙 통로를 걸어가자 주위에 있던 사람들이 인사를 해왔다. 목례로 답례하던 두 사람은 대기하고 있는 자동차에 올라탔다. 두 사람을 태운 수소 핵융합 엔진과 반중력 장치를 장착한 소형 자동차는 가볍게 허공에 떠올라 속도를 내며 모퉁이로 사라져 갔다.

〈완결〉